Patrick Doughtie / John Perry

Briefe an Gott
Roman

Über den Autor

Patrick Doughtie, Jahrgang 1965, betrieb eigentlich eine erfolgreiche Baufirma, als sein Sohn Tyler 2003 an einem Gehirntumor erkrankte und 2005 starb. Nur zwei Jahre später wurde bei Patrick Doughtie selbst Leukämie diagnostiziert. Er verarbeitete Tylers und seine Geschichte in dem Drehbuch zu „Briefe an Gott", das 2010 verfilmt wurde. Heute ist er als Drehbuchautor und Filmemacher tätig. Patrick ist verheiratet und Vater von zwei Kindern.

Patrick Doughtie
und John Perry

Briefe an Gott

Roman

Aus dem Amerikanischen
übersetzt von Ilona Mahel

Verlagsgruppe Random House FSC-DEU-0100
Das für dieses Buch verwendete FSC®-zertifizierte Papier
Munken Premium Cream liefert Arctic Paper Munkedals AB, Schweden.

Die amerikanische Originalausgabe
erschien im Verlag Zondervan, Grand Rapids, Michigan 49530,
unter dem Titel „Letters To God".
© 2010 by Patrick Doughtie and John Perry
© der deutschen Ausgabe 2011 by Gerth Medien GmbH, Asslar,
in der Verlagsgruppe Random House GmbH, München

1. Auflage Januar 2011
2. Auflage März 2011
Bestell-Nr. 816 580
ISBN 978-3-86591-580-1
Umschlaggestaltung: Hanni Plato
Satz: Marcellini Media GmbH, Wetzlar
Druck und Verarbeitung: GGP Media GmbH, Pößneck
Printed in Germany

Für
Savanah und Brendon Doughtie,
Olivia Perry und Charles Perry hier
und Tyler dort ...

Patrick

Patrick Doherty fischte in der Schreibtischschublade nach einem Stift, ohne den Blick von seinem Buch zu wenden. Nicht, dass er es eilig hatte; er mochte es bloß nicht, etwas von seiner kostbaren Zeit zu vergeuden. Ein kleiner Lichtkegel erhellte die Ecke, in der er saß. Draußen war es noch dunkel, und seine Frau Maddy schlief noch tief und fest, ihre Atmung ruhig und regelmäßig. Schon bald würde ein quirliger Dreijähriger ihr Schlafzimmer stürmen, und die stille Zeit wäre vorbei. So sehr Patrick es liebte, wenn sein Sohn ihn morgens begrüßte – erst wollte er ein paar Dinge erledigt haben.

Noch einmal las Patrick den letzten Satz, unterstrich drei Zeilen in seiner Bibel und machte eine kleine Notiz am Rand, den er im Lauf der Jahre mit immer mehr Fragen, Anmerkungen und Verweisen übersät hatte. Es gefiel ihm, dass er seine Notizen so immer bei sich hatte.

Patrick beendete seine Lektüre und öffnete die Jalousie nur so weit, dass ein paar Lichtstrahlen der Morgendämmerung auf seinen Schreibtisch fielen. Dann öffnete er die oberste Schublade und nahm ein Notizbuch heraus, auf dem handgeschrieben folgender Titel prangte: *Briefe an Gott*. Er blätterte bis zur ersten leeren Seite, dachte eine Weile nach und fing dann fast hastig an zu schreiben, denn die Worte kamen schneller, als er sie aufschreiben konnte. Er machte eine Pause, las noch einmal, was er geschrieben hatte, und lächelte. Dabei betrachtete er seine Frau in der Hoffnung, sie würde die Augen öffnen und seinen Blick erwidern. Sie hatte wunderschöne Augen.

Gerade als er weiterschreiben wollte, hörte er kleine Füße den Gang entlangtrappeln und eine Stimme fröhlich rufen: „Raus aus den Federn! Na los!"

„Hey, Tiger", sagte Patrick.

„Hallo, Papa", antwortete Tyler, der im Türrahmen stehen geblieben war und die Erhebung unter der Decke im Bett betrachtete. „Hey, Mama! Zeit aufzustehen!"

Der Höcker bewegte sich nur minimal. „Noch nicht, mein Schatz. Mama braucht noch ein bisschen Schlaf."

„Aber ich hab Hunger!"

„Keine Sorge, Ty", antwortete der Höcker schläfrig. „Du wirst bestimmt nicht verhungern. Mami steht gleich auf."

Tyler tappte zum Schreibtisch, an dem sein Vater saß und nach draußen sah. Die Sonne ging über den großen, moosbewachsenen Eichen auf, die die Straße säumten, und warf lange Schatten auf den Gehweg. Tyler liebte es, den Sonnenaufgang zu beobachten. Er sah Nachbarn, die ihre Hunde Gassi führten, und ein Auto, das auf der anderen Straßenseite aus der Auffahrt eines Hauses gefahren kam. Ein paar Häuser weiter holte der Vater seiner Freundin Samantha gerade die Zeitung herein. Tyler wandte sich wieder an seinen Vater, wobei sein Blick direkt auf das Notizbuch fiel.

„Machst'n du, Papa?"

„Ich schreibe."

„Was denn?"

„Ich schreibe einen Brief an Gott."

„Wow! Und schreibt er dir auch zurück?"

Wie um alles in der Welt sollte er das einem Dreijährigen, wenn auch einem sehr aufgeweckten Dreijährigen, morgens um halb sieben erklären?

„Na ja, eigentlich nicht ... obwohl ... irgendwie schon, mein Sohn."

Tyler legte seine kleine Stirn in Falten. Maddy war mittlerweile aufgestanden, und Patrick sah sie an, stumm um Hilfe bittend.

„Du bist auf dich gestellt, Liebster", sagte sie kichernd und verließ das Zimmer, um Ben aus dem Bett zu werfen. Tylers elfjähriger Bruder war der erklärte Langschläfer der Familie.

8

„Wenn ich Gott einen Brief schreibe, dann rede ich auf diese Weise mit ihm. Im Prinzip bete ich also."

Tyler dachte nach. „Und warum redest du dann nicht einfach so mit ihm?"

„Weil Beten mir immer schon schwergefallen ist. Es ist leichter für mich, ihm einen Brief zu schreiben. Manchmal antwortet er, aber dann halt nicht mit einem Brief. Verstehst du?"

Tyler schüttelte den Kopf.

„Eines Tages wirst du es ganz sicher verstehen." Patrick lachte, fuhr mit der Hand durch Tylers hellblondes Haar und nahm den Jungen dann in die Arme. „Ich hab dich lieb, Tyler."

„Ich hab dich auch lieb, Papa."

Nach einem kurzen Blick auf seinen Wecker setzte Patrick Tyler auf sein Bett und stand auf. „Ich muss mich für die Arbeit fertig machen, mein Lieber. Wir reden ein anderes Mal weiter, ja? Und jetzt geh und hilf deiner Mutter dabei, Ben zu wecken."

„Okay!" Voller Begeisterung flitzte Tyler den Flur entlang und schrie: „Ben! Aufstehen!" An der Schwelle zum Zimmer seines Bruders kam er zum Stehen, schwang die Tür hin und her und knallte sie schließlich gegen die Wand. „Raus aus den Federn!"

Zwei blaue Augen unter einem Büschel dunklem Haar lugten unter der Bettdecke hervor. „Raus, Blödmann", kam es von irgendwoher aus dem Knäuel.

Tyler drehte sich einmal um die eigene Achse und sauste zurück zum Schlafzimmer seiner Eltern. Es war leer. Seine Mutter war schon unten und machte Frühstück und sein Vater war im Bad und hatte die Tür geschlossen. Tyler hörte das Wasser in der Dusche rauschen. Er ging zum Schreibtisch, wo das Notizbuch seines Vaters immer noch offen lag. Der perfekte Moment, ein Bild für Papa zu malen! Tyler nahm den Stift und malte einen Kreis neben zwei Strichmännchen, eins etwas größer als das andere; das waren er und sein Vater und der Sonnenaufgang. Als er hörte, dass die Dusche abgedreht wurde, ließ er den Stift auf das Notizbuch fallen und lief kichernd aus dem Zimmer.

Patrick erschien im Bademantel und rubbelte sich mit einem Handtuch die Haare trocken. Er war gut 1,80 Meter groß, doch durch seine breiten Schultern und seine aufrechte Haltung wirkte er größer. Seine körperliche Arbeit hielt ihn schlank, und er war nur wenig schwerer als zu den Zeiten, als er noch semiprofessionell Baseball gespielt hatte. Sein frisch rasiertes Gesicht hatte nur wenige Falten und war nach Jahren der Arbeit im Freien gebräunt und wettergegerbt. Seine dunkelblauen Augen wurden von dichtem, dunklem Haar umrahmt. Ben hatte sein Haar und seine Augen geerbt. Tyler hatte braune Augen und blondes Haar wie seine Mutter.

Patrick registrierte das Gekicher und die schnellen Schritte im Flur und blickte dann auf seinen Schreibtisch. Er nahm sein Notizbuch und entdeckte das Gekritzel über dem Brief, den er an diesem Morgen geschrieben hatte. Sein irritiertes Stirnrunzeln verwandelte sich in ein breites Grinsen, als er den letzten Satz las, den er geschrieben hatte: „Und Herr, alles, worum ich dich für heute bitte, ist etwas Sonnenschein, damit es ein bisschen besser wird als gestern." Und da war sein Sonnenschein und füllte fast die ganze Seite aus!

„Danke, Herr", sagte er und blickte nach oben. „Ich habe das Haus noch nicht mal verlassen, und schon hast du mein Gebet erhört."

Als er sich ein paar Minuten später in Richtung Küche aufmachte, kam ihm der Geruch von Zimttoast – das Lieblingsfrühstück der Jungen – schon auf der Treppe entgegen. Das Haus der Dohertys gehörte zu jener lichtdurchfluteten, weitläufigen Sorte mit einem weiten Treppenhaus in der Mitte. Die hohen Decken sorgten dafür, dass es in den Sommern in Orlando schön kühl war, und die großen Fenster ließen im Winter viel Licht herein.

Patrick hatte seine „Bürokleidung" angezogen – Jeans, ein Arbeitshemd, schwere Stiefel und eine Baseballkappe, bald würde noch ein Werkzeuggürtel dazukommen. Seine Hände waren stark und schwielig – offensichtlich nicht, weil er tagtäglich Papiere über einen Schreibtisch schob, sondern von der harten Arbeit eines Zimmermanns: Tragen, Zuschneiden, Abmessen und Anpassen von Holz, Arbeiten mit schweren Werkzeugen und Herumklettern auf Baugerüsten.

Er ging an Ben und Tyler vorbei, die mittlerweile am Frühstückstisch saßen, und nahm sich eine dampfende Tasse Kaffee, die schon für ihn bereitstand. Geschickt balancierte er die Tasse, nahm dabei von Maddy Thermoskanne und Brotdose entgegen, küsste seine Frau auf den Mund und machte sich auf den Weg zur Tür.

„Papa", rief Ben ihm nach, „du kommst doch heute zu meinem Spiel, oder?"

Abrupt blieb Patrick stehen und warf Maddy einen Blick zu. Außer Sichtweite der Kinder hielt sie eine Hand hoch, die alle fünf Finger zeigte.

„Äh, ja. Fängt um fünf an, richtig?"

„Genau!", sagte Ben grinsend.

„Das will ich doch auf keinen Fall verpassen!"

Maddy hob die Augenbrauen. „Musst du heute Abend nicht arbeiten?"

„Ich komme auf jeden Fall." Er warf ihr einen Blick zu, der sagte: „Keine Sorge, ich krieg das schon hin", und lächelte dann in Bens Richtung, während er sich auf den Weg nach draußen machte. „Ich hab euch lieb."

„Ich hab dich auch lieb", antworteten die Drei im Chor, und weg war er. Sie hörten, wie er seinen Wagen startete, und sahen ihn dann am Haus vorbei wegfahren.

Eigentlich hatte er den Zweitjob als Hausmeister nicht annehmen wollen, denn das führte dazu, dass er meist zum Abendessen nicht zu Hause war und die Abende nicht mit seiner Familie verbringen konnte. In der ohnehin kurzen Zeit, die er zu Hause war, fühlte er sich dann einfach nur erschöpft. Aber er hatte keine andere Chance gesehen. Obwohl überall in Südflorida neue Häuser gebaut wurden und es für Zimmerleute genug zu tun gab, war es schwer, mit seinem Gehalt auszukommen. „Tagsüber mache ich meinen eigenen Dreck und abends räume ich den von anderen Leuten weg", pflegte er zu sagen. Immerhin war der Abendjob körperlich leichte Arbeit, wenn sie auch langweilig war: Fenster kontrollieren, Lichter ausschalten und Mülleimer leeren in einer Bank in der Innenstadt.

Um Punkt halb acht erreichte Patrick die aktuelle Baustelle, ein halb fertiges Haus auf einem großen Baugelände am Stadtrand, und reihte sich neben ein paar Trucks ein, die im Schatten einer Dattelpalme standen. Bevor er nach seinem Werkzeuggürtel griff, klappte er die Sonnenblende nach unten, wo sein Lieblingsfoto von seiner Familie – sie alle vier am Strand – mit einem Gummiband befestigt war. Er nickte dem Foto zu, während er die Autotür öffnete. „Für euch ist es das alles wert", sagte er und machte sich vorbei an Stapeln von Baumaterial auf den Weg zu seiner Tischkreissäge.

Patrick mochte das Zimmermannshandwerk und wusste, dass er Talent dafür hatte. Ihm gefiel die körperliche Arbeit, die Zeit, die er draußen war, immer in Bewegung und an der frischen Luft. Er konnte nicht begreifen, wie so viele Menschen auf der Welt den Tag mit Schlips und Kragen an einem Schreibtisch verbringen konnten.

Er hatte gehofft, an diesem Tag ein paar Minuten früher gehen zu können, um rechtzeitig zu Bens Spiel zu kommen, aber der heftige Regen der letzten Wochen hatte dazu geführt, dass er ohnehin schon dem Zeitplan hinterher hinkte, sodass er einfach nicht pünktlich wegkam. Als er sich endlich auf den Weg machen konnte, war das erste Spiel des zweiten Viertels im Gange und die Hill-Mittelschule war in Ballbesitz.

≈

Ben streckte den Kopf aus einer Traube Elf- und Zwölfjähriger hervor und suchte die Tribüne ab. *Er hat doch gesagt, er würde kommen.* Er sah seine Mutter an. Sie hielt beide Daumen hoch, während Tyler neben ihr auf und ab hüpfte. Sie hoffte, dass Patrick es noch schaffen würde, aber langsam wurde es spät.

„Doherty, hör zu!" Der Quarterback gab Ben einen Klaps auf sein Schulterpolster und er steckte den Kopf wieder zurück in den Kreis der Spieler. „Wir täuschen rechts an und gehen dann über links. Fertig? Und los!" Nach anfeuerndem Gebrüll und Handschlag lief das Team zur Anspiellinie. Ben nahm seinen Platz in der Verteidigung ein, doch plötzlich wusste er nicht mehr, ob der nächste Angriff über die rechte oder die linke Seite laufen sollte.

„Hey!", wisperte er in Richtung des Verteidigers, der sich neben ihm aufgestellt hatte. „Rechts oder links?" Brüllend gab der Quarterback den Rhythmus des Angriffs vor. Aus dem Augenwinkel nahm Ben eine Bewegung wahr. Er erkannte die Person, diesen Gang sofort. *Er ist da. Er hat es geschafft.*

„Links." Ben drehte den Kopf und sah den Verteidiger verständnislos an. „Links!", wiederholte der stämmige Junge. „Lauf!"

Ben rannte nach links, blickte über seine rechte Schulter und sah, dass der Ball auf ihn zugeflogen kam. Er fing den Ball auf, umlief die gegnerischen Verteidiger und schaffte es, ein paar Meter Boden in der gegnerischen Hälfte gutzumachen, bevor zwei Verteidiger ihn schließlich zu Fall brachten. Schnell rappelte er sich wieder auf und warf dem Schiedsrichter den Ball zu. Ein Blick in Richtung der Tribüne zeigte ihm, dass sein Vater ihn im Blick hatte und frenetisch mit beiden Händen über dem Kopf applaudierte. Er streckte beide Daumen hoch und zeigte dann in Richtung Himmel. Ben sandte die gleichen Signale zurück.

≈

Von ihrem Platz in der ersten Reihe der Tribüne aus entdeckte Maddy ihren Mann und beobachtete seinen Austausch mit Ben. Tyler sah ihn auch, und ehe Maddy ihn zu fassen bekam, rannte er los, um seinen Vater zu begrüßen. Maddy sah zu, wie Tyler zu seinem Vater stürmte und seine Arme um dessen Knie schlang. Patrick hob seinen Sohn in die Luft und nahm ihn dann fest in die Arme. Maddy hörte selbst über die Entfernung, dass sie beide lachten. Patrick winkte ihr zu, Tyler auf dem Arm, und schlängelte sich zu ihr durch.

Die Drei nahmen wieder ihre Plätze ein und Maddy drückte Patricks Arm. „Ich bin so froh, dass du es geschafft hast." Ihr welliges Haar wehte in der leichten Abendbrise, und die Sonne ließ die Sommersprossen auf ihrer Nase hervortreten. Immer, wenn Patrick sie ansah, dachte er, dass sie noch schöner war als beim letzten Mal. Vor allem der schelmische Zug um ihren Mund hatte es ihm angetan.

„Ich auch", antwortete Patrick. „Ich wollte es auf keinen Fall verpassen, aber ich kann leider nicht lange bleiben."

Ihr fiel auf, wie müde er aussah. Die zwei Jobs waren eine große Belastung für ihn. „Warum rufst du nicht an und sagst, dass du heute ein bisschen später kommst?"

„Das würde ich sehr gern", seufzte er. „Aber du weißt ja, dass das nicht geht."

„Ja, ich weiß."

Die Drei sahen sich den Rest des zweiten Viertels zusammen an. Patrick und Maddy hielten einander bei der Hand und Tyler saß auf dem Schoß seines Vaters. Als die Zeit abgelaufen war und der Schiedsrichterpfiff ertönte, sah Patrick auf seine Armbanduhr. Er setzte Tyler auf dem Sitz neben sich ab und stand auf.

„Sagt Ben, dass ich ihn lieb habe und dass er ein tolles Spiel macht. Und sagt ihm, dass dieser eine Spielzug fantastisch war." Während Ben zur Seitenauslinie lief, sah er, dass sein Vater den Platz wieder verließ. Er erhaschte seinen Blick, zeigte mit beiden Daumen nach oben und dann in Richtung Himmel. Patrick tat das Gleiche.

„Papa, ich möchte mitkommen", flehte Tyler und schlang die Arme um Patricks Beine. „Bitte!"

„Heute nicht, Tiger, aber bestimmt bald mal. Ich könnte deine Hilfe nämlich gut gebrauchen." Er zerzauste Tylers Haare, legte dann einen Arm um Maddys Schultern und zog sie an sich. „Tschüss, mein Schatz", sagte er. „Bis heute Abend." Er gab ihr einen flüchtigen Kuss und verschwand in der Menge.

Er brauchte länger als gedacht, um zu seinem Abendjob zu gelangen, und hoffte hereinzuschlüpfen, ohne dass der Schichtleiter es merkte. Gary war ohnehin ein Miesepeter und zudem noch ein großer Verfechter von Pünktlichkeit. Er mochte es gar nicht, wenn seine Leute zu spät kamen. Sie trafen sich im Flur.

„Du bist zu spät", knurrte Gary und tippte auf seine Armbanduhr.

„Ich weiß. Tut mir leid. Ich bleibe dafür länger."

„Davon kannst du ausgehen." Steifbeinig ging Gary davon und Patrick öffnete den Schrank mit den Putzutensilien.

Es würde ein langer Abend werden. Trotzdem, er hatte immerhin einen Teil von Bens Spiel zu sehen bekommen. Ja, er war zehn Minuten zu spät zur Arbeit gekommen, aber Bens tollen Spielzug mitbekommen zu haben war die abfällige Bemerkung wert. Doch er hatte nicht mit seiner Familie zu Abend essen können, und das fehlte ihm. Zeit mit seiner Familie war so kostbar; er ärgerte sich über jede Minute, die er nicht mit ihnen verbringen konnte.

Ein Gutes hatte sein Zweitjob allerdings: Er gab ihm Zeit zum Nachdenken. Auf der Baustelle war es immer laut und geschäftig, aber in der Bank hatte er die Gelegenheit, über sein Leben nachzudenken und darüber, dass die Zukunft trotz aller Herausforderungen und Fehler aus der Vergangenheit ziemlich rosig aussah. Er wusste, dass er die Freude, die seine Frau und seine Kinder ihm bereiteten, Gott zu verdanken hatte. Er wusste auch, dass wenn Gott eine Nachricht für ihn hatte, er diese oft durch Maddys Mutter übermittelte. Olivia – die Kinder nannten sie einfach Omi oder eben Olivia – war es gewesen, die Patrick mit Jesus Christus bekannt gemacht und ihn davon überzeugt hatte, wie wichtig es war, den Glauben an seine Söhne weiterzugeben. Sie war da unnachgiebig, aber sie hatte recht. Patrick hatte schon lange den Überblick darüber verloren, wie oft ihn Gott durch Probleme und harte Zeiten hindurchgetragen hatte, die ihn ansonsten komplett überfordert hätten.

Es war halb eins, als er die Poliermaschine abstellte und den Boden im Foyer kritisch begutachtete. Nachdem er ihn gewachst und poliert hatte, war der Boden spiegelblank. Es war zu spät, um noch zu Hause anzurufen; Maddy schlief sicher schon tief und fest. Und in sechs Stunden würde wieder ein

Dreijähriger auf ihm herumklettern, und die ganze Prozedur würde wieder von vorne anfangen.

Todmüde ließ er sich in seinen Wagen fallen und dachte dabei schon an sein ruhiges Zuhause, sein warmes Bett und seine Frau, die neben ihm schlafen würde. Er bog in die vertraute zweispurige Straße ein, die in sein Wohngebiet führte. Um wach zu bleiben, schaltete er das Radio ein. Er fuhr sich mit der Hand über sein Gesicht, froh, dass der lange Tag endlich ein Ende fand.

Er streckte einen Arm aus, um ihn ein wenig zu lockern, und stieß dabei gegen die Sonnenblende. Dabei flatterte das Strandfoto seiner Familie direkt vor seiner Nase zu Boden. Er nahm sich vor, es aufzuheben, sobald er zu Hause ankam. Schließlich konnte er jetzt in der Dunkelheit schlecht danach tasten.

Er hatte den Blick nur für einen kurzen Moment von der Straße gewandt, doch als er wieder nach vorne sah, war dort plötzlich ein Auto in seiner Spur, das aufblendete und rasend schnell näher kam. *Wo kommt der denn her?* Reflexartig riss er das Lenkrad mit beiden Händen nach rechts. Zu spät. Die beiden Fahrzeuge prallten mit einem dumpfen metallischen Geräusch frontal gegeneinander. Patricks Pickup überschlug und drehte sich, knallte gegen einen Baum und kam schließlich kopfüber im Straßengraben zum Stillstand. Das andere Fahrzeug, ein Geländewagen, blieb zwar auf der Straße, war jedoch bis zur Lenksäule komplett eingedrückt, alle Scheiben waren zersprungen und die Vorderreifen zerfetzt.

Schmerzerfüllt kam Patrick langsam zu sich. Seine Beine zitterten und die Nerven in seinem Rücken lösten regelrechte Elektroschocks aus. Er öffnete die Augen und merkte, dass er auf dem Kopf stand, gehalten nur von seinem Sicherheitsgurt, und durch eine zerbrochene und blutverschmierte Windschutzscheibe starrte. Der Fahrgastraum war in alle Richtungen verbogen, und zwischen ihm und den abstehenden, verdrehten Metallteilen war nur wenig Platz. Schwach griff er nach dem Lenkrad und versuchte, sich hochzuziehen, doch die Bewegung tat so unglaublich weh, dass er das Lenkrad mit einem Schmerzensschrei wieder losließ. Seine Beine steckten unter dem Armaturenbrett fest, das sich außerdem gegen seinen Brustkorb geschoben hatte. Außer dem Schmerz hatte er keinerlei Gefühl in seinem Körper. Er sah Blut, aber er wusste nicht, woher es kam.

Immer wieder wurde er bewusstlos, sodass er nicht wusste, wie lange er dort hing, bis er Stimmen hörte und Lichter sah. In einer Lücke im Autowrack erschien ein Gesicht. „Keine Sorge", sagte jemand, „wir holen Sie da raus. Sie schaffen das." Patrick sah eine neongrüne Jacke und einen Feuerwehrhelm.

„Rufen Sie Maddy an, bitte, meine Frau", brachte Patrick mühsam hervor. Er fühlte etwas Klebriges auf seinen Armen. Als er sie hob, sah er im Schein des Blaulichts, dass sie voller Blut waren.

Er schloss die Augen und es wurde dunkel um ihn.

Totschlag

Erst dachte Maddy, es sei ihr Wecker. Wie um alles in der Welt konnte es schon halb sieben sein? Sie schlug mehrere Male auf den Wecker ein, aber der Lärm blieb. Verschlafen starrte sie auf die Ziffern. Halb zwei. „Schatz?", sagte sie und tastete nach dem Kissen neben sich. „Patrick?" Seine Seite des Bettes war leer.

Es war das Telefon. Zögernd nahm sie den Hörer ab. „Hallo?"

„Madalynn Doherty?"

„Ja ..."

„Hier ist die Notfallambulanz des Memorial Medical Center." Plötzlich war Maddy hellwach bis in die Haarspitzen. „Ihr Mann hatte einen Verkehrsunfall. Er wurde mit dem Hubschrauber hierher gebracht."

„Wie ernst ist es?"

„Sie können mit dem Arzt sprechen, sobald Sie hier sind. Aber Sie müssen sofort herkommen."

„Okay. Ich komme." Wie ferngesteuert zog Maddy einen Trainingsanzug an und fuhr sich mit einem Kamm durch die Haare. Sie würde ihre Mutter anrufen und sie bitten, auf die Jungen aufzupassen. Nein, so lange konnte sie nicht warten. Die Kinder mussten mit ihr kommen.

„Mama?" Ben stand in T-Shirt und Boxershorts in der Tür. „Was ist los?" Seine Haare standen nach allen Seiten ab. Sie sah ihn an, während sie sich die Schuhe zuband. „Wo gehst du hin?" Er sah sich um. „Wo ist Papa?"

„Dein Vater hatte einen Unfall." Sie musste sich bemühen,

die Kontrolle über ihre Stimme zu behalten. Sie wollte die Jungen nicht unnötig beunruhigen. Vielleicht war es ja gar nicht so schlimm. „Weck deinen Bruder und zieh dir Schuhe an. Wir müssen los."

Ben rannte in Tylers Zimmer und rüttelte ihn wach. „Tyler, los, wach auf! Wir müssen los!"

„Lass mich in Ruhe", maulte Tyler. Ben beugte sich über seinen Bruder, nahm ihn auf den Arm und eilte so den Flur entlang. „Das sag ich alles Mama!", schrie Tyler. Die beiden trafen an der Treppe auf ihre Mutter. „Mama!"

„Schon okay, Tyler. Wir müssen einen kleinen Ausflug machen."

Ben setzte seinen Bruder ab und rannte zurück in sein Zimmer, um sich Jeans und T-Shirt anzuziehen, während Maddy Tyler anzog, um ihn dann mit Ben im Gefolge die Treppe herunterzutragen. Sie zwängten sich in ihren Van, und während Maddy auf die verlassene Straße einbog, griff sie nach ihrem Handy. Sie würde ihre Mutter bitten, ebenfalls zum Krankenhaus zu kommen.

≈

Zu dem Zeitpunkt, als Patrick Doherty durch die knallenden Doppeltüren der Notaufnahme geschoben wurde, glaubte keiner, der ihn im Krankenwagen medizinisch versorgt hatte, noch daran, dass er es schaffen würde. Seine Beine waren von der Hüfte abwärts völlig zerquetscht, und er hatte schwere innere Verletzungen. Am schlimmsten war die Schwellung seines Gehirns, die, wenn nicht zu seinem Tod, dann doch zu einer lebenslangen Behinderung führen würde. Doch irgendwie, wie durch ein Wunder, war er noch am Leben.

Die Krankenwagenliege wurde an einem weiteren Patienten vorbeigeschoben, dem Fahrer des zweiten Wagens, der mit dem Krankenwagen angekommen war, während das Rettungsteam noch dabei war, Patrick aus dem Wrack seines Autos zu schneiden. Der Mann trug ein Klammerpflaster auf der Stirn und seine linke Hand war mit elf Stichen genäht worden. Er saß auf der Kante des Untersuchungstisches, umgeben von einem Arzt, einer Krankenschwester und zwei Polizeibeamten.

„Sie haben heute Abend also nichts getrunken", sagte einer der Beamten.

„Ich schwöre, ich habe keinen Tropfen angerührt", antwortete der Mann. Er war Anfang 60 mit vollem, silbergrauem Haar und trug ein sportliches Seidenhemd. „Keinen Tropfen. Den ganzen Tag nicht."

Die Polizeibeamten wussten es besser. Der glasige Blick und der schwankende Gang konnten natürlich mit dem Unfall zu tun haben, aber sie glaubten nicht daran.

„Wir haben acht leere Bierdosen im Fußraum Ihres Autos gefunden", sagte der andere Polizeibeamte sachlich.

„Die müssen meine Kinder dort liegenlassen haben", erklärte der Mann.

„Dann macht es Ihnen sicher nichts aus, einen Alkoholtest zu machen, oder?"

„Hey, Moment mal. Ich habe Ihnen doch gesagt, dass ich nichts getrunken habe. Warum also Steuergelder verschwenden …?" So ging die Unterhaltung weiter, während sich Ärzte und Krankenschwestern um Patrick scharten, der reglos auf dem Untersuchungstisch lag, voll mit Schläuchen und Sensoren.

≈

Draußen folgte Maddy den blauen Neonpfeilen mit der Aufschrift „Notaufnahme" und parkte den Wagen so nah wie möglich am Eingang. Sie und die Jungen rannten durch die automatischen Türen auf die Rezeption zu, panisch und außer Atem.

„Mein Mann … Patrick Doherty. Ich wurde angerufen, weil er einen Unfall hatte."

„Ich werde sehen, wohin sie ihn gebracht haben", antwortete die Schwester an der Empfangstheke. „Einen Augenblick bitte." Sie blickte auf ihren PC-Bildschirm, tippte etwas ein, las ein bisschen, tippte dann noch etwas ein.

„Bitte beeilen Sie sich", sagte Maddy. Immer noch auf den Bildschirm fixiert machte die Krankenschwester eine Bewegung, die wohl so etwas wie *Ja ja, ich mach ja schon* bedeuten sollte. Maddy trat nervös von einem Fuß auf den anderen und trommelte mit den Fingern auf die Theke. Schweigend sahen ihr die Jungen dabei zu.

„Er wird gerade operiert", berichtete die Schwester.

„Was genau ist denn mit ihm? Wie schwer ist er verletzt?" Mit ihrer wachsenden Panik wurde auch Maddys Stimme lauter.

„Das ist alles an Information, was ich habe. Ich werde dem Arzt Bescheid geben, dass Sie hier sind, und er wird sich um Sie kümmern, sobald er kann."

Fast hätte sie gesagt: „Ich will aber *jetzt* Genaueres wissen!", als sich die Eingangstüren öffneten und ihre Mutter trotz ihrer Leibesfülle schnell und resolut hereinsegelte. Sie trug einen Schlafanzug, paillettenbesetzte Pantoffeln und einen mit pinkfarbenen Provence-Rosen bedruckten Bademantel. Im Haar – eine Mischung aus rotblond und grau – trug sie Lockenwickler, die jeweils mit Toilettenpapier umwickelt waren, weil man so besser auf ihnen schlafen konnte.

Dieser Anblick überraschte Maddy so sehr, dass sie für einen Moment ihre Angst vergaß. „Mutter!", rief sie. „Du hättest dir doch wenigstens das Toilettenpapier vom Kopf nehmen können!"

„Wen kümmert schon das Toilettenpapier!", sagte ihre Mutter bestimmt. „Wie geht es Patrick?"

„Ich weiß es nicht. Sie wollen mir nichts sagen."

„Komm hier herüber und setz dich." Olivia führte ihre Tochter und ihre Enkel zu einer leeren Sitzreihe im Wartebereich. Die beiden Frauen nahmen Platz, während die Jungen vor ihnen standen, von den ruhigen Händen ihrer Großmutter dorthin geführt. „Lasst uns beten", sagte sie. Alle nickten. Natürlich war das das Erste, woran sie dachte.

Sie hatten gerade ihre Köpfe geneigt, als ein Polizist mit einem kleinen Karton hereinkam. „Ist hier eine Maddy Doherty?", fragte er.

„Hier!" Maddy sprang auf. „Ich bin Maddy Doherty."

Er bat sie zu sich herüber, damit er einigermaßen vertraulich mit ihr reden konnte. „Es tut mir sehr leid wegen Ihrem Mann. Das hier sind seine persönlichen Sachen, die wir aus seinem Wagen herausgeholt haben." Er hielt ihr den Karton entgegen.

Reflexartig streckte Maddy ihre Hände aus und nahm den Karton in Empfang. „Was ist passiert?"

„Ihr Mann ist frontal mit einem anderen Fahrzeug zusammengestoßen. Die Fahrgastzelle war komplett zertrümmert, sodass wir ihn aus dem Auto schneiden mussten. Der andere Fahrer ist wegen ein paar kleinerer Verletzungen in Behandlung. Man wird ihn wegen Trunkenheit am Steuer und wegen Totschlags verhaften. Wir haben einige leere Bierdosen in seinem Auto gefunden und er ist beim Alkoholtest durchgefallen. Er hat mit Sicherheit fünf oder sechs Drinks gehabt, vielleicht sogar mehr."

Alle Farbe wich aus Maddys Gesicht. Ihre Mutter sah, wie sie schwankte, sich dann aber wieder fing. Olivia bedeutete den Jungen zu bleiben, wo sie waren, und stellte sich neben Maddy und den Polizeibeamten.

„To-Totschlag?", wiederholte Maddy. Ihr Mund schaffte es kaum, das Wort zu formulieren. „Ich verstehe nicht. Ist denn jemand gestorben? Die Schwester hat mir gerade erklärt, dass mein Mann noch operiert wird ..."

Jetzt war es der Polizist, der erbleichte. Er sah erst Olivia an, dann Maddy, dann wieder Olivia. „Oh, äh, gnädige Frau, es tut mir so leid. Ich hätte das so nicht sagen sollen. Ich weiß nicht genau, wie es Ihrem Mann geht. Es ist bloß – es sah übel aus, als wir ihn herausgeholt haben, sodass ich dachte, er würde es nicht schaffen. Ich – ich – "

„Nicht schaffen?!" Maddy spürte erneut, wie Panik in ihr aufstieg. Tränen traten ihr in die Augen.

„Maddy!", rief ihre Mutter. „Schatz, er weiß nicht wirklich Bescheid. Er versucht nur zu helfen." Sie machte eine Bewegung mit dem Kopf. „Die Kinder", fügte sie leise hinzu.

Maddy sah zu ihren Söhnen herüber, die wie gelähmt und mit weit aufgerissenen Augen auf ihren Stühlen saßen.

„Ich danke Ihnen", sagte Olivia zu dem Polizisten. „Wir wissen Ihre Hilfe zu schätzen."

Der Beamte ging schnell davon, offensichtlich erleichtert darüber, nicht länger bleiben zu müssen.

„Wir sollten uns etwas zu essen besorgen", sagte Olivia laut genug, dass auch die Jungen es hören konnten, und machte sich auf den Weg zur Cafeteria. „Sagen Sie ihnen, dass wir da drin sind", bat sie die Schwester und zeigte den Gang herunter.

≈

Mutter und Tochter saßen nebeneinander am Tisch, jede vor einer noch unberührten Tasse Kaffee aus dem Automaten. Die Jungen hatten jeder einen Schokoriegel und anderes ungesundes Zeug gegessen, das normalerweise streng verboten war. Es war halb vier morgens, und sie waren in der Cafeteria unter sich. Endlich öffnete sich die Tür und ein Arzt kam zögernd herein. Er war mittleren Alters, leicht übergewichtig und offensichtlich total erschöpft. Er trug grüne OP-Kleidung, eine grüne Kappe auf dem Kopf und um seinen Hals hing eine grüne Maske.

Maddy ging auf ihn zu.

„Sind Sie Mrs Doherty?", fragte der Arzt vorsichtig.

„Ja. Wie geht es ihm?"

„Würden Sie bitte mitkommen?" Er drehte sich um und hielt ihr die Tür auf. Sie gingen zurück in das leere Wartezimmer und setzten sich in die erste Sitzreihe. Schweigend verschränkte der Arzt die Arme und versuchte, sich zu sammeln.

„Ihr Mann hat ein Schädel-Hirn-Trauma erlitten", begann er. „Die Schwellung konnte hämostatisch nicht gestoppt werden. Er erlitt gleichzeitig tiefe Verletzungen der Lunge, die durch ein Dutzend gebrochener Rippen verursacht wurden, was mit einer Abbremsgeschwindigkeit dieses Ausmaßes übereinstimmt."

Verständnislos starrte Maddy den Arzt an. Tränen liefen über ihr Gesicht. „Können Sie das bitte noch einmal in einfachen Worten sagen?"

24

Der Arzt presste die Lippen zusammen und führte seine Fingerspitzen an den Mund. Er sah erst auf den Boden, dann in ihre Augen. „Mrs Doherty, es tut mir sehr leid. Ihr Mann hat es leider nicht geschafft."

Die Lücke ist nicht zu schließen

Der stahlgraue Herbsthimmel warf sein diffuses Licht auf einen mit Rosen bedeckten Sarg, eine winzige Insel leuchtenden Rotes inmitten des schwarzen Meers der Trauergäste. Etwas abseits saß Maddy mit ihrer Mutter und den Kindern unter einer blauen Markise. Tränen und Wimperntusche liefen hinter ihrer übergroßen Sonnenbrille hervor. Es kam ihr so vor, als hätte sie die Augen seit Patricks Tod nicht ein einziges Mal geschlossen, sondern sich nur immer wieder die Tränen abgewischt, bis eigentlich keine mehr übrig sein konnten. Der wenige Schlaf, den sie bekommen hatte, war immer wieder von einer endlosen Reihe von Anrufen wohlmeinender Freunde, Gemeindemitglieder und Patricks Kollegen unterbrochen worden.

Tyler saß neben seiner Mutter, zappelig und aufgeregt, und konnte nicht wirklich verstehen, was gerade passierte, außer dass seine Mutter sehr traurig war und sein Vater irgendwohin gegangen war. Auf Maddys anderer Seite saß Ben mit starrer Miene vornübergebeugt auf seinem Stuhl, immer noch vollkommen unter Schock. Er starrte auf die Rosen und die glänzende Lasur auf dem Sarg, während der Pastor seine kurze Ansprache mit einem Bibelvers beendete: „Der Herr ist denen nahe, die zu ihm beten und es ehrlich meinen. Er geht auf die Wünsche derer ein, die voll Ehrfurcht zu ihm kommen. Er hört ihren Hilfeschrei und rettet sie." Um seinen Worten Nachdruck zu verleihen, sah er Maddy dabei an.

Sie war sehr dankbar für seine Hilfe in den letzten Tagen. Maddy kannte Psalm 145. Schon oft hatte sie ihn gelesen, doch jetzt fragte sie sich mit zusammengekniffenen Lippen: *Wird er meinen Hilfeschrei hören? Was ist mit den Schreien meiner Kinder? Hat er gehört, wie Tyler dauernd fragt, wann sein Papa wieder nach Hause kommt? Wie Ben sich nachts das Herz aus dem Leib weint, wenn er denkt, das alle anderen schlafen? Ich glaube nicht.*

Pastor Andy schloss seine Bibel und neigte den Kopf. Schweigend nahmen die Friedhofsangestellten in ihren grünen Uniformen ein paar kräftige Seile vom Boden auf und ließen den Sarg ins Grab sinken.

Ben sprang auf. „Papa!", rief er mit brüchiger Stimme. Das glatt polierte Rechteck, das da im Boden verschwand, war die letzte greifbare Verbindung mit seinem Vater.

„Papa!"

Die Menge schaute ihn betroffen an. Seine Mutter und Olivia brachten ihn dazu, sich wieder hinzusetzen. Er ließ sich in den wackligen Klappstuhl fallen und begann zu weinen. Maddy beugte sich zu ihm und legte ihm den Arm um die Schultern.

Tyler richtete sich auf und sah sich gespannt um. „Papa? Wo ist Papa?!" Maddy nahm ihn auf den Schoß und brachte ihn zum Schweigen, indem sie seinen Kopf gegen ihre Brust drückte.

Einer der Friedhofsangestellten kam mit einer Schaufel in der Hand auf die Witwe und ihre Söhne zu. Er wollte sie Ben reichen. „Möchtest du die erste Schaufel übernehmen?"

Ben sah Olivia an, die aufmunternd nickte. Der Junge richtete sich auf, schniefte, wischte sich mit dem Handrücken die Tränen ab und nahm die Schaufel entgegen. Er hielt vor dem klaffenden Loch inne und rammte die Schaufel dann in den Erdhaufen neben sich. Ben war erneut zum Weinen zumute, aber er schaffte es, dass nur sein Kinn zitterte. Er stellte den Fuß auf die Schaufel, drückte sie mit all seinem Gewicht in den Erdhaufen und nahm so eine große Menge Erde auf.

Tyler wandte sich auf dem Schoß seiner Mutter um, bis sie fast Nase an Nase saßen. „Ich will das machen! Kann ich auch helfen?", flehte er und sah von seiner Mutter zu seinem Bruder.

Maddy ließ ihn los. Ben ließ den Griff der Schaufel einladend sinken, und Tyler sprintete die paar Schritte bis zum Rand der Grube. Zusammen leerten die beiden Jungen die Schaufel über dem Grab, sodass die Erdklumpen auf den Sarg plumpsten und die Blumen zerdrückten. Sie beugten sich über die Grube, um zu sehen, wo die Erde gelandet war, bis Maddy aufsprang und einen Arm um Tyler schlang, damit er nicht in die Grube hineinfiel. Ben schien nicht zu wissen, was er tun sollte, also streckte Maddy die Hand nach der Schaufel aus.

Sobald ihre Finger sich um den Griff legten, riss Ben sie mit beiden Händen wieder an sich und nahm sie ihr mit trotzigem Blick ab. Dann fing er wie wild an zu buddeln und warf Schaufel um Schaufel voll Erde in das Grab, so schnell er konnte. Erdklumpen flogen in alle Richtungen.

„Schatz, hör auf!", flehte seine Mutter, aber Ben reagierte gar nicht. Die umstehenden Trauernden wurden mit Erde beworfen. Hinter ihrer dunklen Sonnenbrille errötete Maddy.

„Ben, lass das jetzt!", befahl sie. Noch ein Erdregen. Und noch einer. Sie griff mit beiden Händen nach der Schaufel und hielt sie fest. Nun hielten sie beide die Schaufel und starrten einander an. Ihren ältesten Sohn so voller Schmerz zu sehen ging Maddy durch Mark und Bein. Ben riss seiner Mutter die Schaufel aus der Hand, warf sie auf den Boden und rannte davon, zu jung, um zu wissen, dass man vor etwas wie Trauer nicht wegrennen kann.

Maddy ging ihm ein paar Schritte nach, doch Olivia hielt sie sanft zurück. „Ich hole ihn", sagte sie. „Bleib du hier"– und weg war sie.

Maddy nahm Tyler bei der Hand und wandte sich einem der Gäste zu, der ihr sein Beileid aussprechen wollte.

≈

Ben rannte über den Friedhof, so schnell er konnte, bis er keine Luft mehr bekam und im dichten Gras zusammenbrach. Bald darauf tauchte Olivia auf, völlig außer Puste. Nach Luft schnappend lehnte sie sich gegen einen Baum.

„Willst du, dass deine Oma einen Herzinfarkt bekommt?",
japste sie. „Dann wirst du wohl als Nächstes zu *meiner* Beerdigung kommen müssen!" Bens fahler Gesichtsausdruck zeigte ihr, dass sie eindeutig die falschen Worte gewählt hatte.
„Es tut mir leid, mein Lieber. Das hätte ich nicht sagen sollen. Aber was ist denn los mit dir? Du kannst dich nicht einfach so benehmen, schon gar nicht heute. Dein Vater ..."
„Mein Vater ist tot!", unterbrach er sie zornig.
Olivia setzte sich ins Gras, lehnte sich gegen den Baum und sah in den Himmel. Dann seufzte sie tief. Was sollte sie sagen? „Hör mal – ich weiß, wie sehr du leidest, mein Schatz. Aber was du jetzt tun solltest, ist Gott um Rat zu bitten."
Bens Augen füllten sich mit Tränen. „Was für einen Rat denn?", fragte er mit erstickter Stimme.
„Du kannst Gott bitten, dass er dich tröstet und beschützt."
Aber Ben wollte davon nichts hören. „Weißt du noch, wie du mir gesagt hast, dass Gott alles weiß?" Olivia nickte. „So. Wusste Gott dann auch, dass mein Vater sterben würde?" Wieder nickte sie.
In Ben stieg sichtbar die Wut hoch, und seine Stimme überschlug sich. „Warum hat er meinen Vater sterben lassen? Und warum lässt er zu, dass mein kleiner Bruder und ich den Rest unseres Lebens ohne ihn verbringen müssen?"
Olivia wusste nicht, was sie sagen sollte. Sie hatte nicht die leiseste Ahnung, warum Gott Patricks Tod zugelassen hatte. Das war eine sehr gute Frage. Während sie über ihre Antwort nachdachte, wurde ihr klar, dass es egal war, was sie sagen würde – Ben konnte es nicht verstehen. Er würde allein seinen Weg durch die Trauer finden müssen, genau wie sie den Tod ihres Mannes kurz nach Bens Geburt hatte verarbeiten müssen. Wie konnte Gott einen Jungen ohne seinen Großvater aufwachsen lassen und ihren Robert zu sich nehmen, ehe er seinen Enkel überhaupt kennenlernen konnte? Wie auch immer sie antwortete, für Ben würde es keinen Sinn ergeben. Außerdem war er erst elf. Wie viel konnte er verkraften?
Sie wählte den leichtesten Weg. „Ben, nichts, was ich sagen könnte, würde dir den Schmerz nehmen. Lass uns jetzt zu

den anderen zurückgehen und die Zeremonie beenden. Ich verspreche dir: Morgen reden wir, okay?"

Ben nickte und stand auf, wischte sich über das Gesicht und streckte ihr die Hand hin. Mit einem Grunzen half er Olivia beim Aufstehen.

„Sei vorsichtig, mein großer Junge, ich möchte nicht, dass du dir irgendetwas zerrst!" Der Hauch eines Lächelns huschte über Bens Gesicht, aber es hielt nicht lange an. Olivia zog ihn zu sich heran und legte ihre Arme um ihn.

„Hey!" Sie wandten sich um und sahen Tyler, der mit Höchstgeschwindigkeit auf sie zugerannt kam, mit Maddy im Schlepptau. „Omi!", rief er, als er neben ihr zum Stehen kam. „Kann ich ein Eis haben?"

Olivia hob eine Augenbraue. „Ein Eis?" Sie machte eine Kunstpause. „Das ist eine sehr gute Idee!" Sie wandte sich an Ben. „Was meinst du, großer Junge?"

„Schätze schon", antwortete er ohne jeglichen Enthusiasmus. Olivia piekste ihm in die Seite, bis sie schließlich ein Lächeln aus ihm hervorbrachte. Es war nur sehr schwach, aber für den Moment musste es reichen.

Keine Vorkenntnisse nötig

Und jetzt?

Diese Frage beschäftigte Maddy seit Tagen. Auch mit ihrer Mutter hatte sie schon unzählige Male darüber gesprochen. Ein paar Wochen nach der Beerdigung kam die Frage wieder auf, nachdem die Jungen ins Bett gegangen waren.

Das eigentlich sehr gemütliche Wohnzimmer mit den Sitzbänken am Fenster und den hohen Decken fühlte sich ohne die Wärme und Energie, die Patrick verbreitet hatte, kalt und leer an. Maddy saß auf der Couch, eingehüllt in eine Decke, ihre Mutter thronte im Schaukelstuhl neben ihr, und beide tranken Kräutertee.

„Ich muss mir einen Job suchen, Mama", sagte Maddy resigniert.

„Du schaffst das, mein Schatz", sagte Olivia aufmunternd. „Du hast so viel zu bieten – dein nächster Arbeitgeber wird begeistert sein."

„Mama, ich hatte noch nie einen Arbeitgeber, falls du das vergessen hast!" Das Thema war für Maddy ein wunder Punkt. „Meine Güte, ich habe noch nicht einmal einen Schulabschluss. Was soll ich machen? Einkäufe in Tüten packen?"

„Du hattest wichtigere Dinge zu tun, zum Beispiel die Mutter des Jungen da oben zu sein, der genau wie sein Vater aussieht", sagte Olivia lächelnd. „Es war das einzig Richtige – und das weißt du auch."

Als Maddy schwanger wurde, war alles so schnell gegangen, dass es damals das einzig Richtige zu sein schien, die Schule zu verlassen und eine Vollzeit-Ehefrau und -Mutter zu werden. Und Maddy sagte sich, dass sie sowieso nie zur Highschool hätte zurückgehen können, weil sie die Gemeinheiten und Hänseleien ihrer Mitschüler nicht ertragen konnte.

„Okay, du hast recht", räumte Maddy ein, „aber ich hatte Patrick versprochen, die Schule zu beenden, sobald das Baby da ist. Und ich habe das bis jetzt immer noch nicht nachgeholt."

Für einen Moment saßen sie schweigend da. Maddy starrte auf einen Fleck auf dem Teppich und sah dann auf. „Ich weiß nicht, was ich tun soll, Mutter", sagte sie. „Zum Glück konnten wir dank der Versicherung das Haus abbezahlen und haben sogar noch ein paar Rücklagen. Aber lange werden die nicht reichen. Und dann habe ich keine Ahnung, womit um alles in der Welt ich Geld verdienen soll."

„Was hältst du davon, Immobilienmaklerin zu werden?", schlug Olivia vor und tat ihr Bestes, nicht wie eine nörgelnde Mutter zu klingen. Maddy war in diesen Tagen so empfindlich.

„Oh nein! Den Kontakt mit so vielen Leuten könnte ich im Moment nicht verkraften."

Das führte also nicht weiter. Sie musste es anders versuchen. „Also, was wolltest du schon immer machen?"

Maddy starrte ihre Mutter an und brach in Tränen aus.

„Es tut mir leid, Schatz!" Zweiter Treffer. „Ich weiß, dass du einfach immer eine Familie haben wolltest, und die hast du ja auch." Olivia hielt den Schaukelstuhl an und sah ihre Tochter aufmerksam an. „Ich habe eine Idee. Würde es die Sache erleichtern, wenn ich mein hektisches Leben anhalten und für eine Weile zu euch ziehen würde? Ich könnte dir mit den Jungen helfen, bis du wieder Boden unter den Füßen hast."

Maddy hörte auf zu weinen und starrte ihre Mutter ungläubig an. „Dein hektisches Leben? Willst du mich auf den Arm nehmen? Seit Papa gestorben ist, hast du doch gar nichts mehr gemacht!"

„Na ja", sagte Olivia geradeheraus, „es ist harte Arbeit, wie vierzig auszusehen, wenn man fast sechzig ist." Mutter und Tochter starrten einander an und brachen dann in lautes Gelächter aus. Es fühlte sich so gut an, mal wieder zu lachen.

„Im Ernst, Mama", sagte Maddy, als sie wieder Luft geholt hatte, „das würdest du tun? Bei uns einziehen?"

Olivia bedachte sie mit dem strengen „Ich-bin-schließlich-deine-Mutter"-Blick, den Maddy schon so oft gesehen hatte. „Sehe ich so aus, als würde ich scherzen, junge Dame?" Wieder mussten sie beide lachen. „Im Ernst, ich würde alles für dich tun, mein Schatz. Das weißt du."

Schniefend beugte Maddy sich vor und kuschelte sich an ihre Mutter. „Besorgst du mir auch einen Job?"

≈

Maddy reagiert vollkommen untypisch auf das Sechs-Uhr-Klingeln ihres Weckers. An diesem Sonntagmorgen sprang sie förmlich aus dem Bett, denn sie hatte einen Plan. Sie zog einen alten Trainingsanzug an, band ihr langes Haar zu einem Pferdeschwanz zusammen und ging in die Küche, wo ihre Mutter Kaffee trinkend am Tisch saß und ein Kreuzworträtsel bearbeitete.

„Gehen wir heute in den Gottesdienst?", fragte Olivia.

Maddy stieß einen Seufzer aus, der nach „Ach, Mama!" klang, um diese Unterhaltung schon vorzeitig abzubrechen.

„Ich meine ja bloß", fuhr Olivia fort, „du bist seit Wochen nicht mehr dort gewesen." Dann schwieg sie, um die richtigen Worte zu suchen und nicht zu aufdringlich zu klingen. „Mir ist das immer eine Riesenhilfe, wenn mir so viel durch den Kopf geht."

Maddy wusste, dass sie recht hatte, was den Rat aber nur noch lästiger machte. Auch sie spürte, dass sie eigentlich dringend die Nähe zu Gott brauchte, aber sie war so müde und durcheinander. Der Gedanke, dass Gott ihr Patrick mit Absicht weggenommen haben könnte, hatte einen trotzigen Zweifel in ihr gesät. Außerdem konnte ihre Mutter manchmal so herrisch sein!

„Mutter, wenn ich deine Meinung hören will, dann melde ich mich, ja?", sagte sie schroff.

„Ich meine ja bloß …"

„Du brauchst gar nichts zu meinen. Ich bin fast siebenundzwanzig. Wann wirst du anfangen, mich wie eine Erwachsene zu behandeln?"

Olivia zuckte mit den Schultern. „Vermutlich nie. Bist du so lieb und holst deiner alten Mutter das Kreuzworträtsel von heute? Mit dem hier bin ich bald fertig."

Maddy schenkte sich Kaffee ein, öffnete die Haustür und ging schnurstracks auf den Briefkasten zu, in dem die Morgenzeitung steckte. Drinnen zog sie den Kleinanzeigenteil aus der Mitte der Zeitung, warf den Rest vor ihrer Mutter auf den Tisch und ging wieder nach draußen.

Dort machte es sich Maddy in ihrem kleinen Paradies bequem. Patrick hatte extra für sie einen wunderschönen Garten angelegt – einen Zufluchtsort, in den sie sich zurückziehen konnte, wenn ihr die Kinder einfach zu viel wurden oder sie Ruhe zum Nachdenken brauchte. Fast das ganze Jahr über blühte immer irgendwas, darunter all ihre Lieblingsblumen: Osterglocken, Tulpen, Gänseblümchen, Rosen, Orchideen, Immergrün. Patrick hatte wie ein Ochse geschuftet, damit der Garten immer perfekt aussah. Sogar jetzt fühlte sie sich ihm dort ganz nah. Wo auch immer sie hinsah, fiel ihr Blick auf einen Strauch, den er gepflanzt, oder eine Hecke, die er beschnitten hatte. Es sah fast so aus, als sei er heute schon hier gewesen, um für ein bisschen Ordnung zu sorgen. In der Mitte des Gartens hatte Patrick einen Bogen mit einer Schaukel errichtet, wo sie Platz nehmen und die Ruhe genießen konnte.

Sie schaukelte sanft hin und her, während sie die Kleinanzeigen studierte. Jeden Job, der bestimmte Vorkenntnisse voraussetzte, strich sie gleich durch. Das ließ nicht viele übrig. Doch ein Eintrag in der Rubrik „Restaurants" weckte ihr Interesse:

Ab sofort gesucht:
Kleines, aber belebtes Familienrestaurant
sucht Bedienung. Keine Vorkenntnisse
nötig, Anlernen möglich. $5,13 pro Stunde
plus Trinkgeld. Bewerbungsunterlagen online erhältlich.
Bewerbung an:
Shuckley's Restaurant,
1215 Old Tampa Highway

„Keine Vorkenntnisse nötig", murmelte sie. „Ja, das klingt nach jemandem wie mir!"

Die morgendliche Brise ließ die Bäume und die Blumen in ihrer kleinen Oase rascheln, doch die friedliche Atmosphäre war meilenweit entfernt von dem Aufruhr in ihrem Innern. „Was ist bloß mit meinem Leben passiert?", fragte sie sich laut. Und wo war Gott in all dem?

„Was ist bloß los, Herr? Du hast mir alles geschenkt, wovon ich geträumt habe. Einen tollen, treuen, liebevollen Ehemann, der sich um mich gekümmert und mich beschützt hat. Zwei wunderbare Söhne. Einen felsenfesten Glauben an dich, von dem ich dachte, dass er mich durch alles hindurchtragen würde. Und jetzt? Jetzt bin ich eine alleinerziehende Mutter ohne Schulabschluss auf Jobsuche. Und Witwe." *Witwe.* Das Wort ließ sie frösteln. Was dachte Gott sich nur dabei?

Je länger sie dasaß, desto wütender wurde sie. „Was willst du mir dadurch zeigen, Vater?", wollte sie wissen. „War ich zu selbstzufrieden?" Wut und Frust und Trauer stiegen in ihr auf, kochten hoch wie eine giftige Brühe. „Ist es das? Habe ich dir nicht genug Aufmerksamkeit geschenkt?" Ihre Stimme wurde lauter. „Warum, Gott? Warum? Warum!"

Olivia hörte sie und kam auf die Veranda gelaufen. „Maddy?"

Maddy sah auf. „Alles okay", sagte sie. „Mir geht's gut. Ich habe nur einen Moment die Nerven verloren."

Olivia kam noch einen Schritt auf sie zu. Maddy streckte die Arme aus, und ihre umarmte sie ganz fest. Sie saßen eine ganze Weile auf der Schaukel, hielten einander fest und schwangen sanft hin und her.

Olivias Blick fiel auf die markierten Kleinanzeigen. „Auf Jobsuche?"

Maddy nickte.

„Irgendwas dabei?"

Maddy zeigte auf die Restaurant-Annonce. „Das ist alles, was man ohne Vorerfahrung machen kann."

„Toll! Wann fängst du an?"

Maddy war verwirrt. „Moment mal. Was?"

„Wann du anfängst."

„Mutter, ich habe mich doch noch nicht mal beworben."

„Na, worauf wartest du dann noch? Dass jemand dich anruft und dir den Job anbietet? Auf geht's!" Sie gab Maddy einen leichten Schubs, um sie von der Schaukel zu bewegen, und dann einen Klaps auf den Allerwertesten.

Maddy stand unschlüssig neben der Schaukel. „Bedienung im Restaurant?", fragte sie mit leiser, verschämter Stimme.

„Ich erinnere mich noch gut an meinen ersten Job", sagte Olivia munter.

Maddy sah sie ungläubig an. „Du? Mama, du hast noch keinen Tag in deinem Leben gearbeitet, das weißt du doch genau!"

„Au contraire, meine Liebe: Ich habe tatsächlich gearbeitet. Kein Wunder, dass du das nicht mehr weißt, denn du warst damals erst zwei Jahre alt. Dein Vater war für sechs Monate von seinem Job in der Fabrik freigestellt worden, und was denkst du, wer einspringen musste?"

„Doch nicht du!"

„Doch, ich. Und ich kann dir sagen, dass ich die beste Bedienung war, die Shuckley's davor oder danach jemals hatte."

Maddy riss die Augen auf. „Machst du Witze? Das Restaurant aus der Anzeige? So lange gibt es die schon?"

„Und sie machen immer noch den besten Hackbraten der Welt. Und noch etwas, kleines Fräulein. Den Kopf wegen eines Jobs als Bedienung hängen zu lassen geht gar nicht. Es ist nichts Schlimmes dabei, in einem Restaurant – oder wo auch immer – zu arbeiten, wenn man eine Familie zu ernähren hat. Deinem Vater und Patrick war es immer wichtig, zu dem zu stehen, was man tut. War Patrick sich zu schade dafür, abends noch einen Besen zu schwingen?"

Maddy schüttelte den Kopf.

„Ganz genau! Vor allem dann nicht, wenn er den Lohn dafür bekam. Schatz, es gibt keine Arbeit, die unter unserer Würde wäre. Und Menschen Essen und Trinken zu servieren ist nun wirklich nichts Schlimmes."

Belebt und ermutigt gab Maddy ihrer Mutter einen Kuss auf die Wange und ging dann zielstrebig in Richtung Küche.

„Wo willst du denn jetzt so schnell hin?"

„An den PC, die Bewerbungsunterlagen ausfüllen", sagte sie im Weggehen. „Ich werde die beste Bedienung werden, die sie je hatten!" Ehe sich die Tür hinter ihr schloss, steckte sie noch einmal den Kopf nach draußen. „Was ich noch fragen wollte: Würde es dir etwas ausmachen, morgen Vormittag auf die Jungs aufzupassen? Ich möchte die Bewerbung gerne persönlich abgeben."

„Machst du Witze?" Olivia schaute finster drein. „Diese kleinen Monster?" Dann zeigte sie ihr strahlendstes Großmutterlächeln. „Los, kümmer dich um deine Bewerbung. Ich werde sie aus den Federn scheuchen und beschäftigen."

„Klasse! Ich hab dich lieb! Bis zum Mittagessen dann!"

≈

Shuckley's Restaurant zu betreten glich einer Zeitreise in die Vergangenheit. Entlang der großen Frontscheiben, von denen aus man auf den Bürgersteig sah, fanden sich Sitzecken, deren rote Plastikbezüge farblich auf die Barhocker abgestimmt waren. Die alte Jukebox war durch ein Exemplar ersetzt worden, das CDs abspielen konnte, allerdings im Wesentlichen genau so aussah wie das alte Modell. Es roch nach Kaffee und Bratfett. Auf den laminierten Speisekarten waren die alten Preise durch kleine Aufkleber korrigiert worden, und das Tagesmenü war mit der mit Sicherheit letzten existierenden Schreibmaschine in ganz Südflorida getippt worden.

Es war unschwer zu erkennen, wer hier das Sagen hatte. Lizzie war mittleren Alters und gut gepolstert, trug einen strengen blauen Rock, eine weiße Bluse und so eine Art Schwesternhäubchen, wie sie die Serviererinnen in alten Filmen trugen, das in ihrem vollen roten Haar mit Dutzenden von Haarnadeln befestigt war. Sie beendete gerade ein Telefongespräch, als eine hübsche, etwas unsicher schauende junge Frau mit Pferdeschwanz hereinkam und an der Tür stehen blieb.

„Tisch für eine Person, Süße?", fragte sie und knallte gekonnt mit ihrem Kaugummi.

„Äh, nein", antwortete Maddy zögernd. „Ich, ähm, möchte mich eigentlich auf den Job bewerben, der gestern in der Zeitung stand. Ich habe die Bewerbung schon per Mail geschickt."

„Kommen Sie in einer Stunde nochmal, wenn die Frühstücksphase vorbei ist. Dann können wir reden", sagte die Frau und ging davon.

Mehr oder minder fassungslos blieb Maddy stehen. *Wiederkommen? Hmm!* Von der Bedienung in einer besseren Imbissbude abgekanzelt! Diese ganze Job-Sache war total nervig. *Vielleicht sollte ich es einfach lassen.* Weil ihr aber nichts Besseres einfiel, setzte sie sich wieder in ihren Wagen und wartete.

Eine Stunde später traf sie die Bedienung am Eingang. Sie wischte ihre Hand an einem Geschirrtuch ab und streckte sie Maddy entgegen. „Lizzie", stellte sie sich vor.

„Maddy Doherty", sagte Maddy nervös lächelnd.

„Sie sind zurückgekommen. Sie scheinen den Job wirklich zu brauchen."

„Ja, das stimmt allerdings."

Lizzie lächelte. Sie konnte neue Bewerber immer schnell einschätzen, und diese junge Frau war auf jeden Fall ein Gewinn. „Setzen Sie sich und füllen diesen Dienstplan aus, damit ich weiß, wann Sie Zeit haben. Sie können ihn aber auch mit nach Hause nehmen und später zurückbringen."

Maddy hatte sich schon hingesetzt und zu schreiben begonnen, ehe Lizzie den Satz vollendet hatte. Als sie fertig war, stand Maddy auf und wartete darauf, dass Lizzie erneut vorbeikam. Die Serviererin sah, dass Maddy unschlüssig herumstand. „Sie haben es sich doch nicht anders überlegt, oder?", fragte sie mit einer Stimme, die das Klappern aus der Küche und die Tischgespräche locker übertönte.

„Nein, natürlich nicht", rief Maddy lächelnd zurück. Lizzie nahm den Zettel und warf rasch einen prüfenden Blick darauf.

„Ich habe vorher nicht gearbeitet, weil ich bisher Hausfrau und Mutter war", erklärte Maddy. „Wir haben früh Kinder bekommen, und mein Mann und ich hielten es für wichtig, dass ich zu Hause bleibe und mich um sie kümmere." Sie sah Lizzie ernst an.

„Sie sehen ihr ziemlich ähnlich, wissen Sie."

„Wie bitte?"

„Sie sind Olivia Alexanders Tochter, nicht wahr?"

Maddy blieb der Mund offen stehen. „Ähm, ja, genau, sie ist meine Mutter. Kennen Sie sie?"

„Sie *kennen*?" Lizzie kicherte. „Als Sie vor einer Stunde hier reinkamen, mit diesem nervösen Gesichtsausdruck, hätte man Sie mit der Frau verwechseln können, die vor fünfundzwanzig Jahren durch genau diese Tür kam. Carl und ich hatten das Lokal damals gerade von seinem Vater übernommen. Ihr Vater war von der Fabrik beurlaubt worden, und Ihre Mutter sprang in die Bresche, bis er wieder arbeiten konnte."

Maddy war sprachlos. Die Geschichte stimmte also tatsächlich.

„So, aber kommen wir zum Punkt. Wann möchten Sie anfangen?"

Maddy schaute verdutzt. „Soll das bedeuten, ich hab den Job?"

„Sie haben ihn, wenn Sie ihn wollen, Liebes. Ich sehe jedenfalls keine Horden von hoffnungsvollen Kandidaten, die mir die Tür einrennen. Sie etwa?"

„Nein", gab Maddy zu, „es sieht nicht danach aus."

„Willkommen im Shuckley's." Erneut schüttelten die beiden sich die Hände, und Maddy strahlte, weil sie ihre Mission erfüllt hatte.

≈

Auf dem Heimweg ließ Maddy die Szene im Shuckley's noch einmal Revue passieren. Hatte ihre Mutter dabei etwa die Finger im Spiel? Wenn nicht, war Jobsuche nicht halb so schwierig, wie sie gedacht hatte. Zu jedem anderen Zeitpunkt ihres Lebens hätte sie gesagt, dass Gott dahinterstecken könnte, aber im Moment war sie sich da nicht so sicher. Doch egal, wie es nun dazu gekommen war, sie war erleichtert.

Olivia und die Jungen warteten schon im Wohnzimmer auf sie.

„Und … ?", fragte ihre Mutter, die nervös auf ihrer Stuhlkante hin- und herrutschte.

„Und was?", fragte Maddy schelmisch, doch dann konnte sie ihre Freude nicht mehr zügeln. „Ich hab den Job!", rief sie und reckte triumphierend die Fäuste in die Luft. Da schrien sie alle und tanzten wild durcheinander. Als sich der kleine Tumult wieder gelegt hatte, fasste Maddy ihre Mutter am Arm.

„Mama, jetzt mal im Ernst. Hast du irgendetwas damit zu tun, dass ich diesen Job bekommen habe?"

Olivia sah sie verständnislos an. „Ich habe absolut keine Ahnung, wovon du redest." Und dann lauter: „Wer hat Hunger?!"

„Ich!", schrie Tyler, sprang vom Sofa und folgte ihr in die Küche. „Ich will helfen."

„Gerne, mein Lieber", sagte Olivia. Maddys Lippen formten lautlos die Worte „Danke schön" und ihre Mutter zwinkerte im Sinne von „Gern geschehen" zurück.

Der neue Normalzustand

Nachdem sie drei Monate lang im Shuckley's den legendären Hackbraten serviert hatte, war für Maddy klar, dass ihr kleines Gehalt sie nicht lange über Wasser halten würde, selbst wenn man das Trinkgeld dazurechnete. Die Rechnungen stapelten sich, und sie ging sehr sparsam mit dem restlichen Geld von der Versicherung um, benutzte es nur, wenn sie gar keine andere Möglichkeit hatte und knauserte selbst dann noch. Neben der Tatsache, dass sie mehr Geld brauchte, wollte sie außerdem einen Job, der ihr das Gefühl gab, etwas erreicht zu haben – eine längerfristige Karriereaussicht. Lizzie bediente zwar auch, aber sie war auch Geschäftsfrau. Was würde sie wohl tun?

Eines Abends nach einer Doppelschicht schleppte Maddy sich die Stufen zu ihrem Zimmer hoch. Die Kinder waren seit einer Stunde im Bett und ihre Mutter schlief wahrscheinlich auch schon. Noch in ihrem Kellnerinnen-Outfit warf sie sich auf ihr Bett und streifte die Schuhe ab. Jemand klopfte vorsichtig an die Tür. Olivia lugte herein.

„Bist du wach?"

„Ja, aber nicht mehr lange", sagte Maddy, die sich mühsam aufrappelte und dann auf die Bettkante setzte.

„Wie geht es dir?"

Keine Antwort.

„Was ist los, mein Schatz?"

Maddy ließ sich wieder aufs Bett fallen und starrte an die Decke. „Ich weiß nicht, Mama. Manchmal sind es die Gedanken an Patrick, manchmal die an den Betrunkenen, der den

Unfall verursacht hat. Geht er fröhlich weiter durchs Leben, ohne überhaupt zu ahnen, was er uns angetan hat? Manchmal werde ich so wütend, und ich weiß nicht, ob ich wütend auf Gott oder auf den Betrunkenen bin. Ich muss einfach immer wieder daran denken."

Ihre Mutter setzte sich neben sie und streichelte ihr über die Stirn.

„Mama, wie hast du dich gefühlt, als Papa gestorben ist?"

Olivias Blick wurde abwesend. „Allein. Verängstigt. Wütend."

Maddy bemerkte, dass sie einen Punkt berührte, der immer noch wund war. „Es tut mir leid, Mama. Aber wir haben noch nie darüber gesprochen." Sie nahmen einander fest in die Arme.

„Unsere Ehemänner waren gute Männer, die uns wunderbare Erinnerungen und ein wunderbares Erbe hinterlassen haben", sagte Olivia. Die beiden saßen ganz nah beieinander und hielten sich an den Händen. „Und du hast den besonderen Segen, den Patricks Briefe an Gott bedeuten."

„Ich weiß, Mama."

„Ich finde es so toll, wenn du sie den Jungs vorliest. Sie haben so die Chance, ihren Vater auf eine Art kennenzulernen, die die meisten Kids in ihrer Situation niemals hätten. Und seine alte Bibel – was für ein Schatz!"

„Er hat wirklich viel hineingekritzelt", bestätigte Maddy. „Im Ernst, ich lese seine Notizen fast so gern wie die Bibel selbst. So fühle ich mich ihm sehr nah."

„Wo hast du die ganzen Sachen eigentlich hingetan?"

„Die Briefe sind in den Kartons mit den anderen Sachen von Patrick, die ich gerne aufbewahren möchte. Seine Bibel ist immer noch in seinem Nachttischschränkchen."

Maddy seufzte und strich sich eine Haarsträhne aus dem Gesicht.

„Müde?", fragte Olivia.

„Fix und fertig", bestätigte Maddy. „Unter den gegebenen Umständen bin ich froh über jeden Job, aber ich finde, ich sollte mehr erreichen, als für den Rest meines Lebens in einem kleinen Restaurant zu bedienen." Sie lagen mittlerweile beide auf dem Bett, ließen die Beine über die Kante baumeln und hielten beide ein Kissen umfasst wie Dreijährige, die sich an ihr Lieblingskuscheltier klammern.

Olivia brach das Schweigen. „Was wolltest du schon als Kind immer werden?"

Maddy legte die Stirn in Falten und dachte scharf nach. „Schauspielerin", sagte sie schließlich.

„Hm, ich glaube, der Zug ist abgefahren. Noch etwas anderes?"

Maddy dachte noch einmal nach. „Ich glaube, ich wollte gern Ärztin werden."

Überrascht zog Olivia die Augenbrauen hoch. „Wirklich? Das wusste ich gar nicht."

„Ich stecke eben voller Überraschungen." Noch eine Pause.

„Maddy, wie gefällt dir der Gedanke, Krankenschwester zu werden?"

Maddy sah ihre Mutter an. „Glaubst du, das könnte ich schaffen?" Die Spur von Begeisterung in ihrer Stimme zeigte ihrer Mutter, dass sie auf der richtigen Fährte war.

„Machst du Witze? Du kannst alles. Das weiß ich."

Maddy runzelte die Stirn. „Ich hab aber noch nicht mal einen Schulabschluss."

„Ich werde die Medien vorwarnen", sagte Olivia auf dem Weg aus dem Zimmer. Immer noch in ihrer Arbeitskleidung knipste Maddy ihre Nachttischlampe aus und sah, wie der Vollmond durch die Jalousien schien.

Sie war zu müde, um einen klaren Gedanken zu fassen. Wo war Gott in diesen Tagen? Sah er denn nicht den wachsenden Stapel Rechnungen in der Küche? Wusste er nicht, wie weh ihre Füße nach den endlosen Doppelschichten taten? „Wenn du so wunderbar bist und so viel weißt, was soll ich tun, Gott?", dachte sie laut, ihre Augen auf den Mond fixiert. „Dieses Mal weiß ich wirklich nicht weiter. Was ist dein Plan für mein Leben? Ich bin abends so erschöpft, dass ich kaum noch eine Kaffeetasse heben kann, und schon gar nicht eine gute Mutter für zwei verstörte und einsame Jungs sein. Ich bin pleite, ich habe eine Riesenangst, und ich verstehe nicht, warum das alles passieren musste. Werde ich es je verstehen?"

Hörte Gott überhaupt zu? *Vielleicht ist die Antwort, dass man nicht nach dem Grund fragen soll. Vielleicht sollte ich nicht beten, dass meine Probleme verschwinden, sondern dass ich die Kraft und die Weisheit und den Glauben bekomme, um die Probleme angehen zu können.* „Früher war ich so sicher, dass du weißt, was ich brauche, bevor ich überhaupt gefragt habe", betete sie. „Jetzt weiß ich das nicht mehr so genau. Du weißt, was wir noch auf dem Konto haben. Du weißt besser als ich, was meine Jungs auf dem Herzen haben. Bitte gib mir Kraft, Gott. Gib mir genug Glauben, um dir vertrauen zu können ..."

Mitten im Satz ging das Deckenlicht an und einen Moment konnte sie nichts sehen. Ihre Mutter kam auf sie zu und warf ihr einen Stapel Blätter zu.

„Hier!"

„Was ist das?", fragte Maddy blinzelnd.

„Alles, was du wissen musst, um Krankenschwester zu werden. Hab ich gerade im Internet gefunden."

Maddy blätterte eifrig durch die Seiten und sah sich das Abendschulprogramm für angehende Krankenschwestern in Orlando an. Leise kichernd legte sie die Blätter auf ihren Nachttisch, stand auf, um das Deckenlicht wieder auszuschalten, und legte sich dann wieder auf ihr Bett.

„Ist das deine Antwort, Herr?" Sie lächelte den Mond und die Sterne an. „Wenn ja, muss ich sagen, dass das sehr schnell ging. Vielleicht wird ja doch alles gut."

≈

Vier Jahre hatte es gedauert. Vier Jahre, in denen sie jede nur mögliche Schicht im Shuckley's übernommen hatte. Vier Jahre an der Krankenpflegeschule, während ihre Mutter auf Ben und Tyler aufpasste. Vier Jahre mit zu wenig Schlaf, zu wenig Zeit für die Jungen und für sich selbst. Jetzt endlich stand die Examensfeier bevor. Was ihr einmal unmöglich erschienen war, war jetzt eine abgeschlossene Sache. In ihrer Schwesternkleidung saß sie nun neben den anderen Absolventinnen und winkte ihrer Familie zu, die in der Menge saß. Tyler war inzwischen sieben und zu einem guten Fuß-

ballspieler herangewachsen. Ben war fünfzehn, ein tempe-
ramentvoller, langhaariger Musikfreak, der eine spannende
Kombination aus witzigem Charme und nervtötenden Teen-
ager-Manieren an den Tag legte.

Maddy winkte ihrer kleinen Mannschaft zu. Olivia streckte
enthusiastisch beide Daumen nach oben. Tyler winkte wild
mit beiden Händen. Ben, dem die Langeweile aus jeder Pore
sprach, strich sich das Haar aus den Augen und sah weg.
Ihre Mutter war ihr Fels gewesen. Sie hatte es Maddy erst
ermöglicht, all das zu durchzustehen. Sie hatte alles gegeben
und sich um die Jungen gekümmert, für sie gekocht, sie zur
Schule, zum Training und zur Bandprobe gebracht ... und
Bens Zynismus ausgehalten. Tyler konnte sich kaum an seinen Vater erinnern, aber sein älterer Bruder spürte den großen Verlust noch immer schmerzhaft.

„Madalynn Doherty."

Als sie ihren Namen hörte, erhob sich Maddy und über-
querte die Bühne, um ihr Abschlusszeugnis entgegenzu-
nehmen. Das Leben ohne Patrick war in den letzten Jahren
besonders hart für sie gewesen, denn sie musste einerseits
mit der Gegenwart klarkommen und andererseits für die
Zukunft planen. Sie nahm das kostbare Dokument von der
Direktorin entgegen, schüttelte ihr die Hand und ging auf
der anderen Seite wieder von der Bühne. Als sie einen Blick
auf ihre kleine Fangemeinde warf, sah sie, dass selbst Ben
lächelte.

≈

Maddy begann ihre Laufbahn auf der Entbindungsstation
des *Memorial Medical Center* im Nachtdienst, der ein bisschen
mehr Geld einbrachte als die normale Tagschicht. Kranken-
pflege war genau das, was Maddy immer hatte machen wollen. Und mitzuerleben, wie andere Mütter neues Leben zur
Welt brachten, erinnerte sie an die überwältigenden Gefühle,
die sie bei der Geburt ihrer eigenen Kinder gehabt hatte –
allerdings ohne den Schmerz, die Anspannung oder die
PDA-Nadel! Besonders genoss sie es, bei der Geburt des

ersten Kindes eines jungen Paares dabei zu sein. Patrick war so glücklich gewesen, dass sie diesen unvergesslichen Moment ihres Lebens miteinander teilen konnten. Wenn sie andere Väter sah, sah sie auch wieder Patricks tränenüberströmtes, stolzes Gesicht vor sich, als wäre er mit im Raum.

Maddy arbeitete drei Zwölf-Stunden-Schichten pro Woche, wodurch sie ein volles Gehalt bekam, aber vier Tage in der Woche mit ihrer Familie verbringen konnte. Es wurde Zeit, dass sie wieder am Leben ihrer Kinder teilnahm, was in der Zeit der Ausbildung und des Bedienens furchtbar kurz gekommen war. Außerdem hatte sie endlich Gelegenheit, ihr eigenes Leben wieder zu ordnen, nachdem sie sich so lange vollkommen verausgabt hatte.

In der ersten Nachtwache war sie sehr nervös gewesen. Jeder Job war am Anfang eine Herausforderung, aber dieser hier besonders. Hilflose Babys und deren Mütter waren von ihr abhängig. Der Job war interessant, aber auch sehr aufreibend.

Man hatte sie gebeten, sich in der Schwesternzentrale im vierten Stock zu melden. Als sie aus dem Aufzug trat, hörte sie ganz in der Nähe eine dröhnende Stimme. Sie war nicht unbedingt laut, einfach nur markant, obwohl es keinen Zweifel daran gab, dass sie auch laut werden konnte, wenn es nötig war. Als sie um die Ecke bog, sah Maddy, dass die Besitzerin der Stimme ebenfalls sehr umfangreich war. Alles an ihr war überproportional groß – sie war stämmig gebaut, hatte grobe Gesichtszüge, eine voluminöse Frisur, und ihre schwarze Haut bildete einen krassen Kontrast zu ihren üppigen, goldenen Dreadlocks. Doch wie Maddy schon bald erfahren sollte, war das Größte an ihr ihr Herz. Die Frau trug Schwesternkleidung und stand hinter der Empfangstheke der Zentrale, in der Pranke ein Klemmbrett, das darin aussah wie ein Spielzeugteil.

Als sie aufsah, fiel ihr Blick gleich auf Maddy. Die Frau zeigte ein blendendes Lächeln. „Herzchen, du musst Madalynn Doherty sein!"

Überrascht verlangsamte Maddy ihren Schritt ein wenig. „Ja. Die meisten Leute nennen mich Maddy."

„Okay, Maddy, willkommen auf der Entbindungsstation des *Memorial Medical Center*. Mein Name ist Carol und ich bin heute Abend die Gastgeberin. Tisch für eine Person?"

Maddy zog eine Augenbraue hoch. „Wie bitte?"

„Ich mach nur Spaß, Süße. Sowas überkommt mich einfach von Zeit zu Zeit." Ihr Kichern klang wie freundliches Gewittergrollen. „Ich heiße Carol Martin. Ich bin die Pflegedienstleiterin, weil sonst keiner den Job machen wollte!" Sie legte das Klemmbrett ab und streckte beide Hände aus. „Willkommen." Maddy ergriff die Hände, die stark und grob, aber trotzdem sanft waren.

„Danke. Ich weiß, dass ich noch viel zu lernen habe."

„Da hast du recht, Herzchen, und wir fangen gleich mit den drei wichtigsten Fragen an: Wo ist die Toilette? Wo gibt's Kaffee? Und wo ist der Bleistiftspitzer?"

Maddys Unbehagen verschwand, als Carol ihr zeigte, wo sie ihre Sachen ablegen konnte, und ihr die Abläufe erklärte. Im Lauf der Schicht stellte sie sie ihren Patienten, den anderen Krankenschwestern und jedem, der sonst noch um diese Zeit vorbeikam, vor.

Während der Frühstückspause in den frühen Morgenstunden kam Carol mit einer jungen Krankenschwester in das Schwesternzimmer, die Maddy noch nicht gesehen hatte.

„Herzchen, das ist Jamie Lynn Byrnes. Sie ist eine von uns. Sie hat letzte Nacht auf einer anderen Station ausgeholfen und ist jetzt wieder zurück im A-Team. Und jetzt entschuldigt bitte, da ruft irgendwo eine Bettpfanne meinen Namen." Carol rauschte genauso schnell aus der Tür, wie sie gekommen war.

„Hey, Maddy. Schön, dich kennenzulernen", sagte Jamie Lynn. Sie hatte einen starken Südstaatenakzent, der Maddy sehr gefiel.

„Danke, Jamie."

„Jamie Lynn. Ist einer von diesen Südstaaten ‚Zweizum'- Namen – zwei zum Preis von einem."

„Entschuldigung. Jamie Lynn." Beide lächelten. „Möchtest du dich zu mir setzen?"

„Gern." Jamie Lynn setzte sich an den Tisch, öffnete eine Plastikdose mit selbst gemachtem Geflügelsalat und begann zu essen. Sie musste ein paar Jahre jünger sein als sie, schätzte Maddy. Sie hatte ihr dunkelbraunes Haar zu einem Zopf zusammengebunden. Ihre grauen Augen sahen freundlich aus, doch Maddy meinte, darin auch eine Spur von Traurigkeit zu entdecken.

„Jeder hier hat sich total viel Mühe gegeben, um mich willkommen zu heißen", sagte Maddy, „vor allem Carol."

„Ist sie nicht toll?", antwortete Jamie Lynn. „Sie hat sich auch sehr um mich gekümmert, als ich hier anfing."

„Wie lange arbeitest du schon hier?"

„Seit zwei Jahren. Vorher habe ich in Tupelo als Bedienung gearbeitet, aber davon konnte ich nicht leben. Außerdem hatte ich die Nase voll davon, in den Hintern gekniffen zu werden."

„Das kommt mir bekannt vor", sagte Maddy munter. „Nicht das mit dem Kneifen, aber ich habe auch als Bedienung gearbeitet. Mein Mann ist bei einem Autounfall ums Leben gekommen, und ich muss allein für meine Jungs aufkommen."

„Wie viele Kinder hast du?"

„Zwei. Ben ist fünfzehn und Tyler sieben."

„Mein Junge ist gerade vier geworden. John Joseph Byrnes. Sein Papa ist im Irak umgekommen."

„Oh, Jamie Lynn, das tut mir so leid!"

„Danke. Scheint, als hätten wir eine Menge gemeinsam!"

≈

Um acht Uhr am Samstagmorgen kam Tyler in das Schlafzimmer seiner Mutter gestürmt. Sie war vor knapp einer Stunde von ihrem Dienst nach Hause gekommen.

„Mama!"

Maddy schreckte aus dem Schlaf hoch, müde, verwirrt, orientierungslos. „Was? Was ist los?"

Tyler huschte zum Fenster und zog die Decke weg, die Maddy dort aufgehängt hatte, um die Sonne auszusperren und so auch tagsüber schlafen zu können. Er hatte sein Fußballoutfit an und einen Ball unter dem Arm.

„Ist es schon so spät?", fragte Maddy mit einem Gähnen, obwohl sie die Antwort schon kannte.

50

„Ja doch! Und ich komme noch zu spät, wenn wir nicht bald losfahren!"

Maddy drehte sich um und zog sich mit einem dumpfen Stöhnen das Kissen über den Kopf.

Tyler öffnete die Jalousie und ließ die Morgensonne herein.

„Tyler!", kam ein gedämpfter Schrei unter dem Kissen hervor.

„Was, Mama? Ich kann dich nicht hören!"

Seine Mutter stöhnte erneut auf. „Dafür wirst du bezahlen, kleiner Mann. Denk an meine Worte: Du. Wirst. Bezahlen." Tyler stand kichernd am Fenster, während Maddy die Bettdecke zurückwarf, aus dem Bett sprang und ihren Angriff startete.

Tyler sprang mit seinen Stollenschuhen über ihr Bett und war draußen. „Erst musst du mich mal kriegen!", spottete er, und seine Stimme entfernte sich in Richtung Treppe.

Maddy saß auf der Bettkante, strich die Stollenabdrücke von der Bettdecke und sammelte sich. „Dieser Dreißig-Minuten-Schlaf hält nicht das, was man sich davon verspricht", sagte sie in den Raum hinein und schleppte sich ins Bad.

≈

Als Tyler in die Küche gerannt kam, stand Olivia schon am Herd und machte Pfannkuchen.

„Na, haben wir es eilig heute Morgen?", fragte sie.

„Ich habe in ein paar Minuten ein Spiel, Olivia! Kommst du?"

Sie zeigte ihm ihr schönstes Lächeln. „Um nichts in der Welt würde ich das verpassen wollen."

Tyler nahm den Orangensaft aus dem Kühlschrank und goss sich ein Glas ein.

„Hast du Hunger?", fragte Olivia, während sie eine weitere Kelle Teig in die Pfanne goss.

„Nein, danke." Tyler schüttelte den Kopf. „Ich bin früh aufgestanden und habe ein Müsli gegessen. Mein Trainer sagt, man soll vor einem Spiel nichts Schweres essen. Sonst muss man am Ende noch kotzen."

„Ich wünschte, du würdest nicht solche Ausdrücke benutzen, Ty", sagte Olivia mit großmütterlicher Missbilligung.

„Was? *Kotzen*?", fragte er scheinheilig. „Na ja, das hat der Trainer aber so gesagt."

„Aber er hat es nicht zur Frühstückszeit in der Küche gesagt."

„Mann, müsst ihr so einen Krach machen?" Ben kam in die Küche geschlurft, wie immer mit seinem iPod verkabelt.

„Guten Morgen, Schlafmütze!", sagte Olivia fröhlich.

Ben ignorierte sie, setzte sich an den Tisch und zog den Stöpsel aus seinem linken Ohr. „Es ist Samstag, wisst ihr. Der Tag, an dem wir eigentlich ausschlafen können."

„Aber ich habe ein Spiel!", verkündete Tyler.

„Und das heißt, dass ich auch da hin muss?", grummelte Ben. „Jetzt? Du solltest die ganzen Schnarchzeichen sehen, die ich auf meinem Kopfkissen gelassen habe. Wie im Comic."

„Die werden wir wegputzen!", rief Tyler mit ungebremstem Enthusiasmus. „Wirst schon sehen!"

Wortlos griff Ben nach den Pfannkuchen und wippte dabei zu der Musik, die nur er hören konnte.

Achterbahn

Tyler freute sich immer auf seine Fußballspiele am Samstag. Er hatte immer großen Spaß daran gehabt, mit seinem Vater im Garten Fußball zu spielen, aber das war mehr als die Hälfte seines Lebens her. Die Erinnerung an diese Tage war in einem unbestimmten Nebel aufgegangen, den die Fußballspiele am Leben hielten.

An diesem frischen Samstagmorgen auf dem Fußballfeld strotzte Tyler vor Selbstvertrauen, bereit, alles zu geben, was nötig war, um zu gewinnen. „Ich schieße heute fünf Tore!", prahlte er, als er neben Colt Turner, einem stämmigen, gutmütigen Jungen, der einer der besten Innenverteidiger des Teams war, in Richtung Aufwärmzone lief.

„Fünf? Ist das alles?", neckte ihn Colt.

Als Antwort verpasste Tyler seinem Ball einen kräftigen Tritt und hämmerte ihn so ins Tor. Colt trottete los, um ihn zu holen und zurückzuschießen. John Edwin, ein großer, schwarzer Junge und einer ihrer besten Angreifer, gesellte sich zu ihnen.

Samantha Perryfield kam vom Parkplatz her herübergejoggt. „Hey, Sam", sagte Tyler und winkte. Sam wohnte in der gleichen Straße wie Tyler, und die beiden kannten sich schon ihr ganzes Leben. Weil sie im gleichen Alter waren, gingen sie auch in die gleiche Schulklasse, und mittlerweile spielten sie sogar in der gleichen Fußballmannschaft. Sam war einer von Tylers allerbesten Freunden, obwohl sie ein Mädchen war. Sie war nicht zickig oder geschwätzig, wie Mädchen halt manchmal waren, sondern einfach ein prima Kerl. Sie und

Tyler waren fast gleich groß, und Sam war sowohl eine gute Sprinterin als auch eine gute Mittelfeldspielerin. Heute hatte sie sich ein Band um den Kopf gebunden, das ihr kastanienbraunes Haar zurückhielt.

„Hey, Ty", sagte sie. „Alles klar?"

„Klar, heute fegen wir die anderen vom Platz!"

„Auf jeden Fall!"

„Okay, ihr kleinen Flegel, dann wärmt euch mal vernünftig auf." Trainer Dave Underhill war Engländer und als solcher ein Fußballexperte. Tyler und seine Freunde machten sich an die obligatorischen Aufwärmübungen. Dave liebte Fußball genauso sehr, wie Patrick es getan hatte. Nachdem er es nicht geschafft hatte, in die britische Nationalmannschaft zu kommen, wanderte er in die USA aus, wo ihm seine Leidenschaft – und sein britischer Akzent – schnell eine Auswahl von mehreren Trainerjobs verschaffte. Die Arbeit mit den Kleinen machte er nur so zum Spaß und um die Liebe zum Fußball in eine Kultur zu pflanzen, in der andere Sportarten beliebter waren.

Die Mannschaft stellte sich im Kreis auf. Die Sieben- und Achtjährigen waren voller Energie und gerade konzentriert genug, einfache Übungen einigermaßen korrekt auszuführen. „Okay, jetzt Step-ups!", brüllte Dave. Die Kinder tippten abwechselnd mit der linken und der rechten Fußspitze auf den Ball. Tyler wollte sich Mühe geben, aber der Übermut gewann doch die Oberhand, und er fing an zu kichern. „Tyler!", rief der Trainer streng. „Los, du führst die Mannschaft einmal ums Feld, und zwar im Laufschritt!"

Tyler düste los, lief dann rückwärts, bis die anderen aufgeschlossen hatten und sich wie jede Woche bitter beschwerten. „Macht euch nicht ins Hemd, ihr Babys!", sagte Tyler in Anlehnung an das, was sie von Dave manchmal zu hören bekamen, und eine weitere Runde gutgelaunter Schnaufer folgte.

Außer Atem, die Hände in die Hüften gestemmt, ging Tyler auf seinen Trainer zu, während der Rest der Mannschaft so langsam wieder eintrudelte. „Wo soll ich heute spielen, Trainer?"

„Du fängst im Mittelfeld an", war die Antwort.

„Spielführer!", rief der Schiedsrichter und bedeutete den Mannschaftskapitänen, zum Mittelkreis zu kommen. Tyler und John machten sich auf den Weg und trafen dort auf die beiden gegnerischen Kapitäne. John bestimmte den Münzwurf.

„Kopf!"

Und Kopf wurde es auch. „Her mit dem Ball!", blaffte Tyler und joggte dann zur Seitenauslinie.

Der Trainer gab seine letzten Anweisungen: „Okay, dann los! Voll auf Angriff, immer aufs Tor und den Abschluss suchen. Wenn sie euch den Ball abluchsen, dann holt ihn euch zurück, okay? Die beste Abwehr gewinnt, richtig?"

„Nein, das Team, das die meisten Tore schießt, gewinnt!", sagte Tyler mit der ganzen Erfahrung eines Siebenjährigen. Seine Mannschaftskameraden stimmten ihm zu.

„Okay, Schlauberger", sagte der Trainer, „dann schieß du mal die meisten Tore!" Das stachelte alle an. Sie bildeten einen Kreis, legten ihre Hände aufeinander und riefen: „Auf geht's, *Tornados*, auf geht's!" Dann lösten sie den Kreis unter Kriegsgeschrei auf und nahmen ihre Positionen ein.

Die *Tornados* spielten in Königsblau, die *Hornets* in Gelb. Anpfiff. Colt legte Tyler den Ball vor, der schnell in Richtung gegnerisches Tor rannte, ohne großartig aufgehalten zu werden. In der Nähe des Tores erwartete ihn ein Verteidiger der *Hornets*.

„Na, dann mal her mit dem Ding!", rief der größere Junge, als Tyler auf ihn zustürmte. Tyler spielte einen schnellen Pass zu Colt, der noch zwei Schritte machte und den Ball dann Richtung Tor abfeuerte. Der Torwart warf sich dem Ball hinterher, doch es war zu spät. Der Ball landete rechts oben in der Ecke.

„Hurra!", schrie Tyler, als er und Colt sich abklatschten.

Dieses erste Tor war symptomatisch für den Rest des Spiels. Die *Tornados* dominierten ihren Gegner, und als der Schlusspfiff ertönte, stand es sechs zu eins, wobei Tyler drei Tore geschossen hatte, zwei davon ganz ohne Vorarbeit von anderen.

Die Mannschaften stellten sich auf, um einander die Hände zu schütteln. Als er die Reihe der Gegenspieler abschritt („gutes Spiel, gutes Spiel, gutes Spiel"), spürte Tyler plötzlich einen stechenden Schmerz im Kopf. Er schwankte und fasste sich mit beiden Händen an die Stirn. Maddy, die sich am Spielfeldrand gerade mit Olivia unterhielt, sah, wie Tyler sich den Kopf hielt, dann aber schnell wieder zu sich kam und weiter Hände schüttelte. Es schien alles in Ordnung zu sein.

Tyler ging zur Bank, um seine Sachen zu holen. Der Trainer kam auf ihn zu und schlug ihm freundschaftlich auf den Rücken. „Wenn du so weitermachst, werden wir Meister, Junge. Gut gespielt!"

Tyler machte eine dankende Handbewegung und ging dann zu seiner Familie.

„Schatz ...", fing Maddy an.

„Alles okay, Mama", sagte Tyler, ohne sie anzusehen. „Ich hab bloß Kopfschmerzen."

„Mensch, Zwerg", unterbrach Ben, „hast du dir beim letzten Tor vielleicht dein Hirn locker geschlagen?"

„Vielleicht", antwortete Tyler mit einem schwachen Lächeln. Olivia legte einen Arm um ihn, als sie sich auf den Weg zum Auto machten. „Ich bin ganz schön geschafft."

Als sie zu Hause ankamen, schlief Tyler tief und fest. Ben sprang aus dem Auto, nahm sein Skateboard und fuhr über den Bürgersteig davon.

„Bist du zum Abendessen zu Hause?", rief Maddy ihm nach, während sie sich um Tyler kümmerte.

„Jo", rief Ben zurück.

Sanft schüttelte Maddy Tyler und half ihm bei Öffnen seines Sicherheitsgurts.

„Tut dein Kopf immer noch weh?", fragte sie.

„Ist ein bisschen besser geworden."

Er war schon zu groß, um sich tragen zu lassen, selbst wenn sie es gekonnt hätte. Sie legte ihm ihre Hände unter die Arme und half ihm ins Haus und die Treppe hinauf zu seinem Zimmer, das voller Sportsouvenirs, Poster und vor allem Fußballsachen war. Überall auf den Regalen standen

Pokale, und an der Wand hing das beste Stück überhaupt – ein Trikot der *Los Angeles Galaxy* mit der Rückennummer 10, das Landon Donovan signiert hatte, der Toptorjäger der amerikanischen Nationalmannschaft. Auf dem Nachttisch stand das Foto eines jüngeren Tyler zusammen mit Ben und seinen Eltern.

Tyler setzte sich auf die Bettkante und blickte auf das Foto. Er küsste seine Hand und berührte damit das Glas, als er sich hinlegte.

„Er wäre heute sehr stolz auf dich gewesen, weißt du?", sagte seine Mutter.

„Ja, ich weiß." Er machte es sich im Bett bequem, den Blick immer noch auf das Foto gerichtet.

Seine Mutter ließ ihn kurz allein, um eine Kopfschmerztablette für Kinder und ein Glas Wasser zu holen. „Hier, das sollte helfen." Als er sich aufsetzte, um die Tablette zu nehmen, küsste sie ihn auf die Stirn. „Und jetzt ruh dich schön aus. Wenn du noch etwas brauchst, dann rufst du einfach, ja?"

„Mach ich." Er schloss die Augen und sie verließ das Zimmer. Auf dem Weg zur Treppe kam ihr Olivia entgegen.

„Alles okay, oder?"

„Ich weiß nicht, Mutter. Ich hoffe es."

„Natürlich ist alles okay. Du machst dir zu viele Sorgen."

Maddy antwortete mit einem tiefen Seufzer. Zusammen gingen sie die Treppe herunter. „Mama, hast du früher schon mal mitbekommen, dass er Kopfschmerzen hatte?"

Olivia dachte lange nach. „Vielleicht ein- oder zweimal. Warum?"

Sie kamen in die Küche. Maddy setzte sich an den Tisch und Olivia machte Kaffee. „Was ist denn los, Liebes?" Olivia ließ nicht locker. „Was beschäftigt dich?"

Nervös fuhr sich Maddy mit den Händen durchs Haar. „Er hat in den letzten Monaten ziemlich oft Kopfschmerzen gehabt. Das ist nicht normal für einen Siebenjährigen. Und es scheint keinen triftigen Grund dafür zu geben. Sie kommen einfach aus dem Nichts."

Olivia sah sie an. „Also, was genau ist deine Sorge?"

„Ich bin nicht sicher", sagte Maddy leicht frustriert. „Aber wenn du zur nächsten Vorsorgeuntersuchung mit ihm gehst, dann erwähne bitte auch die Kopfschmerzen. Sie sollen mal überprüfen, ob es ... etwas Ernstes ist."

Olivia zog einen Stuhl heran und setzte sich neben sie. „Schatz, warum um alles in der Welt denkst du, dass die paar Kopfschmerzattacken etwas Ernstes bedeuten? Kopfschmerzen hat man doch öfters mal."

Vielleicht war sie auch einfach nur paranoid. Aber ein Gefühl, das sie nicht näher beschreiben konnte, nagte an ihr. „Ich bin nicht sicher. Intuition vielleicht. Aber könntest du es tun, für mich?"

Olivia stand auf, um sich weiter um den Kaffee zu kümmern. „Ich glaube, du bist eine kleine Schwarzseherin", sagte sie achselzuckend, „aber okay, ich verspreche es dir."

Sie berieten gerade darüber, was sie zum Mittagessen kochen wollten, als der Briefkasten klapperte. „Walter ist da!", verkündete Olivia.

Walter Finley war schon immer ihr Postbote gewesen, seit sie in diese Straße gezogen waren. Man konnte sich keinen freundlicheren Menschen vorstellen. Es war offensichtlich, dass Walter seine Arbeit und die Begegnungen mit den Menschen liebte. Manche von ihnen kannte er schon seit zehn Jahren, so lange, wie er diese Route nun schon belieferte. Da war das Haus der Perryfields, in dem Opa Perryfield jeden Tag ungeduldig auf seine Post wartete. Und dann gab es Erin Miller, *Fräulein* Miller, die ihre Blumen über alles liebte und die zu jeder Jahreszeit die außergewöhnlichsten, buntesten Blumenbeete vorzuweisen hatte. Heimlich war sie ein bisschen in Walter Finley verliebt. Nicht, dass er besonders gut aussah. Er war ungefähr 50 Jahre alt, hatte von Silberfäden durchzogenes, dunkles Haar und unauffällige Gesichtszüge. Vielleicht war es die Uniform; alle ledigen Frauen auf seiner Route freuten jedenfalls sich darauf, Walter Finley ihre Auffahrt hinaufkommen zu sehen. Und das galt auch für Olivia.

Ben und Tyler hätten schwören können, dass er Olivias Freund war. „Ich bin zu alt, um einen Freund zu haben", sagte sie dann und versuchte, möglichst streng zu gucken.

58

Aber dann wischte sie sich die Hände an ihrer Schürze ab und eilte auf die Veranda, um mit ihm zu plaudern.

„Hallo, Walter", sagte Olivia strahlend und öffnete die Tür.

„Hey, Mrs Alexander. Tolles Wetter heute, nicht wahr?"

„Ja, wirklich schön." Er nahm die Ausgangspost aus der Box, gab ihr, was er für sie an Post hatte, und wandte sich zum Gehen.

„Haben Sie Ihre Route heute geändert?", fragte sie.

Walter überlegte einen Moment. „Nein, ich glaube nicht."

„Mir kam es vor, als wären Sie heute ein bisschen früher dran."

„Das muss die Vorfreude auf meine charmante Erscheinung sein. Die verkürzt Ihnen die Zeit", frotzelte er.

„Oh, Walter, Sie sind unmöglich! Möchten Sie ein Glas Wasser oder etwas anderes zu trinken?"

„Vielen Dank, aber nein. Ich muss weitermachen."

„Okay. Wir sehen uns am Montag."

Als Olivia in der Tür stand, bemerkte sie, dass Maddy sie aufmerksam beobachtete. „Du meine Güte", sagte sie spitz. „Wir sind wohl gar nicht neugierig, was?"

≈

In ihrer gewohnten blauen Krankenhauskleidung und wie üblich zehn Minuten zu spät eilte Maddy den Flur entlang, vorbei an dem Foto von Patrick und ihr, das sie täglich Dutzende Male passierte. Obwohl sie in Eile war, blieb sie lange genug stehen, um in Patricks Augen zu sehen und daran zu denken, was für eine glückliche, sorgenfreie Zeit sie damals zusammen gehabt hatten. Ewigkeiten schienen seitdem vergangen zu sein.

„Ich hätte nicht gedacht, dass es so schwer sein würde", flüsterte sie ihm melancholisch lächelnd zu. Dann rannte sie die Treppe hinunter in die Küche, wo ihre Mutter an der Spüle stand und eine Pfanne schrubbte.

„Hey, Mama, kannst du …"

Beide Hände im schaumigen Wasser sah Olivia lächelnd auf und machte eine Geste mit ihrem Kopf. „Süße, sie sind schon im Ofen. Seit fast einer Stunde. Ich muss eine ziemlich schlechte Köchin sein, wenn du dein Lieblingsgericht noch nicht riechen kannst."

Maddy öffnete den Kühlschrank und nahm einen Apfel und ein Ginger Ale heraus. „Ich bin schrecklich in Eile, Mama. Bin zu spät aufgewacht." Sie gab ihrer Mutter einen Kuss auf die Wange.

Olivia warf einen Blick auf das Obst und die Limonade. „Immerhin bekommst du ein gesundes Abendessen."

„Ich hole mir nachher was Richtiges zu essen." Maddy verschwand aus der Küche.

„Du gehst morgen früh mit in den Gottesdienst, oder?", rief Olivia ihr nach.

Maddy war im Stress, sie war zu spät, sie dachte noch nicht an morgen, und sie wusste in diesen Tagen nicht, was sie überhaupt von Gott halten sollte. Sie holte tief Luft.

„Ich weiß nicht, Mama. Wahrscheinlich sollte ich, nicht wahr?"

Olivia wischte ihre Hände an einem Geschirrhandtuch ab und nickte. „Aber dir ist schon klar, dass er dich vermisst, oder?"

Maddy warf einen Blick auf die Küchenuhr. „Okay, ich kann dir nicht folgen. Wer vermisst mich?"

„Na, Gott natürlich", sagte Olivia mit einem schelmischen Lächeln.

„Ich denk drüber nach", sagte Maddy und schloss die Tür hinter sich. Auf dem Weg zur Arbeit dachte sie an die alles andere als subtile Anspielung ihrer Mutter. *Es ist eine Weile her.* Tief in ihrem Innern wusste sie, dass sie ihren vollen Zeitplan als alleinerziehende, arbeitende Mutter als Entschuldigung benutzte. Sie könnte öfter in die Gemeinde gehen, wenn sie wollte, aber meist war sie unschlüssig.

Und dann schob sich die große Frage immer wieder in ihr Bewusstsein und machte alles dunkel: Warum? Warum, warum, warum musste Patrick sterben? Seit es passiert war, befand Maddy sich auf einer Art geistlicher Achterbahnfahrt, und sie wusste nicht, wie sie aussteigen sollte. Manchmal schien alles einigermaßen klar, doch dann kamen die Wut und die Trauer mit voller Wucht zurück, und wenn das geschah, brachten sie dunkle Zweifel mit sich.

In die Gemeinde zu gehen würde sie einer Antwort vermutlich näherbringen. Und auch Ben würde es sicher gut tun. Je älter er war, desto distanzierter und zynischer wurde er auch. Vielleicht war eine regelmäßige Dosis Gott genau das, was er brauchte.

Sie machte sich Sorgen um Ben. Vielleicht war es ein Fehler gewesen, so bald nach Patricks Tod mit der Krankenpflegeausbildung zu beginnen. Ben hatte sie mehr gebraucht, als ihr klar gewesen war, und sie war nicht für ihn da gewesen. Er verkraftete den Tod seines Vaters schwerer als Tyler, sowohl damals als auch heute. Wenn sie sich doch bloß hätte ausstrecken und den Lauf der Sonne, die Zeit anhalten können, während sie die Ausbildung machte! Ehe sie sich versah, würde Ben aufs College gehen. *Dann wird er zu schätzen wissen, was ich getan habe.* Tyler war noch jung genug, dass sie Einfluss auf ihn nehmen konnte, bevor es zu spät war. In mancher Hinsicht waren die Jungen das absolute Gegenteil voneinander. Tyler war liebevoll und mitfühlend und viel zu sehr ein Mama-Kind, als dass sie sich ernsthaft Sorgen um ihn gemacht hätte wie um Ben.

Maddy schüttelte diese Gedanken ab und bemerkte plötzlich, dass sie immer noch in ihrer eigenen Auffahrt stand. Erschrocken angesichts der fortgeschrittenen Zeit startete sie den Wagen und fuhr so schnell die Polizei erlaubte in Richtung Krankenhaus. Vielleicht sogar ein bisschen schneller.

Der Schatz

Tyler kam die Treppe heruntergeflogen und sauste in die Küche.

„Mama?", rief er.

„Du hast sie gerade verpasst", erfuhr er von Olivia. „Was brauchst du denn?"

„Ich wollte ihr nur Tschüss sagen!" Er rannte nach draußen in den Vorgarten und schrie und winkte, als der Van gerade am Ende der Straße um die Ecke bog und außer Sichtweite kam. Auf dem Weg zurück nach drinnen hörte er eine vertraute Stimme seinen Namen rufen.

„Hey, Tyler!" Es war Sam.

„Sam – hey, wie geht's?"

Sam kam von ihrem Haus her den Bürgersteig entlang. Ihre Haare flatterten im Wind, denn sie rannte, und in ihren Augen spiegelte sich das Sonnenlicht. Sam hatte keine Geschwister. Es gab nur ihre Eltern, Tom und Liz, und ihren Großvater. Und der war ein Original. Tatsächlich bestand Opa Perryfield aus einer ganzen Reihe von Originalen, denn er war früher einmal Schauspieler gewesen, und von jeder Rolle, die er gespielt hatte, schien etwas auf ihn abgefärbt zu haben. Er hatte eine wunderschöne, sonore, tiefe Stimme, mit der er fast jeden Menschen imitieren konnte, und er trug immer sehr elegante, sehr altertümliche Kleidung, selbst am Samstag. Manchmal wirkte er ziemlich mürrisch. Laut Sam war das nicht immer so gewesen, aber seit ihre Großmutter gestorben und er zu ihnen gezogen war, wurde er manchmal so. Doch alles in allem fand Tyler, dass Mr Perryfield ein

63

ziemlich netter Kerl war. Und Sam war sowieso klasse – kein Junge hätte ein besserer Freund sein können.

„Du hast super gespielt", sagte Sam.

„Danke", antworte Tyler. „Du hast auch ein paar richtig gute Bälle gehabt. Wir haben's den *Hornets* dieses Mal so richtig gezeigt! Hey, hast du Lust auf eine Partie Dame?"

Sams Opa hatte ihr das Spiel beigebracht, dann hatte sie Tyler gezeigt, wie es geht. Immer, wenn sie sich trafen, spielten sie ein oder zwei Partien. Weil sie beide gleich gut waren, konnten die Spiele manchmal ganz schön lange dauern.

„Klar, gerne", antwortete Sam, und sie gingen nach drinnen.

In der Küche roch es wunderbar. „Mmmmm, was gibt's denn zum Abendessen?", fragte Sam.

„Na, da bin ich aber froh, dass es endlich jemand merkt!", sagte Olivia. „Hallo, Sam. Es gibt geröstetes Schweinefilet. Das reicht bestimmt noch für ein weiteres hungriges Mäulchen. Magst du mit uns essen?"

„Sehr gern", antwortete Sam glücklich. „Meine Eltern gehen heute Abend aus, und Großvater wollte sich Hühnerpastete aufwärmen. Schweinefilet klingt vieeeeel besser!"

„Gut. Ich sage deinem Großvater Bescheid."

„Danke!"

„Und bleibt in der Nähe, ihr beiden. Wir essen gleich."

Die Kinder gingen nach oben in Tylers Zimmer und stellten das Spielbrett auf den Boden.

„Ist deine Mutter bei der Arbeit?", fragte Sam, als sie das Spiel begonnen hatten.

„Ja, sie arbeitet drei Nächte pro Woche. Dann kommt sie total kaputt nach Hause. Ich musste sie aus dem Bett sprengen, sonst hätte ich das Spiel heute Morgen verpasst." Plötzlich hatte er eine Idee. „Willst du mal ein Video von mir beim Fußball sehen?"

Sam mochte Fußball und Sport generell, allerdings nicht so sehr wie Tyler. Aber dafür waren Freunde schließlich da – um dem anderen bei einem Spiel zuzusehen, das schon längst gewonnen oder verloren worden war und das eigentlich niemand so richtig noch einmal sehen wollte, es sei denn, man war derjenige, der ein tolles Tor geschossen hat.

„Okay", sagte Sam.

„Wir können ja währenddessen weiterspielen." Er wühlte sich durch ein paar DVDs, legte schließlich eine ein und kehrte zum Spielbrett zurück.

Weil sie auf ihre nächsten Züge konzentriert war, sah Sam für eine Weile nicht auf den Bildschirm. Als sie es schließlich doch tat, konnte sie nicht so recht einordnen, was sie da sah. „Wer ist das kleine Kind da?", fragte sie.

Tyler hatte auch auf das Brett und nicht auf den Fernseher gestarrt. Plötzlich erkannte er, was er da sah. „Das ist ein altes Video von mir und meinem Papa. Ich hab die falsche DVD gegriffen." Er suchte nach dem Aus-Knopf.

„Warte mal", sagte Sam mit plötzlichem Interesse. Sie zeigte auf eine Person am Rand des Bildschirms. „Ist das dein Vater?"

„Ja."

„Er sieht aus wie Ben, nur älter."

„Stimmt." Sie vergaßen das Damespiel und schauten gebannt auf den Bildschirm. Da waren Tyler als klitzekleiner Wicht, Ben im Grundschulalter und ihr Vater, Patrick Doherty. Sam konnte sich nicht erinnern, je zuvor ein Video von ihm gesehen zu haben. Tyler hing seinen Erinnerungen nach. Es gab Zeiten wie diese, in denen fühlte er sich seinem Vater so nah, dass er fast damit rechnete, ihn jeden Moment durch die Tür kommen zu sehen.

Tyler hatte eine Idee. „Ich muss dir mal was zeigen", sagte er. Er öffnete eine Schublade seines Schreibtischs und zog eine Schachtel etwa von der Größe einer großen Zigarrenkiste hervor, die blau angestrichen und mit Sternchen, Aufklebern und einem ausgeschnittenen Fußball verziert war. „Das ist eine ganz besondere Schatzkiste", erklärte er.

Sam machte große Augen. „Eine Schatzkiste? Was ist denn da drin?"

„Wichtige Sachen. Kein Geld oder so, sondern Sachen, die ich an einem besonderen Ort aufbewahren will."

Sam war beeindruckt. Sie kannte sonst niemanden mit einer eigenen Schatzkiste. Tyler öffnete den Deckel und Sam kam näher, damit sie in die Kiste schauen konnte. Darin lagen

65

Blätter und Murmeln und ein paar andere Dinge. Der größte Gegenstand war ein schwarzes Buch. Vorsichtig nahm Tyler es heraus und hielt es hoch.

„Das war die Bibel von meinem Vater", sagte er.

„Wow." Sam pfiff leise durch die Zähne – noch eine von diesen gar nicht mädchenhaften Sachen, die sie manchmal machte – und nahm das Buch vorsichtig entgegen.

„Mama hat mir erzählt, dass Papa jeden Morgen in dieser Bibel gelesen hat, bevor er zur Arbeit fuhr. Und schau mal, er hat sich alle möglichen Notizen an den Rand gemacht und Sachen unterstrichen. Mama bewahrt die Bibel eigentlich in ihrem Zimmer auf, aber manchmal darf ich sie mir ausleihen." Tylers Erinnerung – oder vielmehr der Schatten einer Erinnerung – hatte ihn in die Vergangenheit transportiert. Fast konnte er die Stimme seines Vaters hören oder seinen Duft riechen, wenn er gerade aus der Dusche kam.

„Vermisst du ihn?", fragte Sam leise.

„Manchmal."

„Ich wäre bestimmt traurig, wenn mein Papa nicht mehr nach Hause kommen würde."

„Deshalb ist die hier ja so wertvoll", sagte Tyler und legte die Finger auf die Bibel. „Sie hat ihm gehört."

Die beiden saßen schweigend nebeneinander, nur die Geräusche von der DVD füllten den Raum.

„Hey, willst du noch was richtig Cooles sehen?", rief Tyler plötzlich. „Komm!" Sam legte die Bibel auf den Schreibtisch und folgte Tyler nach unten, durch die Küche und in Richtung des Zimmers, das seine Mutter als Büro, Arbeitszimmer und Versteck nutzte.

„Wo gehen wir denn hin?", rief Sam.

„Du wirst schon sehen."

„Tyler, geht nicht zu weit weg, das Essen ist gleich fertig", erinnerte ihn Olivia.

„Ich zeige Sam nur schnell die Briefe", rief er zurück, ohne langsamer zu werden. Er winkte seiner Oma und flitzte weiter. Sam hastete ihm nach, gespannt auf das nächste Abenteuer.

66

Tyler rauschte in das Zimmer und öffnete einen der Schränke. „Hier bewahrt meine Mutter wichtige Dinge auf", erklärte er.

„Bist du sicher, dass wir hier reindürfen?", fragte Sam leicht nervös.

„Mama hat gesagt, ich und Ben können uns die Sachen ansehen, wann immer wir wollen, solange wir vorsichtig damit sind."

„Was für Sachen?"

„Moment noch. Ich zeig's dir gleich."

Es war ein überraschend großer Schrank, in dem viele Kisten unterschiedlicher Größe und Farbe aufgestapelt waren, die meisten mit kleinen Aufklebern versehen: *Weihnachten*, *Babykleidung*, lauter Dinge, die Tyler gerade *nicht* suchte. Es gab einen Stapel, der seinem Vater gehört hatte, aber er konnte ihn von außen nicht vom Rest unterscheiden. Sorgfältig durchsuchte er den ganzen Schrank und las dabei aufmerksam jedes Schildchen.

„Was genau suchst du denn?", fragte Sam aufgeregt. „Ich will helfen." Sie kippte eine große Kiste in der Mitte leicht an, um das Schild lesen zu können, was den ganzen Stapel ins Wanken brachte.

„Pass auf!", warnte Tyler. Die Kinder sprangen zur Seite, als der ganze Stapel in sich zusammenfiel. Zum Glück traf er den nächsten Stapel nicht, sonst wäre es zu einer schönen Kettenreaktion gekommen. Und noch mal zum Glück waren alle Kisten fest verschlossen, sodass nichts herausfiel. Die Kinder nahmen jeder eine Kiste und fingen an, den Stapel wieder aufzubauen.

„Warte!", rief Tyler. Er las das Schild auf der Kiste, die Sam gerade hielt: *Briefe an Gott*. „Genau die habe ich gesucht. Sam, du bist genial!"

„Ich weiß", sagte sie grinsend.

Tyler zog die Kiste in die Mitte des Zimmers, holte tief Luft und öffnete den Deckel.

„Was ist das?", fragte Sam.

„Das sind Briefe, die mein Vater an Gott geschrieben hat", erklärte Tyler.

67

„Briefe an Gott? Niemals!", quietschte Sam mit ungewohnt mädchenhafter Stimme.

„Oh doch!", erklärte Tyler triumphierend. „Du wirst schon sehen."

Mit beiden Händen nahm Tyler vorsichtig ein sehr eselsohriges Notizbuch aus der Kiste. Auf dem Buchdeckel klebte ein handgeschriebenes Schild, auf dem *Briefe an Gott* stand. Andächtig streichelte er über die Oberfläche und reichte das Buch dann Sam.

„*Briefe an Gott*", las Sam vor. „Das ist ja krass." Sie warf einen Blick in die Kiste. „Da sind ja noch voll viele!" Sie nahm eine Handvoll Bücher heraus. Alle hatten unterschiedliche Farben, Größen und Formen: manche waren richtig schöne Tagebücher, manche Spiralblöcke, andere einfache Notizblöcke.

Tyler öffnete das Buch, das er gerade in der Hand hielt, und blätterte darin. Die Handschrift seines Vaters und das Gefühl, seine Gedanken zu lesen, ließ ihn eine Gänsehaut bekommen.

„Hat dein Vater wirklich all diese Briefe an Gott geschrieben?", fragte Sam erstaunt. „Und hat er je Antwort bekommen?"

Tyler schwieg. Er hatte eine Seite entdeckt, an die er sich so gut erinnerte, als hätte er sie erst heute Morgen zuletzt gesehen. Er sah die Strichmännchen, die er selbst gemalt hatte und die ihn und seinen Vater darstellten ... und den Sonnenaufgang am letzten Morgen im Leben seines Vaters.

„Ich erinnere mich an diesen Brief", sagte Tyler schließlich. „Mama hat ihn mir schon oft vorgelesen."

Lieber Gott,

ich danke dir besonders für Tage wie diesen. Was für eine Freude es ist, einen so besonderen kleinen Jungen zu haben wie meinen Tiger! Danke, dass ich das erkennen darf, bevor ich in den Tag starte. Das erinnert mich an all die Dinge, für die ich dankbar sein kann!

„Tyler! Sam! Essen ist fertig! Hände waschen!", rief Olivia.

„Wir machen später weiter", sagte Tyler.

„Versprochen?" Sam konnte den Gedanken nicht ertragen, die geheimnisvollen Briefe nicht weiter zu erforschen.

„Sobald wir gegessen haben", versicherte Tyler.

So lecker Olivias Schweinefilet auch war, Tyler und Sam fiel es schwer, sich auf das Essen zu konzentrieren. Und es kam zumindest Olivia und Ben so vor, als seien sie sehr in Eile, auch wenn sie es vehement bestritten.

Sobald sie mit dem Essen fertig waren, trugen sie ein paar Tagebücher in Tylers Zimmer und in das kleine Versteck, das er eingerichtet hatte, um dort an besonderen Projekten zu arbeiten oder sich mal zurückzuziehen.

Er nannte es „Die Festung". Vor seinem Fenster befand sich ein flaches Stück Dach mit einem dekorativen Geländer. Ein großer Ast der Eiche vor dem Haus hing über der Stelle. Sie war nicht wirklich als Terrasse gedacht und es gab auch keine Tür, die dorthin führte, aber es war der perfekte Ort für einen kleinen Imbiss, zum Abhängen mit Freunden oder einfach, wenn er seine Ruhe brauchte. Sam und ein paar andere ausgewählte Freunde konnten ihn hier besuchen, ohne das Haus betreten zu müssen. Es gab eine Leiter, die direkt auf das Dach führte. Normalerweise kletterte Tyler einfach aus dem Fenster, und genau das taten nun auch Sam und er.

Nebeneinander saßen sie auf den ausgedienten Gartenstühlen und lasen Patricks alte Notizbücher. „Hat Gott jemals einen dieser Briefe beantwortet?" Ungeduldig hatte Sam seit dem Abendessen auf eine Antwort gewartet.

Tyler versuchte sich zu erinnern. „Er hat mir erzählt, dass Gott schon irgendwie antwortet, aber nicht so direkt. Jedenfalls hat er nie einen Brief zurückbekommen."

„Glaubst du, er hat sie tatsächlich mit der Post verschickt?"

„Ich weiß nicht. Gesehen hab ich es jedenfalls nie."

„Er scheint über alles Mögliche geschrieben zu haben".

„Ja. Hör dir diesen hier mal an:

Lieber Gott!

Es macht mich so müde, zwei Jobs zu haben. Es fehlt mir, mit Maddy und den Jungs zu Abend zu essen, und ich hasse es, wenn ich zu spät zu ihren Spielen komme. Ben liebt Football, und Tyler ist ein Naturtalent im Fußball. Ich möchte sie so gerne anfeuern, aber stattdessen muss ich in der Bank Böden wischen! Hilf mir, daran zu denken, dass du sie noch mehr liebst als ich. Du bist für sie da, wenn ich es nicht kann. Du kennst ihr Herz und du weißt, was sie brauchen. Ich vertraue darauf, dass du dich um alles kümmerst.

„Hier ist noch einer", sagte Sam.

Lieber Gott!

Bald ist Weihnachten. Ich weiß, dass die Jungs noch klein sind, und ich möchte auch, dass sie sich über ihre Geschenke und die Weihnachtszeit freuen können. Aber hilf mir, ihnen zu zeigen, was Weihnachten wirklich bedeutet. Lass Maddy und mich zu guten Beispielen für die Liebe werden, die du uns jeden Tag schenkst, damit wir sie ihnen zeigen können.

Sie lasen einander abwechselnd Briefe vor, bis Sams Großvater rief, dass es Zeit sei, nach Hause zu kommen. Sie kletterte die Leiter herunter. „Bis morgen", sagte sie und winkte.

„Bis dann, Sam", antwortete Tyler und las weiter. Als es draußen zu dunkel und zu kalt wurde, nahm er die Notizbücher mit nach drinnen und las, bis er Kopfschmerzen bekam. Er war so auf das Lesen fixiert gewesen, dass er den Schmerz nicht bemerkte, bis es zu spät war. Wenn er jetzt ins Badezimmer rennen würde, wäre Olivia besorgt und würde Mama bei der Arbeit anrufen. Also sprang er aus dem Fenster in die „Festung" und erbrach sich auf den Rasen, wo man es nicht so schnell sehen konnte.

Hallo und frohe Weihnachten

Die Herbstsaison im Fußball war vorbei und die Blätter schon lange von den Bäumen gefallen, als Ben an einem kühlen Vormittag die Weihnachtsbeleuchtung an der Veranda des Hauses aufhängte. Er war immer noch damit beschäftigt, als die Dunkelheit hereinbrach. Sein Vater hatte das irgendwie besser gekonnt, aber Tyler war auch keine große Hilfe gewesen. Zu den Zeiten, als Ben seinem Vater half, schienen sie viel schneller vorangekommen zu sein. Ben hatte die Beleuchtung ausgepackt, die Kabel entwirrt und sie dann seinem Vater gereicht, der sie an kleinen Nägeln entlang des Dachs aufhängte. Jetzt stand Ben auf der Leiter, auf der sein Vater immer gestanden hatte, während Tyler auf der Veranda mit einem Gewirr aus Kabeln und Lichtern kämpfte und alles nur noch schlimmer machte.

„Mann, Tyler, jetzt komm schon", rief Ben von oben. „Soll ich Sam rufen, damit sie uns hilft?"

Tyler ignorierte ihn und machte verbissen weiter, schien aber keine Fortschritte zu machen. Verärgert stieg Ben von der Leiter und riss ihm die Lichterkette aus der Hand.

„So geht man mit seinem Bruder aber nicht um, schon gar nicht an Weihnachten." Wie aus dem Nichts war ihre Mutter aufgetaucht und stand nun in der Haustür.

Ben fuhr herum. „Entschuldigung", sagte er, ohne es so zu meinen. „Sag's nicht mir, sag's ihm." Tyler hatte sich nicht bewegt, seit Ben ihm die Lichterkette weggenommen hatte; seine Hände lagen schlaff in seinem Schoß. Ben beugte sich vor und gab ihm einen brüderlichen Klaps auf den Arm. „Tut mir leid, Alter." Tyler lächelte. „Wir machen morgen weiter."

„Das Abendbrot ist fertig", sagte Maddy.

Plötzlich wieder ganz lebendig sprintete Tyler an seiner Mutter vorbei. „Ich krieg dich, wenn wir drinnen sind!", rief er und stieß ein Kriegsgeheul aus.

„Schwindler!", schrie Ben und rannte hinter Tyler her. Als Maddy ihnen nach drinnen folgte, fand sie Tyler auf der Treppe, den Kopf in den Händen.

„Wieder Kopfschmerzen?", fragte sie. Tyler konnte nur schwach nicken.

„Ich hol dir was", sagte sie und ging in die Küche. Olivia saß am Tisch, hatte das Essen bereits auf dem Teller und rang die Hände. „Ich warte nicht mehr viel länger!", rief sie vergnügt, als Maddy vorbeikam. „Ich glaube, das Brot wird schon schimmelig."

Maddy öffnete den Schrank über dem Herd und durchstöberte das Angebot an Medikamenten und Vitamintabletten.

„Hat er wieder Kopfschmerzen?", fragte Olivia.

„Ich fürchte ja", sagte Maddy, immer noch auf der Suche nach der richtigen Flasche. Als sie sie gefunden hatte, überprüfte sie sorgfältig das Verfallsdatum, gab dann eine Dosis in einen kleinen Plastikbecher und eilte zu ihrem Sohn.

Maddy reichte Tyler den Becher und begleitete ihn dann in sein Zimmer. Er ließ sich auf sein Bett fallen und sie half ihm dabei, sich den Schlafanzug anzuziehen. Sein Kopf tat so weh, dass ihm eigentlich egal war, wie er schlief.

„Ist es so schlimm wie beim letzten Mal?", fragte sie sanft.

„Schlimmer", flüsterte er.

„Möchtest du dein Abendessen jetzt oder lieber später?" Er winkte nur schwach ab. „Ich sehe später noch mal nach dir", flüsterte sie.

Olivia und Ben hatten schon mit dem Essen angefangen. „Ich glaube nicht, dass es mit einer Allergie zu tun hat, wie der Arzt behauptet", sagte Maddy. „Das Medikament gegen die Allergie hat kein bisschen geholfen. Und seine Anfälle kommen auch immer aus heiterem Himmel."

„Schatz, du musst aufhören, immer gleich das Schlimmste zu vermuten", sagte Olivia. „Aber wenn du dir wirklich solche Sorgen machst, dann solltest du vielleicht noch einmal mit ihm zum Arzt gehen."

„Wahrscheinlich ist das reine Zeit- und Geldverschwendung", gab sie zu, „aber ich glaube, nach den Ferien gehen wir noch einmal hin." Sie sah Ben an, der vor sich hin kaute. Immerhin schien er gesund zu sein, seine Gabel bewegte sich gleichmäßig vom Teller zum Mund und zurück.

Ben hatte nicht nur die Außenbeleuchtung aufgehängt, sondern auch die am Weihnachtsbaum, wiederum mit ein bisschen Hilfe von Tyler. Patrick war immer der Meinung gewesen, dass dies eine Aufgabe für Männer sei, und Ben hatte seine Verantwortung sehr ernst genommen. Maddy hatte die Jungen machen lassen; sie hätte nicht im Traum daran gedacht, ihre Arbeit „verbessern" zu wollen – bis die beiden im Bett waren. Dann ging sie noch einmal ums Haus und rückte die Dekoration gerade.

Die Zeit bis zum großen Fest schien wie im Flug zu vergehen. Heiligabend sorgte immer dafür, dass Tyler Schmetterlinge im Bauch hatte, und auch dieses Jahr war das nicht anders. Elf lange Monate lang hatte er auf den Dezember gewartet, und dann noch einmal eine halbe Ewigkeit auf den Heiligen Abend. Beim letzten Weihnachtsfest, das sie zusammen verbringen konnten, hatte sein Vater ihm die komplette Geschichte von der Geburt von Jesus erzählt, aber das hielt ihn nicht davon ab, nach dem guten alten Weihnachtsmann Ausschau zu halten. Es war ein Teil der Tradition bei den Dohertys geworden, sich an vergangene Weihnachtsfeste zu erinnern, an denen Patrick noch bei ihnen gewesen war.

Sie hatten gerade ihr Abendessen beendet, als Tyler auch schon seinen Schlafanzug anzog. Je früher er das tat, desto früher würde er eine weitere seiner Lieblingsweihnachtstraditionen erleben. Obwohl die große Familienfeier immer erst am ersten Weihnachtstag stattfand, durfte jeder an Heiligabend ein Päckchen öffnen, und zwar eins, das Tyler ausgewählt hatte. Als Olivia und Maddy aus der Küche kamen, lag Tyler halb unter dem Tannenbaum auf dem Boden und suchte nach dem richtigen Päckchen für jeden. Im Hintergrund erklangen fröhliche Weihnachtslieder.

„Beeilt euch, Leute", rief Tyler unter dem Baum hervor.

„Nun mal langsam, junger Mann", riet Olivia. „Die Geschenke laufen dir schon nicht weg." Sie setzte sich in den Lehnstuhl und machte es sich dort bequem, geschafft nach einem Tag voller Weihnachtsvorbereitungen. Maddy und Ben ließen sich auf das Sofa fallen.

„Also", fragte Maddy, „was hast du uns dieses Jahr ausgesucht?"

Tyler gab jedem ein Geschenk. Das Größte hob er für sich selbst auf.

Ben merkte sofort, dass Tylers Geschenk größer war als die anderen drei zusammen. „Was soll das denn, Winzling?", frotzelte er und zeigte auf das große Paket.

„Ich konnte kein kleineres finden", verkündete Tyler glücklich.

Ben sah seine Mutter an, als wollte er sagen: „Kannst du das glauben?"

„Die Regel lautet, dass man heute Abend ein Geschenk bekommt", erinnerte sie Maddy, „und das bedeutet auch *ein* Geschenk. Von einer Größenbegrenzung war nie die Rede." Tyler grinste seinen Bruder triumphierend an.

„Dann will ich mein Geschenk auch selbst aussuchen", sagte Ben.

„Das wäre fair", stimmte Olivia zu. Ben legte das Geschenk, das Tyler ihm gegeben hatte, zurück unter den Baum, und suchte sich ein anderes, viel größeres aus.

„Mach du deins zuerst auf, Mama!", bat Tyler.

Maddy riss die Verpackung von ihrem Geschenk. Zum Vorschein kam eine weiße Schachtel. Sie öffnete den Deckel, zog einen wollweißen, handgestrickten Pullover hervor und hielt ihn hoch, damit alle ihn sehen konnten. „Ist der schön!", rief sie begeistert. Tyler strahlte zufrieden. „Wo um alles in der Welt hast du den denn her?"

Tyler warf seiner Großmutter einen verschwörerischen Blick zu, doch sie senkte die Augen. „Das ist ein Geheimnis", sagte Tyler.

Ben war als Nächster dran. Tyler kam es vor, als würde er ewig brauchen, bis er das Papier abgerissen hatte. „Mann, Ben, man sollte denken, du hättest noch nie ein Geschenk ausgepackt."

„Du öffnest sie auf deine Art, ich auf meine", antwortete Ben, der den Moment auskostete. Unter dem Geschenkpapier war ein schlichter, brauner Karton. Ben öffnete ihn und wühlte sich durch Berge von Papier, hielt dann überrascht inne und beäugte, was auch immer er auf dem Boden des Kartons entdeckt hatte. „Kein Wunder, dass es so schwer war", sagte er dann.

„Und?", wollte Tyler wissen.

Ben hielt einen großen Stein hoch, der offensichtlich von einem Siebenjährigen mit einem grinsenden Gesicht bemalt und mit Haaren aus Baumwollfäden versehen worden war. „Soll das ein Witz sein?", fragte Ben. Tyler schaute verwirrt. Maddy warf Ben einen schmaläugigen Blick zu.

Olivia sah Tylers enttäuschtes Gesicht. „Also, ich finde ihn toll! Ich hoffe, ich bekomme auch einen, Mr Rock."

„Du hast es gecheckt, Olivia", sagte Tyler erleichtert. „Es ist ein Rockstar für meinen Bruder, den Rockstar!"*

„Ah, jetzt kapier' ich's!", sagte Ben und spielte enthusiastisch Luftgitarre. „Wir werden eine Jam-Session zusammen machen! Danke!"

Auf das letzte Weihnachtsritual des Abends freuten sich alle am meisten. Maddy ging ins Nähzimmer – zu dieser Jahreszeit für die Jungen absolut tabu, weil sie und Olivia dort die Geschenke einpackten – und kam mit einem abgewetzten Notizbuch zurück. Sie machte es sich damit auf der Couch bequem und winkte die Jungen zu sich herüber. Ben kuschelte sich auf einer Seite an sie, Tyler auf der anderen, während Olivia sich zwischen Tyler und die Armlehne am Ende zwängte und eine Decke über sie alle breitete.

„Alle startklar?", fragte Maddy. Die drei Köpfe, die sich um sie drängten, nickten. Sie öffnete das Notizbuch ungefähr in der Mitte.

---

* (Rock = engl: Felsen, Anm. d. Übs.)

„Seid ihr sicher, dass ihr dieses Jahr keinen anderen Brief hören wollt?", fragte sie ihre Lieben.

„Nein! Auf keinen Fall!", kam die Antwort im Chor.

„Wir wollen genau diesen", bestimmte Tyler.

„Genau, bleiben wir doch einfach dabei", fügte Ben hinzu.

„Okay", sagte Maddy. „Das hier war der letzte Weihnachtsbrief eures Papas an Gott." Sie fuhr mit den Fingerspitzen sanft über die Seite, die Patrick einmal in seinen starken Händen gehalten hatte. Wahrscheinlich hatte er diese Worte am Schreibtisch in ihrem Schlafzimmer geschrieben, während sie sich ein paar Minuten Ruhe gönnte. Was hätte sie dafür gegeben, diese paar Minuten zurückzubekommen!

Maddy hielt das Buch ins Licht und begann zu lesen.

Lieber Gott!

Wieder ist Weihnachten gekommen. Je älter ich werde, desto näher beieinander scheinen die Weihnachtsfeste zu liegen! Bald wird hier das Chaos ausbrechen, aber bevor der Stress anfängt, möchte ich dir für das schönste Geschenk danken, das ein Mensch bekommen kann – meine Familie. Die Weihnachtsfreude kann ganz unterschiedlich aussehen, und du hast mir alles auf einmal gegeben, was ich mir jemals erträumt habe. Eine wunderschöne, liebevolle Ehefrau.

Eine Träne lief über Maddys Wange.

Einen künstlerisch begabten, gesunden erstgeborenen Sohn.

Ben lehnte den Kopf an die Schulter seiner Mutter.

Und meinen Tiger, der wissen möchte, ob der Weihnachtsmann auch für den kleinen Jesus Geschenke gebracht hat.

Tyler lächelte schief. Er fand die Zeile ein bisschen peinlich. Schließlich war er damals erst drei Jahre alt gewesen.

Eigentlich ist das eine ziemlich gute Frage. Ich hoffe, du wirst sie ihm eines Tages beantworten. Das wird ein tolles Weihnachtsfest für uns alle. Auf dass du uns noch viele tolle Weihnachtsfeste zusammen schenkst. Und auch dir fröhliche Weihnachten!

Ich gehöre dir,
Patrick

≈

Unter seine Bettdecke gekuschelt, die Hände unter dem Kopf verschränkt, lauschte Tyler den Geräuschen der Nacht und fragte sich, wie der morgige Tag wohl werden würde. Weihnachten! Er fragte sich, ob der Weihnachtsmann seinen Brief bekommen hatte und ob er ihm das bringen würde, worum er gebeten hatte. Er wollte ein signiertes Fußballtrikot und diesen neuen Profi-Fußball, den seine Mutter ihm immer versprochen, dann aber doch nie gekauft hatte. Vielleicht sogar ein Fahrrad. Er hoffte, der Weihnachtsmann würde es schaffen.

Jemand klopfte an die Tür. Ohne eine Antwort abzuwarten betrat Ben das Zimmer und kletterte zu seinem Bruder aufs Bett. Für eine Weile saßen die Jungen schweigend nebeneinander, jeder in seine eigenen Gedanken versunken.

„Denkst du oft an ihn?", fragte Ben schließlich.

„Ja", antwortete Tyler. „Aber ich kann mich an kaum was erinnern. Das Meiste, was ich weiß, habe ich aus den Videos und Briefen und dem, was andere Leute über ihn sagen."

An Heiligabend schliefen die Jungen immer in einem Zimmer, vor allem, damit keiner der beiden am nächsten Morgen einen Vorsprung beim Auspacken der Geschenke bekam. Wer auch immer zuerst wach wurde, musste den anderen wecken, dann weckten beide zusammen ihre Mutter. Wenn sie ohne sie nach unten gehen würden, würde Maddy ausflippen.

„Willst du noch beten, bevor wir schlafen?", fragte Tyler.

„Ich glaube nicht, aber danke." Ben legte sich ins Bett neben seinen kleinen Bruder.

„Aber wenn du nicht mit Gott redest, wie kann er dann wissen, was du willst und was du brauchst?" Tyler ließ nicht locker. „Wie kann er dir die Sachen vergeben, die du angestellt hast?"

„Ich weiß es nicht, aber es ist Heiligabend und ich habe jetzt keine Lust, darüber nachzudenken. Außerdem, wenn es Gott gibt, warum gibt er uns dann nicht einfach als Weihnachtsgeschenk unseren Vater zurück? Er sollte doch wissen, dass wir uns das am allermeisten wünschen."

„Aber in der Bibel steht, dass der Herr unser Hirte ist, dass er uns alles gibt, was –"

„Ich will darüber jetzt nicht mehr reden." Ben zog sich die Decke über den Kopf und drehte sich um.

Achselzuckend faltete Tyler seine Hände und fing allein an zu beten: „Lieber Gott, ich bin so froh, dass Weihnachten ist. Danke für all die Geschenke, die ich morgen früh bekomme. Danke, dass du mich lieb hast, wenn ich brav bin, und sogar, wenn ich es nicht bin. Segne Mama und Oma und Ben. Und grüß meinen Papa und wünsch ihm frohe Weihnachten. Und sag ihm, dass ich ihn lieb habe. Amen."

≈

Für Maddy und Olivia begann der Weihnachtstag viel zu früh, denn sie hatten bis spät in die Nacht noch versucht, Tylers Fahrrad zusammenzubauen. Maddy zwang sich, ein Auge zu öffnen, und sah auf ihren Wecker: 7:00 Uhr. *Komisch*, dachte sie. Tyler war an Weihnachten doch sonst immer schon im Morgengrauen wach. Sie griff nach ihrem Morgenmantel, schob die Füße in ihre Hausschuhe und tappte den Flur entlang.

Auf Zehenspitzen ging sie zu Tylers Zimmer und öffnete vorsichtig die Tür. Ben, der noch tief und fest schlief, belegte den größten Teil vom Bett und hatte einen Arm über die Brust seines Bruders gelegt. Tyler lag hellwach neben ihm, war mucksmäuschenstill ... und hielt sich den Kopf.

„Tyler, es ist Weihnachten!", sagte Maddy leise, um Ben nicht zu wecken. „Zeit aufzustehen!"

Mit einem abgrundtiefen Stöhnen nahm Tyler Bens Arm von seiner Brust und sah sie mitleiderregend an.

„Wieder eine Kopfschmerzattacke?", fragte sie. Er kroch unter der Decke hervor und setzte sich auf die Bettkante. „Ach, Schätzchen! Ich hole dir Medizin."

Oh nein, nicht an Weihnachten. Nicht an seinem Lieblings-tag. Sie brachte ihm das Anti-Allergie-Medikament und eine Schmerztablette und ging dann nach unten, um Olivia beim Frühstück machen zu helfen.

Die gemeinsame Mahlzeit war eine weitere Familientradi-tion – es gab selbst gemachte Zimtschnecken, frisches Obst und heißen Apfelsaft. Die Jungen liebten es, weil es vor allem aus Zucker bestand. Olivia nahm gerade die erste Ladung Zimtschnecken aus dem Ofen. Auf dem Tisch lag die mit Weihnachtsbäumen und Geschenken bedruckte Weihnachts-decke, und Olivia hatte schon die Weihnachtsteller auf der Anrichte gestapelt.

„Dein Timing ist perfekt", frotzelte sie, als Maddy herein-kam. „Die Hauptarbeit ist schon getan. Jetzt muss nur noch das bisschen Obst geschnitten und auf den Tisch gestellt wer-den." Maddy nahm sich ein Messer und eine Melone. „Schla-fen die Jungs noch?"

„Tyler hat schon wieder Kopfschmerzen. Ich habe ihm ein Schmerzmittel gegeben und jetzt schläft er noch ein biss-chen weiter."

„Der arme kleine Kerl", knurrte Olivia. „Und du Arme. Ich wünschte, du würdest dir nicht solche Sorgen machen."

„Das sagen Carol und Jamie Lynn auch." Sie stemmte die Hände in die Hüften und beugte sich zu ihrer Mutter herüber. „,Schätzchen, du weißt genug über Medizin, um nervtötend zu werden!', sagt Carol mir immer. Sie finden, wir sollten ihn im Auge behalten, aber nicht von etwas Schlimmem ausgehen."

„Wie kommen sie bloß darauf, dass du das tun würdest?", fragte Olivia und stieß ihre Tochter neckend in die Rippen.

„Eins! Zwei! Drrrrrrrrrei! Frohe Weihnachten!" Die beiden Jungen kamen die Treppe heruntergeflogen. Tyler schien topfit zu sein, was Maddy von sich nicht gerade behaupten konnte, dank diesem blöden Fahrrad.

Tyler schwang sich am Treppengeländer vorbei und rannte zu seinem Fahrrad. „Wow! Super!", war alles, was er vor Begeisterung und Freude hervorbringen konnte. Es war so ähnlich wie Bens Fahrrad, das er bewunderte, aber immer noch anders genug, um besonders zu sein.

Maddy und Olivia zwinkerten einander zu. „Zum Glück mussten wir Bens Videospiel nicht auch noch zusammenbauen", flüsterte Olivia, als Ben das große Geschenk mit einem Freudenschrei an sich nahm.

„Cool!", sagte er, während er die Packung aufriss und die Stecker und Kabel des Spiels verband. „Das Neueste und Beste!"

Der Rest des Tages war Weihnachten wie aus dem Bilderbuch. Natürlich ohne Schnee – in den letzten 50 Jahren hatte es in Orlando nur einmal geschneit. Aber Tyler hatte keine Kopfschmerzen mehr und die Kinder verbrachten den ganzen Tag mit ihren Geschenken, der Duft von Zimt und Nelken lag in der Luft, und den ganzen Tag lang sah niemand auf die Uhr.

≈

Ein paar Tage später fuhr Tyler mit seinem neuen Rad zu seinem Freund Colt Turner. Sie waren Mannschaftskameraden im Fußball, aber jetzt spielten sie eine Runde Basketball in der Auffahrt. Es war ein enges Match. Tyler kam aus dem Rückraum, umdribbelte Colt und warf einen perfekten Korbleger.

„Zehn zu zehn!", rief Tyler aufgeregt.

„Gar nicht", behauptete Colt. „Ich hab schon zwölf."

Tyler blieb unter dem Korb stehen und keuchte. Er beugte sich vor und hielt sich den Kopf.

„Was ist los? Hast du's satt, dauernd zu verlieren?"

„Ich verliere doch gar nicht, es steht unentschieden."

„Nö", war Colt überzeugt.

Tyler schüttelte langsam den Kopf. „Vielleicht solltest du

in Mathe besser aufpassen", sagte er. Dann ließ er ohne Warnung den Ball fallen, griff sich an den Bauch und übergab sich auf den Boden gleich unter dem Netz.

„Na toll, du Kotzbrocken", spottete Colt. „Jetzt können wir nicht weiterspielen!"

„Tut mir leid", sagte Tyler schwach. „Ich glaube, ich gehe besser nach Hause."

„Okay. Bis morgen."

Als Tyler abends im Bett lag, saß seine Mutter auf der Bettkante und streichelte ihm über den Rücken.

„Hattest du auch Fieber?", fragte sie.

„Nein", antwortete er, „es waren die gleichen Kopfschmerzen, die ich immer bekomme. Mein Bauch fühlte sich irgendwie komisch an und dann kam der Würfelhusten."

„Ich schätze, es war einfach nur zu heiß. Fühlst du dich jetzt besser?"

„Ja, mir geht's gut."

Wenn ich Angst habe ...

Für einen Moment nahm Maddy ihren Blick von der Menschenmenge auf dem Fernsehschirm, die ausgelassen feierte.

„Was hast du gesagt, mein Schatz?" Tyler hatte etwas gefragt, aber sie war auf das Gedränge am Times Square fixiert gewesen.

„Ich habe gesagt, ich bin müde", wiederholte Tyler mit schwacher Stimme. „Ich gehe ins Bett."

Im Licht des Fernsehbildschirms sah Maddy ein Büschel blondes Haar aus dem Nest hervorlugen, das sich Tyler mit einer Decke auf Olivias Schoß gebaut hatte.

„Es ist doch erst neun Uhr", sagte sie. „Willst du wirklich an Silvester schon vor Mitternacht ins Bett gehen?"

„Ja."

„Was für ein Langweiler!", kam es grummelnd von Ben am anderen Ende der Couch. „Was ist los mit dir, Tyler? Wir haben das ganze Jahr auf diesen Moment gewartet und jetzt willst du ihn verpassen?" Er steckte eine Hand unter die Decke, um seinem Bruder einen Knuff zu verpassen. Tyler jaulte auf.

„Das reicht, Ben", befahl Maddy. Insgesamt war es ein ganz guter Tag gewesen. Kein Grund für die Jungen, jetzt noch aufeinander loszugehen.

Tyler kletterte von Olivias Schoß, zog die Decke hinter sich her und stellte sich vor seiner Mutter auf.

„Bist du sicher, dass du nicht mehr aufbleiben möchtest?", fragte sie noch einmal. Tyler schüttelte den Kopf. „Okay. Ich komme gleich und deck dich zu."

Beim nächsten Werbeblock ging Maddy zu Tyler nach oben. Es schien noch gar nicht lange her, dass er so klein gewesen war, dass er in seinem Bett fast verloren aussah. Das neue Jahr erinnerte sie daran. Er begann, schlaksig zu werden. Längst war er nicht mehr ihr Baby, sondern ein großer Junge. Tyler würde den Körperbau seines Vaters bekommen, mit ihrer Haarfarbe und ihren Gesichtszügen.

Sie zog ihm die Decke unters Kinn, wie er es gern hatte. „Ich kann nicht glauben, dass du nicht mit uns ins neue Jahr rutschen willst", sagte sie. „Aber ich schätze, du brauchst einfach Ruhe." Sie gab ihm einen Kuss auf die Stirn.

„Mama?"

„Ja, mein Schatz?"

„Feiert Gott Silvester?"

Sie dachte nach. „Ich glaube nicht, dass Gott dem gleichen Kalender folgt wie wir. Für ihn ist es wohl so, als gäbe es die Zeit gar nicht ... oder als ob die Zeit nie endet. Manche Leute denken, im Himmel gibt es weder die Vergangenheit noch die Zukunft, und dass es für Gott nur die Gegenwart gibt. Ergibt das einen Sinn für dich?"

Tyler zog die Nase kraus und runzelte die Stirn. Im Grunde war er jetzt nur noch verwirrter. „Ich muss darüber nachdenken. Trotzdem danke."

„Gern geschehen, Tybo. Träum was Schönes. Bis morgen."

Maddy wandte sich erneut zum Gehen, aber Tyler hielt sie zurück. „Kannst du mir noch den Rücken kraulen?"

Mit einem Lächeln legte sie sich neben ihren Sohn und ließ ihre Finger auf seinem Rücken auf und ab wandern. Schon nach kurzer Zeit war er eingeschlafen. Im Licht des Flures sah sein Gesicht friedlich aus, seine Atmung war tief und regelmäßig.

Maddy ging wieder nach unten zu Ben und Olivia, um sich den Rest der Silvesterparty auf dem Times Square anzusehen. Um Mitternacht wurde eine große Kristallkugel heruntergelassen, während Tausende Feiernde die letzten Sekunden des Jahres herunterzählten. Der Moment kam, die Band spielte „Auld Lang Syne", und Olivia und Ben erhoben sich und prosteten einander mit ihren Gläsern zu.

„Frohes neues Jahr, Mutter", sagte Maddy und nahm Olivia in die Arme.

„Und frohes neues Jahr, Benjamin."

Nachdem sie einander alles Gute für das neue Jahr gewünscht hatten, setzten sie sich wieder. Plötzlich waren sie alle sehr müde.

„Geh du ruhig ins Bett, Schätzchen", sagte Olivia. „Ich räume noch auf. Dauert ja nicht lange."

„Danke, Mama", antwortete Maddy. „Das Angebot nehme ich gerne an. Sehen wir es als verspätetes Weihnachtsgeschenk."

Maddy machte sich auf den Weg in ihr Schlafzimmer, wobei die Treppenstufen die gewohnten, tröstlichen Knarzlaute von sich gaben. Patrick und sie hatten das Haus gekauft, bevor Tyler geboren wurde, und es war ein geräumiger, solider, einladender Ort mit einer breiten Veranda und einem Garten mit Schaukel, so zentral gelegen, dass es praktisch war, aber weit genug weg vom Stadtzentrum, um Ruhe zu bieten.

Alles, was dem Haus heutzutage fehlte, war ein Ehemann und Vater.

Obwohl sie sehr müde war, konnte Maddy nicht einschlafen. Speziell an den Feiertagen dachte sie immer sehr viel an Patrick. Auf der einen Seite war ihre gemeinsame Zeit sehr kurz gewesen – nur dreimal hatten sie als vierköpfige Familie zusammen Silvester feiern können –, aber andererseits kam es ihr so vor, als sei Patrick schon immer ein Teil von ihr gewesen.

Während sie auf den Schlaf wartete, dachte sie an das erste Mal, als sie ihn gesehen hatte. Sie war im ersten Jahr an der Highschool gewesen, er im Jahrgang über ihr. Sie war mit ein paar Freundinnen zum letzten Baseball-Spiel der Saison gegangen. Das ganze Jahr über hatten sie sich noch kein Spiel angesehen, und sie fanden, dass es höchste Zeit war.

Obwohl sie gegen ihren Lokalrivalen spielten, fand Maddy Baseball ziemlich langweilig, aber sie hielt durch bis zur Schlussphase. Die gegnerische Mannschaft war dabei, vier zu zwei zu verlieren.

Dann betrat ein Spieler das Feld, den Maddy vorher noch nie gesehen hatte. Er war nicht nur wahnsinnig gut aussehend, sondern bewegte sich auch äuffällig geschmeidig und selbstbewusst. Während er ein paar Aufwärmschwünge machte, streifte sein Blick über die Tribüne. Sie merkte, dass er sie ansah, und nahm eine ganz bestimmte Reaktion wahr: ein kurzes Zögern, der Hauch eines Lächelns auf dem konzentrierten Gesicht. Sie lächelte zurück und winkte ihm unauffällig zu. Er schaute noch ein zweites Mal zu ihr, sammelte sich dann aber, nur um gerade noch mitzubekommen, dass der Werfer der Gegenmannschaft den Ball schon über die Mitte der Base gefeuert hatte.

„Strike!", rief der Schiedsrichter.

Der Schlagmann mahlte die Kiefer aufeinander. Seine Augen verengten sich. Das würde er sich nicht noch einmal bieten lassen. Bei der nächsten Gelegenheit würde er sich keinen Strike mehr einfangen.

Der nächste Wurf hatte genau die richtige Höhe. Mit einem metallischen *Ping* schickte er den Ball hoch in die Luft, sodass er weit über das Feld hinweg und schließlich in die umstehenden Bäume flog. Die Menge sprang auf und klatschte und schrie, Maddy lauter als alle anderen. Als er locker über das Spielfeld lief, sah er wieder in Richtung Tribüne – suchte nach *ihr* – und ihre Blicke trafen sich erneut. Sie fühlte Schmetterlinge im Bauch. Und sie spürte sie immer noch, wenn sie an diesen Tag dachte.

Vor Ende des Schuljahres waren Maddy und Patrick *das* Gesprächsthema der ganzen Schule und aus ihrer Freundschaft war Liebe geworden. In diesem Sommer hatte Patrick ihr zwei Dinge versprochen: sie zu heiraten und ein Baseball-Stipendium zu bekommen. Während der Baseballsaison in seinem letzten Jahr hatte er eine ganze Schublade voller Angebote, doch er wartete noch auf Nachricht von der Schule, von der er träumte – die Universität von Texas.

Das hätte bedeutet, dass er und Maddy getrennt sein würden, wenn sie ihr letztes Jahr an der Highschool absolvierte. Sie hatten darüber gesprochen und beide fanden, dass sie das schon hinkriegen würden. Wenn sie einander wirklich liebten, würde ihre Beziehung die Trennung überleben.

Dann kam der Tag, der alles veränderte: der Tag, an dem

Maddy feststellte, dass sie schwanger war. Sie und Patrick waren einmal zu weit gegangen und hatten sich geschworen, es nie wieder zu tun, bis sie verheiratet waren. Sie wollten sich, ihrem Glauben und Gottes Geboten treu sein. Nur ein einziges Mal ... aber schon nach ein paar Wochen waren die Anzeichen eindeutig und der Test positiv.

Als Maddy den Anruf der Arztpraxis bekam, der den Test bestätigte, rannte sie panisch auf die Veranda, verängstigt, beschämt, planlos, und brach unter Tränen auf der Treppe zusammen, den Kopf zwischen den Knien.

Als sie wieder aufsah, kam Patrick gerade um die Ecke. *Nicht er! Nicht jetzt!* Was sollte sie ihm sagen? Es kam alles so plötzlich.

Je näher er kam, desto langsamer wurde er. „Ich schätze, du hast es schon gehört."

Wie bitte? Maddy konnte sich nicht konzentrieren. „Was? Was gehört?"

„Das Stipendium! Ich hab's bekommen! Eben kam der Brief von der Universität von Texas! – "

„Ich bin schwanger."

Er blieb so abrupt stehen, als hätte ihn jemand geschlagen. Nach einer langen Weile setzte er sich neben sie auf die Stufe, ließ aber etwas Platz zwischen ihnen frei.

„Ich werde das Stipendium nicht annehmen, Maddy", sagte er.

Maddy starrte ihn an. „Willst du dir das nicht noch mal überlegen?"

„Ich muss es mir nicht noch mal überlegen. Es gibt nichts, worüber ich noch nachdenken müsste." Seine Stimme klang erstaunlich sicher und beruhigend. „Ich bleibe hier bei dir und unserem Baby. Wir schaffen das schon."

Als sie ihm in die Augen sah, entdeckte sie dort das gleiche Funkeln, das sie an dem Tag damals auf dem Baseballfeld gesehen hatte. Fühlte die gleichen Schmetterlinge. Und sie wusste, dass er recht hatte. Sie würden es schaffen.

Tatsächlich stellte sich sogar heraus, dass sie es nicht nur schafften, sondern sogar richtig glücklich waren. Es war nicht das Leben, das sie geplant hatten, aber es war trotzdem wunderbar. Maddy gefiel es, Ehefrau und Mutter zu sein, sie genoss es, ihr Haus zu einem gemütlichen Zuhause für Patrick, Ben und später auch Tyler zu machen. Zehn Jahre lang war ihr Haus der Schauplatz einer Traumehe gewesen.

Dann änderte sich alles in der Nacht, in der Patrick starb.

Ihre Erinnerungen gingen in Träume über, als Maddy schließlich in den ersten dunklen, sternenklaren Stunden des neuen Jahres einschlief. Obwohl Maddy seit Tagen keinen Dienst mehr im Krankenhaus gehabt hatte, hatte sie zu Hause umso mehr gearbeitet, um das Weihnachtsfest für ihre Mutter und ihre Söhne so festlich wie möglich zu machen.

Und doch kann selbst der tiefste Schlaf eine Mutter nicht davon abhalten, ihr Kind zu hören, wenn es in Not ist. Bis in die Haarspitzen wach konnte Maddy erst nicht ausmachen, ob sie geträumt hatte oder ob es tatsächlich Tyler war, der in seinem Zimmer rumorte. Sie öffnete ein Auge und blinzelte auf den Wecker. *Drei Uhr morgens. Wahrscheinlich habe ich nur geträumt.*

Dann hörte sie es wieder. Maddy knipste das Licht im Flur an und ging zu Tylers Zimmer. Schon in der Tür bemerkte sie den Geruch. Sie machte Licht und sah ihn in einer Lache von Erbrochenem liegen.

„Oh, Tyler! Tyler!" Sie half ihm dabei, sich aufzusetzen, hievte ihn aus dem Bett und führte ihn ins Badezimmer. Olivia kam ihnen im Flur entgegen und folgte ihnen.

„Alles in Ordnung?", fragte sie verschlafen.

„Falls du es in Ordnung findest, wenn man sich über sein ganzes Bett erbricht, dann schon", antwortete Maddy, die mit den Nerven total am Ende war.

Maddy zog Tyler den Schlafanzug aus und wusch ihn mit warmem Wasser ab. Währenddessen wechselte Olivia die Bettwäsche und stopfte die Schmutzwäsche in die Waschmaschine.

Nach nur ein paar Minuten legte Maddy Tyler wieder ins Bett und fühlte ihm die Stirn. „Du fühlst dich nicht heiß an", sagte sie. „Du hast wieder Kopfschmerzen gehabt, nicht wahr, mein Schatz?"

Tyler drehte sich herum. „Ja." Selbst im Dämmerlicht sah man, dass er blass war. „Mein Kopf tut so weh."

„Ich habe Olivia schon gesagt, dass ich nach den Feiertagen noch mal mit dir zum Arzt gehe, und das ist jetzt umso klarer. Irgendetwas stimmt da nicht. Ich habe einen Eimer neben dein Bett gestellt, falls du noch mal spucken musst."

Tyler bewegte sich nicht und sagte auch nichts. Sie machte das Licht aus und tappte wieder ins Bett.

Ihre Augenlider waren schwer vor Erschöpfung, doch eine unkontrollierbare Angst hielt sie wach. *Das ist nicht normal, egal, wie alt er ist. Mir egal, was dieser blöde Arzt sagt.*

An manchen Tagen hatte sie so ihre Schwierigkeiten mit Gott, aber jetzt hatte sie das große Bedürfnis, ihn um Hilfe zu bitten. „Gott", sagte sie leise, „du weißt, wie viel Angst mir das gerade macht. Hilf mir. Nimm meine Angst weg. Du bist größer und stärker, als jede Angst jemals sein könnte. Bitte lass es nur eine Allergie oder irgendetwas anderes sein, womit ich umgehen kann. Er ist so jung und ich liebe ihn so sehr. Ich weiß, dass du ihn auch liebst, Herr. Berühre ihn mit deiner heilenden Hand und nimm ihm diese Kopfschmerzen."

Das Beten tat ihr gut, aber es nahm ihr nicht das Gefühl, dass irgendetwas ganz und gar nicht in Ordnung war. Manchmal dachte sie, dass Carol recht hatte – dass man als Krankenschwester einfach zu viel wusste. Wenn sie nicht das medizinische Fachwissen hätte, was alles schief gehen kann, würde sie auch nicht so viel darüber nachgrübeln. Von allen möglichen Ursachen machte ihr eine bestimmte die meiste Angst: Tylers Symptome könnten auf einen Hirntumor hinweisen. Der Gedanke war weit hergeholt, aber sie konnte ihn nicht abschütteln. Soweit sie wusste, war weder in ihrer noch in Patricks Familie bisher je Krebs vorgekommen. Außerdem, das musste sie sich eingestehen, zog sie wie jede besorgte Mutter gleich den schlimmsten und gleichzeitig am wenigsten wahrscheinlichen Schluss.

Dutzende Diagnosen waren wahrscheinlicher als diese. Aber was, wenn es tatsächlich ein Hirntumor war? Was, wenn Tyler ein Krebsgeschwür im Kopf hatte?

„Bitte, Vater", betete sie beim Einschlafen, „lass es gar nichts sein." Doch schon hörte sie das Geräusch wieder: Tyler musste sich erneut übergeben. Sie sah auf die Uhr. Fünfundvierzig Minuten. Sie zwang sich aus dem Bett und ging zu Tyler, der sich aus seinem Bett herauslehnte, den Eimer aber nur halb getroffen hatte.

„Na ja, auf jeden Fall war das schon mal besser als wieder ins Bett", sagte sie und ging schnurstracks ins Badezimmer, um einen nassen Waschlappen zu holen. Sie setzte sich neben ihn, legte eine Hand auf seinem Rücken und die andere mit dem Waschlappen an seine Stirn.

„Möchtest du etwas zu trinken?" Tyler schüttelte den Kopf. „Soll ich mich zu dir legen?" Tyler sah sie mit dem traurigen Blick an, den er nur dann hatte, wenn es ihm wirklich schlecht ging. Maddy knipste das Licht aus und legte sich neben ihren kranken Jungen.

Nicht einmal eine Stunde später begann er wieder zu würgen, nur das dieses Mal nichts kam. Maddy versuchte, ihm einen Schluck Limonade einzuflößen, aber er wollte einfach nur schlafen. Dieses klägliche Ritual wiederholte sich von da an stündlich bis zum Morgengrauen.

Sobald die Praxis geöffnet hatte, rief Maddy beim Kinderarzt an.

„Was hat er gesagt?", fragte Olivia, die in ihrem Morgenmantel an der Treppe stand.

„Er ist eher besorgt wegen dem Flüssigkeitsverlust als wegen den Kopfschmerzen oder dem Erbrechen", berichtete Maddy. „Er will, dass wir in die Notaufnahme gehen."

„Jetzt gleich?"

„Ja."

„Ich zieh mich nur schnell an."

„Du musst nicht mitkommen, Mama."

„Unsinn. Omas machen sowas."

„Ihr lasst mich doch wohl nicht allein hier?", rief Ben, der mitgehört hatte.

Olivia fuhr und Maddy saß mit Tyler hinten, der sich ein weiteres Mal übergab, ehe sie die Notaufnahme erreichten. Ben hob seinen kleinen Bruder aus dem Auto und trug ihn durch die automatischen Türen zu einer Reihe von Stühlen, auf denen sie Platz nahmen, während ihre Mutter die Formalitäten erledigte.

Sie mussten stundenlang warten, sahen Menschen heraus- und hereinkommen, manche hustend, manche blutend, manche weinend, manche bewusstlos. Je mehr Zeit verging, desto munterer und fitter wurde Tyler, bis er wieder völlig normal erschien.

„Toll", sagte Maddy zu ihrer Mutter und Ben. „Jetzt habe ich Himmel und Erde in Bewegung gesetzt und alle werden denken, dass ich eine dieser verrückten, überreagierenden Mütter bin!"

„Doherty!", rief eine Krankenschwester mit der Art tonloser Stimme, die Schwestern wohl speziell für diese Gelegenheiten reservierten.

„Der Doktor kommt sofort", fügte sie mechanisch hinzu, führte die vier in ein kleines, kahles Untersuchungszimmer und schloss die Tür hinter sich. Nach einer weiteren langen Wartezeit betrat ein gutaussehender Mann in einem weißen Kittel den Raum. Er sah keinen Tag älter als 25 aus. Maddy fragte sich, wie es möglich sein konnte, dass er sein Medizinstudium schon absolviert hatte. *Er wird einfach sagen, es sei eine Magen-Darm-Infektion oder eine Allergie und ihn mit ein paar Medikamenten nach Hause schicken.*

„Ich bin Dr. Pittman", sagte der Junge munter und streckte ihr die Hand entgegen. „Wo drückt denn der Schuh?"

Maddy öffnete den Mund, doch ihre Gedanken waren zu durcheinander und wollten alle gleichzeitig geäußert werden, sodass sie schließlich gar nichts sagen konnte. Sollte sie erst die Kopfschmerzen erwähnen? Das Erbrechen? Ihren Eindruck, dass die Diagnose „Allergie" falsch war? Ihr Gefühl, dass der Zustand sich verschlimmert hatte? Schließlich sagte sie nichts Derartiges. Tief aus ihrem Inneren bahnte sich ein anderer Gedanke seinen Weg, und ehe sie wusste, was los war, hörte sie sich selbst sagen: „Bitte überprüfen Sie, ob mein Sohn einen Hirntumor hat."

Der Arzt versuchte, seine Überraschung zu verbergen. „Und warum denken Sie, dass er einen Hirntumor haben könnte?"

Wie ein Sturzbach kamen die Gedanken nun hervor und Maddy begann mit ihren Erklärungen. Die Sätze purzelten nur so aus ihr heraus und überschlugen sich. Sie erzählte von den Kopfschmerzattacken, die erst nur ab und zu vorgekommen, dann aber immer öfter und intensiver aufgetreten waren. Und jetzt wachte er mitten in der Nacht auf und musste sich zigmal übergeben.

„Ich möchte, dass Sie untersuchen, ob er einen Hirntumor hat", wiederholte sie. Der Arzt bedachte sie mit einem frostigen Halbgrinsen. „Ich bin keine hysterische Mutter, ich bin Krankenschwester und weiß, wovon ich rede. Machen Sie es einfach", fuhr Maddy fort, „oder muss ich mich an Ihren Vorgesetzten wenden?"

Olivia riss die Augen auf. Ben schlug peinlich berührt die Hände vor sein Gesicht.

Dr. Pittman schrieb weiter, bis seine Notizen das Ende der Erzählung erreichten. Dann stellte er sich direkt vor Tyler und sah ihn mit prüfendem Blick von oben bis unten an. „Ich finde, du siehst ziemlich zäh aus, Partner", sagte er. Tyler grinste. „Lass mich mal hören." Mit seinem Atem wärmte er sein Stethoskop an und hörte dann Herz und Lungen des Jungen ab. „Klingt alles normal." Wieder grinste Tyler. Dann prüfte er Tylers Reflexe und seine Pupillenreaktionen. „Stell dich mal hier hin und spiel Flamingo."

Tyler legte fragend den Kopf schief. „Auf einem Bein stehen." Der Arzt machte es ihm vor. Selbst Maddy kicherte. Tyler nickte und stellte sich dann erst auf das eine Bein, dann auf das andere.

„Mit Ihrem Sohn scheint mir alles in bester Ordnung zu sein", schloss Dr. Pittman.

„Wollen Sie etwa so herausfinden, ob er einen Hirntumor hat?", fragte Maddy argwöhnisch.

„Mrs Doherty", antwortete der Arzt, der die Sache schnell hinter sich bringen, dies aber nicht zu offen zeigen wollte, „wenn Tyler einen Hirntumor hätte, würde das seinen Gleichgewichtssinn beeinflussen. Seine Balance, die Bewegung seiner Augen oder die Pupillengröße – irgendetwas davon würde eine Abnormalität zeigen. Aber er zeigt keines dieser Anzeichen. Glücklicherweise kann ich Ihnen sagen, dass er absolut gesund zu sein scheint."

„Aber er spielt Fußball", sagte sie, als würde das irgendetwas erklären.

Der Arzt sah sie mit einem „Und ... ?"-Gesichtsausdruck an.

„Er ist sehr sportlich." Ihre Beharrlichkeit hatte eine Spur von Verzweiflung. „Er hat eine sehr gute Körperbeherrschung. Wenn es ihm nicht so gut geht, kompensiert er das irgendwie. Wenn er eigentlich nicht in der Lage ist, geradeaus zu laufen, strengt er sich eben besonders an. Er hat Sie ausgetrickst, Doktor."

Dr. Pittman machte einen verwirrten Eindruck, sein Blick wanderte von Tyler zu seiner Mutter und wieder zurück. Er nahm sein Klemmbrett in die Hand und fing erneut an zu schreiben. „Also gut." Offenbar wusste er, wann er sich geschlagen geben musste. „Ich werde ein CT veranlassen. Wir werden es für morgen ansetzen."

Maddy stieß einen tiefen Seufzer der Erleichterung aus.

An diesem Abend sackte Maddy auf Olivias Bett zusammen und starrte mit leerem Blick aus dem Fenster.

„Den Blick kenne ich", sagte Olivia. „Du machst dir große Sorgen."

Maddy versuchte, die Gedanken zu ordnen, die ihr immer noch durch den Kopf schwirrten. „Ja, ich mache mir Sorgen", sagte sie schließlich.

„‚Doch gerade dann, wenn ich Angst habe, will ich mich dir anvertrauen.' Psalm 56, Vers 4", zitierte Olivia.

Maddy setzte sich auf, um ihre Mutter ansehen zu können. „Mama, hast du jemals ein bestimmtes Gefühl wegen einer Sache gehabt und gewusst, dass du recht hast, auch wenn du es nicht beweisen konntest?"

„Ich wusste, dass du mit Ben schwanger bist, noch bevor du es mir gesagt hast."

Maddy ließ den Kopf hängen. Olivia legte ihr einen Finger ans Kinn und hob es an, um ihr in die Augen sehen zu können. „Ich habe das nicht gesagt, damit du dich schämst, sondern weil du gefragt hast. Ich wollte nur sagen, dass ich

93

damals den Eindruck hatte, dass Gott zu mir spricht und ich deshalb wusste, dass mein wunderbarer Enkel in deinem Körper heranwächst."

In Maddys Mundwinkeln zeigte sich ein leichtes Lächeln. „Mama, ich weiß, dass es verrückt klingt, aber ich weiß schon seit einer Weile, dass mit Tyler etwas nicht stimmt, etwas, dass schlimmer ist als bloße Kopfschmerzen. Ich glaube wirklich, dass es ein ..."

Olivia legte Maddy einen Finger auf den Mund. „Pssst. Sprich es nicht aus." Sie griff nach ihrer Bibel, schlug eine bestimmte Seite auf und las laut vor. „‚Ich lobe Gott für das, was er versprochen hat; ihm vertraue ich und fürchte mich nicht ... Denn das weiß ich: du, Gott, bist auf meiner Seite ...'"

Die Worte berührten Maddy wie eine kühlende Brise. Sie legte sich aufs Bett, hörte zu und saugte die Worte in sich auf. Als ihre Mutter aufhörte zu lesen, wollte Maddy noch mehr hören. Sie fühlte sich wieder wie ein Teenager, als würden die Weisheit und die liebevolle Umarmung ihrer Mutter alles wiedergutmachen. Als hätte Gott sie doch noch nicht vergessen.

„Warten wir einfach ab, ja?" Maddy nickte. „Lass uns beten."

Wieder nickte Maddy. Nach dem Gebet stand sie mit Tränen in den Augen auf. „Danke." Sie nahmen sich in den Arm.

„Es wird alles gut", versicherte Olivia ihr. „Hör auf, das Schlimmste zu befürchten, ja?"

„Okay." Maddy sah noch einmal nach den Jungen. Beide schliefen wie die Murmeltiere.

Schattenboxen

Die nächsten 24 Stunden fühlten sich an wie 24 Jahre. Alles, was Maddy tun konnte, war wieder und wieder die Angst wegzuschieben, die in ihr hochstieg. Sie nahm sich vor, nicht in Panik zu verfallen. Aber ihr Termin war erst um 19:30 Uhr abends, und jede Minute verging mit quälender Langsamkeit. Maddy ging auf und ab, den Blick auf die Uhr gerichtet, und wartete ungeduldig darauf, dass sie sich endlich auf den Weg ins Krankenhaus machen konnten. *Was, wenn ich einfach spinne? Na ja, mir ist lieber, ich spinne, als dass Tyler eine falsche Diagnose bekommt.*

Um 19:15 Uhr waren sie im Krankenhaus. Ben ließ sich mit seinem iPod auf einen Stuhl in der Ecke fallen, während Tyler ein Videospiel spielte und dabei vollkommen normal wirkte. Maddy und Olivia blätterten ziellos durch alte Zeitschriften oder starrten die Wände an. Als sie aufgerufen wurden, schnellte Maddy wie eine überdrehte Feder aus ihrem Stuhl. Sie und Tyler machten sich auf den Weg zum Untersuchungszimmer. Als sie durch die Tür gingen, sah Maddy noch einmal ihre Mutter an, die Richtung Himmel zeigte und zuversichtlich lächelte.

≈

Tyler lag auf einem schmalen Bett vor etwas, das wie ein riesiger Donut aus Metall aussah. Das Bett würde so weit in das Loch des Donuts geschoben werden, dass Tylers Kopf darin verschwand. Die Maschine würde dann Röntgenaufnahmen in

3D machen, die den Ärzten zeigen würden, ob es einen Tumor oder sonst eine Abnormalität in seinem Hirn gab. Der medizinisch-technische Assistent erklärte ihm und seiner Mutter die Vorgehensweise, während er Tyler an den Tropf hängte.

„Das wird jetzt etwas pieksen, junger Mann." Tyler zuckte zusammen. Seine Mutter tat es ihm gleich.

„Damit das funktioniert, musst du ganz still liegen", fuhr der Assistent fort. „Wir können dir ein Beruhigungsmittel geben, wenn du möchtest."

„Nein, danke. Brauch ich nicht", sagte Tyler tapfer und reckte den Hals, um die riesige Maschine zu begutachten.

Der Vorgang dauerte 15 Minuten. Die ganze Zeit über belästigte Maddy den Assistenten mit nervösen Fragen, aber was sie vor allem wissen wollte, war, wann sie die Ergebnisse bekommen würden.

„Irgendwann morgen Nachmittag", sagte er. „Weil es schon so spät ist, wird der Film nicht vor morgen entwickelt." Also noch eine schlaflose Nacht.

Maddy hatte viel über das nachgedacht, was ihre Mutter über Gott und Psalm 56 gesagt hatte. Ihre Mutter hatte recht: Gott war für sie und Tyler da. Es musste einfach so sein. Wenn er nicht da war, dann war niemand da.

Spät an diesem Abend kniete sie sich vor ihr Bett und die Tränen liefen ihr über das Gesicht. Sie glaubte von Herzen an das, was die Bibel sagte, wusste, dass Gott sie und Tyler liebte, doch sie war trotzdem wie gelähmt – verzweifelt und voller Angst um ihren geliebten Sohn. Sie betete, dass der Test beweisen würde, dass, alles in Ordnung war. Betete, dass das dunkle Gefühl drohenden Unheils komplett unbegründet war. Betete, dass Gott Tyler, wenn dieser wirklich krank war, jetzt heilen würde. Als sie fertig war und aufstehen wollte, waren ihre Beine vollkommen taub: Sie hatte eine Stunde dort gekniet! Sie rollte sich ins Bett, zog die Decke über sich und war schon bald eingeschlafen.

Am nächsten Morgen wachte Tyler wieder mit Kopfschmerzen auf. Sie traten jetzt fast jeden Tag auf und schienen immer heftiger zu werden. Aber zwischen den Anfällen schien er fit zu sein und verhielt sich vollkommen normal.

Weniger als eine Stunde später war er im Garten und spielte mit ein paar Jungen aus der Nachbarschaft Fußball.

Maddy beobachtete sie durchs Fenster, als das Telefon klingelte. Sie holte tief Luft, sprach ein kurzes Gebet und nahm dann den Hörer ab.

„Wir haben eine dunkle Stelle gefunden, Mrs Doherty. Einen Schatten", sagte die Stimme am anderen Ende. Maddys Herz fühlte sich an wie Blei. „Sie müssen morgen noch einmal mit Tyler zum MRT kommen."

Sie warf den Hörer in Richtung Station, doch er landete daneben. Schluchzend sank sie auf die Knie. All diese Gebete. All diese Bibelverse über Gottvertrauen und Schutz von oben. Und jetzt das. Was hatte das zu bedeuten? Die Achterbahn sauste nach unten. *Warum, Herr? Im Namen Jesu, warum?*

≈

„Warum sind wir schon wieder hier, Mama?"

Maddy versuchte, Tylers Frage zu beantworten, doch der Kloß in ihrem Hals hinderte sie daran. Stattdessen ging sie schweigend mit ihm durch die Tür zur radiologischen Abteilung. Dieser Besuch war anders als der erste. Die Maschine sah der ersten zwar ähnlich, doch statt Röntgenstrahlen funktionierte sie mit starken Magnetstrahlen, um ein Bild vom Inneren eines Menschen zu erzeugen. Das Bild war kontrastreicher als Röntgenaufnahmen, sodass die Ärzte sich die Stellen, die auf den Röntgenbildern verschwommen ausgesehen hatten, besser ansehen konnten, vor allem, wenn es um weiche Organe ging. Sie würden außerdem eine Lumbalpunktion vornehmen, um festzustellen, ob es in Tylers Rückenmark Krebszellen gab.

Dieses Mal wollte der Assistent Tyler doch lieber ein Beruhigungsmittel geben. „Die meisten Kinder können hierfür nicht lange genug still liegen", erklärte er den beiden. „Und wenn er sich bewegt, müssen wir wieder von vorn anfangen."

Ein Blick in seine Augen machte Maddy klar, dass Tyler kein Beruhigungsmittel wollte. „Glaubst du, du schaffst das, Tyler?" Er nickte. „Es wird auch so gehen", sagte sie zu dem

Assistenten. „Und wenn nicht, können Sie ihm immer noch etwas geben."

Der Assistent machte sich an die Arbeit und betätigte die riesige Maschine so, dass sie jeden Millimeter von Tylers Kopf überprüfte. Lichtstreifen glitten über sein Gesicht. In diesem Moment betete Maddy im Stillen und bat Gott, dass das Ergebnis der CT-Untersuchung einfach fehlerhaft war. Das war genau das, was sie so gern glauben wollte, aber es fiel ihr sehr schwer.

Als er vorbei war, liefen die beiden in Richtung Auto. „Wer als Erster da ist!", rief Tyler und flitzte los, froh, der Maschine entkommen zu sein und voller aufgestauter Energie. Maddy wollte sich trotzdem nicht geschlagen geben und rannte, so schnell sie konnte, verlor aber um Längen, wie Mütter es immer tun.

Sie öffnete die Tür und nahm blitzschnell auf ihrem Sitz Platz. „Dafür bin ich als Erste angeschnallt!" Sie griff nach dem Gurt, zerrte ihn über ihren Schoß und ließ die Schnalle einrasten. Heute war alles ein Wettbewerb.

„Das ist nicht fair!", rief er und nestelte an seinem Gurt.

„Spielverderber! Du kannst halt nicht immer gewinnen!"

„Aber du hast geschummelt!"

„So wie du, meinst du?"

„Hab ich ja gar nicht!"

„Du warst doch schon fast am Auto!"

Er versuchte, beleidigt dreinzuschauen, konnte das Lachen aber nicht unterdrücken. Der Wettbewerb endete mit lautem Gelächter, während sie sich auf den Weg zur Eisdiele machten.

Und wieder würde es eine lange Nacht des Wartens auf die Testergebnisse werden. Maddy machte es sich für die Wartezeit vor dem Fernseher gemütlich, den Blick immer wieder auf das Telefon gerichtet. Mit jedem Ticken der Uhr zog sich ihre Brust mehr zusammen. Schon jetzt fühlte sie sich so, als stünde ein Elefant auf ihr. Sie musste all ihre Konzentration aufwenden, um überhaupt atmen zu können.

Olivia stand auf. „Wir gehen ins Kino!", verkündete sie.

„Meinst du, das wäre gut?", fragte Maddy besorgt. „Was, wenn sie anrufen?"

„Du hast ihnen doch deine Handynummer gegeben, oder? Wenn sie zu Hause niemanden antreffen, werden sie es über dein Handy versuchen. Du kannst es doch auf Vibrationsalarm stellen."

Sie sahen sich eine Komödie an, aber als sie vorbei war, hätte Maddy nicht sagen können, worum es gegangen war oder wie der Titel des Films lautete. Alles, woran sie denken konnte, war das MRT-Ergebnis, das irgendwo auf einem Blatt Papier stand und ihre Zukunft bestimmte. Was stand bloß auf dem Blatt Papier? Wann würde sie es erfahren? Hatte sie ihre Telefonnummern auf den Krankenhausformularen korrekt angegeben?

Die Fahrt nach Hause verlief schweigend. Tyler döste auf dem Rücksitz, Ben hatte laute christliche Rockmusik im Ohr.

Dann klingelte Maddys Handy. Sie klammerte sich so fest an das Lenkrad, dass ihre Knöchel weiß wurden. Das Blut gefror ihr in den Adern. Sie sah ihre Mutter an, die die Augen schloss und ihre Lippen in einem leisen Gebet bewegte.

Das Handy fühlte sich unglaublich schwer an. Sie konnte die Sprechtaste nicht drücken, aber sie konnte es auch nicht lassen. Ihr Daumen rieb über den runden, schwarzen Knopf in der Mitte.

„Hallo?"

Während sie zuhörte, wurde ihre Atmung schneller und schwerer. Ihre Hände begannen zu zittern. „Oh Gott, bitte nicht!", murmelte sie, kaum mehr als ein Flüstern, während ihr die Tränen in die Augen traten.

„Fahr rechts ran", drängte ihre Mutter, die sie aufmerksam beobachtet hatte.

Maddy lenkte den Wagen an den Straßenrand und hielt an. Aufgeschreckt zog Ben einen Ohrstöpsel aus dem Ohr und fragte: „Was ist los?" Keine Antwort. „Olivia?"

„Jetzt nicht, Ben", sagte Olivia mit ungewohnter Strenge. „Du weckst Tyler noch auf."

Er sah sie an, dann seine Mutter, zuckte mit den Schultern, steckte den Stöpsel wieder ins Ohr und starrte aus dem Fenster.

≈

Maddy saß in einem weiteren Wartezimmer und sah sich um. *Alt. Jeder hier ist alt. Bestimmt haben die nicht das, was Tyler hat. Aber was hat er?* Sie dachte wieder an die Anzeichen, die sie in den letzten fünf Monaten gesehen hatte und über die sich sonst niemand Sorgen zu machen schien. Und jetzt saß sie hier im Wartezimmer eines Neurochirurgen und wartete auf Nachrichten, die wohl kaum gut sein konnten.

Maddy folgte einer Krankenschwester über den Gang zu einem unordentlichen Büro, auf dem sich Papiere auf Schreibtisch und Fußboden stapelten. „Der Doktor kommt sofort", sagte die Schwester fröhlich. Maddy musterte die Zeugnisse, Zertifikate, Auszeichnungen und gerahmten Zeitungsartikel an den Wänden. *Dr. Chester Gaylin.* Wer auch immer Dr. Gaylin war, er schien immerhin zu wissen, was er tat, selbst wenn er ein Chaot war.

Der Arzt betrat den Raum und stellte sich vor. Ziemlich jung, zielstrebig, geschäftsmäßig. Maddy fiel auf, dass er ihr nicht in die Augen sah. Waren das nur schlechte Manieren oder schlechte Neuigkeiten?

„Mrs Doherty", fing er an, „wir haben uns das CT und das MRT Ihres Sohnes sorgfältig angesehen. Er hat ein Medulloblastom."

Maddys Lippen formten das Wort stumm nach. *Medulloblastom.* Ein Gehirntumor. Wie gerne hätte sie unrecht gehabt.

„Das ist ein Tumor im Kleinhirn, dem hinteren, unteren Teil des Gehirns", fuhr Dr. Gaylin fort, „der Teil, der die Muskelbewegungen koordiniert."

Maddy wusste das alles, aber sie hörte trotzdem aufmerksam zu. Sie wollte jeden Fetzen an Information, den sie bekommen konnte, und zwar jetzt gleich.

„Der Tumor kommt meist bei Kindern unter zehn vor. Manchmal wachen sie nachts auf, weil sie sich übergeben müssen. Morgens oder beim Sport haben sie Kopfschmerzen, dann ebbt der Schmerz wieder ab und sie fühlen sich gut."

Ich wusste es! Ich wusste es, aber keiner wollte mir glauben.

„Der Krebs hat bereits ins Rückenmark gestreut, außerdem eben im Tumor selbst und in der Hirnhaut", dozierte Dr. Gaylin. „Wir werden ihm Steroide geben, um den Druck auf sein Gehirn zu verringern. Das sollte die morgendlichen Kopfschmerzen deutlich lindern. Es gibt nur etwa dreihunderfünfzig Kinder im Jahr, die mit dieser Art von Tumor diagnostiziert werden. Und diese Tumore wachsen schnell. Aber mit offensiver Behandlung – Operation, Chemotherapie, Bestrahlungen – ist die Heilungsprognose gut."

„Dreihundertfünfzig im Jahr", wiederholte Maddy. „Es gibt also nicht viel Erfahrung mit der Behandlung, richtig?"

Dr. Gaylin schien ihre Frage zu ignorieren. Er begann mit einer Beschreibung der Operation, die zur Entfernung des Tumors nötig war, dann der Bestrahlung, um eventuell gestreute Krebszellen abzutöten, und natürlich der Chemotherapie. „Wir müssen die Operation so schnell wie möglich durchführen", schloss er.

Maddy nickte, als hätte sie zugehört, und ließ ihren Blick zum Fenster hinaus schweifen. *Kein Kind sollte so etwas durchmachen müssen.*

„Also, würde es nächsten Freitag passen?"

Maddy schüttelte ihre Lähmung ab. „Was?" Sie mochte sein geschäftsmäßiges Gebaren nicht.

„Nächsten Freitag, 15.00 Uhr, für die Operation?"

„Ich denke schon. Ja."

„Meine Sekretärin wird Sie anrufen, um den Termin zu bestätigen."

Hastig stand Maddy auf und verließ den Raum, so schnell sie konnte. Sie rannte den Gang entlang, schlug die Außentür auf und setzte sich in den Van, doch sie war nicht fähig zu fahren. Sie weinte und konnte sich auf gar nichts konzentrieren. Ihr Sohn hatte einen Hirntumor. Was würde jetzt werden? *Und warum, Herr, musste es ihn treffen?* Warum konnte es nicht sie sein?

„Gott, er ist erst sieben!", flehte sie und starrte mit leerem Blick durch die Windschutzscheibe. „Nimm doch mich stattdessen! Ich habe mein Leben gelebt. Ich habe Kinder bekommen. Ich habe Liebe und Erfüllung erlebt. Der Gedanke, dass ich sterben könnte, macht mir weit weniger Angst, als dass Tyler ..." Dann brach sie vollends zusammen, legte den Kopf auf das Lenkrad und weinte so heftig, wie es nur ein verzweifelter Mensch tun kann.

Maddy hatte keine Vorstellung davon, wie lange sie da gesessen hatte, bis das Martinshorn eines nahenden Rettungswagens sie aufrüttelte. Sie hob den Kopf und startete den Van. Doch wo sollte sie hin? Sie war noch nicht bereit, nach Hause zu fahren. Ziellos fuhr sie durch die Stadt, bis sie sich plötzlich an einem Ort wiederfand, den sie schon oft aufgesucht hatte, in letzter Zeit allerdings nicht mehr so häufig, nachdem sich die Ereignisse so überschlagen hatten.

Maddy parkte den Wagen und ging langsam zu Patricks Grab, das unter einer großen Eiche lag. Sie setzte sich ins Gras und lehnte den Kopf gegen den grauen Grabstein aus Granit.

„Patrick, was passiert hier nur?", fragte sie leise. „Was habe ich so Schlimmes getan, dass Gott erst dich wegnimmt und jetzt auch noch Tyler so leiden muss? Was soll ich davon halten? Was soll ich bloß tun? Ich fühle mich so verlassen, aber ich weiß, Patrick, dass Gott da ist und für mich ist. Er ist für uns. Aber man vergisst das so leicht, wenn der eigene Ehemann tot ist und der Sohn vielleicht sterben wird."

Maddy reagierte manchmal gereizt, wenn ihre Mutter sie wieder und wieder zum Beten ermutigte, aber im Moment schien das genau das Richtige zu sein. Also betete sie.

„Herr, sei bei Tyler in all den Strapazen, die vor ihm liegen. Ich verstehe deinen Willen nicht. Ich bin nur ein Mensch. Aber bitte sei ihm und uns allen gnädig. Nimm ihm die Schmerzen. Lindere sein Leid. Und hilf uns, dich zu lieben, was auch immer geschieht. Gib uns die Kraft, deinem Willen zu folgen. Segne uns. Lass uns deine Nähe spüren. Sei bei jedem Schritt bei uns."

Ein warmer Wind regte sich um sie herum, fuhr durch das Gras und raschelte in den Blättern der moosbewachsenen Eiche, unter der sie saß. Fast fühlte es sich so an, als würde jemand die Arme um sie legen an diesem kalten Wintertag.

Sie wandte ihr Gesicht dem warmen Wind zu, lächelte und sah dann auf zu den Wolken vor dem dunkelblauen Himmel.

„Danke", sagte sie. Sie senkte den Blick und sah wieder auf Patricks Grabstein. „Leg mal ein gutes Wort für ihn ein. Du bist schließlich sein Papa."

Du hörst mich

Als Tyler an diesem Abend ins Bett ging, nahm er eines der Tagebücher seines Vaters aus der Schatzkiste mit. Er hatte gerade angefangen, es durchzublättern, als ein leichtes Klopfen an seinem Fenster ihn ablenkte. Es war Sam. Sie war wie immer die Leiter hochgeklettert und durch die „Festung" gekommen. Er klappte das Tagebuch zu, sprang aus dem Bett und öffnete das Fenster. Sam kletterte ins Zimmer. Sie trug einen Frotteebademantel, eine Wollmütze und Turnschuhe.
„Wo bist du in letzter Zeit gewesen?", fragte sie besorgt. „Die Weihnachtsferien dauern nur noch eine Woche und wir haben noch so viel vor."
„Ich weiß, tut mir leid. Ich war im Krankenhaus."
„Ist jemand krank?"
„Nicht richtig krank. Die wollen rausfinden, woher meine Kopfschmerzen kommen. Außerdem musste ich ziemlich oft kotzen in letzter Zeit."
„Hey", sagte sie fröhlich, „ich musste auch schon mal kotzen. Nach einer Weile wird es besser. Mit dir ist bestimmt alles in Ordnung. Komm morgen so früh du kannst raus, ja?"
„Okay."
Sam kletterte hinaus aufs Dach und machte sich behände auf den Weg zur Leiter. In der kalten Januar-Luft zitternd schloss Tyler das Fenster, krabbelte mit dem Tagebuch wieder in sein Bett und machte es sich unter der Decke gemütlich.
Er hatte seine Mutter viele der Briefe seines Vaters vorlesen hören und auch selbst schon einige gelesen. Manchmal hatte er Schwierigkeiten, die Schrift von seinem Papa

zu entziffern; dann suchte er nach Worten, die er erkannte, um wenigstens das Wesentliche zu verstehen. Er spürte die Nähe seines Vaters ganz stark, wenn er Zeile für Zeile, Seite für Seite durchging. Er erinnerte sich noch gut an den Morgen, an dem sein Vater ihm erklärt hatte, dass es ihm schwerfiel, auf die normale Art zu beten, und er deshalb Briefe als seine Art des Betens schrieb. Tyler fand Beten ganz einfach. Schreiben erschien ihm viel schwieriger, weil es so lange dauerte.

Warum sollte er nicht beides machen? Vielleicht hatte sein Vater genau die richtige Methode gewählt. Es konnte nicht schaden, das mal auszuprobieren. Er könnte Gott ja bitten, seiner Mutter zu helfen. Sie arbeitete so hart, und manchmal schien sie ganz schön müde und einsam zu sein. Vielleicht konnte Gott sie etwas aufmuntern. Weil Tyler Ferien hatte, wusste er nicht, wo sein Schulblock war. Also blätterte er zu einer leeren Seite im Notizbuch seines Vaters und begann zu schreiben.

Lieber Gott,

ich weiß nicht, ob das hier wirklich funktioniert oder nicht, aber mein Papa hat es so gemacht, nur dass er die Briefe an dich nie abgeschickt hat. Ich würde dich gern was fragen. Meine Mama scheint wirklich unglücklich zu sein, als hätte sie ganz doll Angst vor etwas. Kannst du mit ihr reden und ihr helfen, keine Angst mehr zu haben? Sie glaubt, dass ich krank bin, aber außer den Kopfschmerzen, die ich manchmal habe, geht es mir gut. Danke.

Alles Liebe,
Tyler

PS – Bitte sag meinem Vater liebe Grüße von mir. Oder vielleicht kannst du ihm ja auch diesen Brief zeigen?

Und jetzt? Warf man einen Brief an Gott einfach in den Briefkasten, so wie normale Post auch? Darüber musste er noch mal nachdenken.

≈

Währenddessen lief Maddy im Wohnzimmer auf und ab, beobachtet von Olivia. *Ihr Sohn hatte einen Gehirntumor.* „Du musst Gott vertrauen", sagte Olivia mit leiser Bestimmtheit. „Das weißt du. Ich weiß, dass du es weißt. Dein Glaube wird auf die Probe gestellt. Bitte Gott, dir dabei zu helfen, das alles durchzustehen."

„Aber es ist so schwer!"

Olivia stand auf, nahm sie bei der Hand, führte sie zur Couch und bat sie, sich zu setzen. „Gott weiß, wie du dich fühlst, mein Schatz. Er ist stärker als der Krebs, stärker als deine Angst, stärker als alles andere. Verlass dich auf ihn, Maddy. Vertraue ihm. Lass ihn dein Fels sein."

Maddy sah verloren und verwirrt aus. „Vor vier Jahren wurde mein Mann von einem verantwortungslosen, betrunkenen Idioten getötet. Heute hat mein Siebenjähriger die Diagnose Gehirntumor bekommen. Ich kann mir nicht vorstellen, was für eine Antwort Gott darauf hat."

„Genau das ist es: Wir können es einfach nicht erkennen. Wir können nicht sehen, was Gott sieht, weil wir nicht Gott sind. Das ist der Punkt, an dem Glauben und Vertrauen anfangen. Wir müssen Glauben haben und dann darauf vertrauen, dass er das tut, was am besten ist, selbst wenn es aus unserer Perspektive ganz falsch aussieht."

„Ich bin sicher, dass du recht hast, Mutter. Aber ich bin jetzt gerade einfach nur total verwirrt."

Wenn sie auch noch nicht mit der geistlichen Frage zurechtkam, die sich ihr stellte, konnte sie immerhin die praktischen Fragen klären. Die verstand sie zumindest, und sich um sie zu kümmern gab ihr das Gefühl, etwas geschafft zu haben. Am Morgen rief sie als Erstes in der Personalabteilung des Krankenhauses an, um eine Beurlaubung zu beantragen. Sie würde wegen Tylers OP und der Chemotherapie mindestens einen Monat ausfallen, vielleicht sogar noch länger, und sie wollte sicher sein, dass der Papierkram frühzeitig erledigt war.

Sie musste sich auch mit ihren Kreditgebern auseinandersetzen. Es war jetzt schon schwer für sie, jeden Monat die Rechnungen zu bezahlen. Wenn sie zu Hause blieb, um sich um Tyler zu kümmern, würde das ein echtes Problem werden. Sie entschied sich dafür, in die Offensive zu gehen. Sie rief die Leute an, bevor die sie anriefen. Sie sortierte die Rechnungen nach Wichtigkeit – die höchsten, ältesten zuerst – und rief jedes Unternehmen an. Alles in allem waren sie überraschend höflich, dankten ihr dafür, dass sie ihre Situation erklärte, und baten sie, das, was sie zahlen konnte, so schnell wie möglich zu zahlen. Der einzige problematische Fall war der Kredit für ihr Auto. Sie war ohnehin schon zwei Raten hinterher. Die Person am Telefon hatte Mitgefühl mit Maddy und sagte ihr, sie würden so flexibel sein, wie es ihre Geschäftsbedingungen erlaubten. Doch wenn sie mit mehr als drei Zahlungen in Rückstand geriet, würden sie den Van wieder in Besitz nehmen müssen. So waren nun einmal die Firmenrichtlinien.

Als sie diese unschöne Pflicht erledigt hatte, saß Maddy am Tisch, den Kopf in die Hände gelegt, eine Tasse kalten Kaffee neben sich. Wieder und wieder ließ sie ihre Gespräche mit Dr. Gaylin Revue passieren. Ja, er war der Experte, aber es schien alles so schnell zu gehen. Selbst wenn sie sich nach anderen Möglichkeiten umsehen wollte, was könnte sie dann jetzt tun? Mit wem konnte sie noch reden? An wen konnte sie sich wenden?

Abends ging Maddy zur Arbeit, damit eine andere Krankenschwester ihren kranken Vater besuchen konnte. Mit Carol und Jamie Lynn genoss sie gerade einen der seltenen ruhigen Momente. Sie hatten eine hektische Schicht gehabt, doch im Moment waren die Babys und ihre Mütter ruhig. Carol sah von einem Stapel Patientenakten auf.

„Wie geht's dir, Süße?", fragte sie Maddy. „Du hast die ganze Nacht noch nichts gesagt."

„Ich bin einfach durcheinander", antwortete Maddy und starrte auf einen Zettel mit Anweisungen des Arztes, ohne wirklich etwas zu lesen. „Ich weiß nicht, was ich wegen Tylers OP tun soll. Alle Welt scheint so begeistert von diesem Arzt zu sein, aber ich fühle mich ..." – sie suchte nach dem richtigen Wort – „nicht wohl dabei. Ich weiß, dass ich froh sein sollte, eine eindeutige Diagnose zu haben, und dass es jetzt weitergeht. Ich – ich hab bloß ... Angst."

„Das kann ich gut nachempfinden", antwortete Jamie Lynn. „Mir würde es auch so gehen, wenn es um meinen Jungen ginge. Und, Maddy, du hast dich doch gut informiert. Hast mit dem Arzt gesprochen, dir das Krankenhaus angesehen und die Prozedur erklären lassen. Ist doch alles durchdacht."

„Ich weiß. Ich muss bloß immer daran denken, dass es nur ein paar hundert Fälle mit diesem Tumor pro Jahr gibt. Wie kann da jemand ein Experte werden, wenn es eine so seltene Krankheit ist?"

„Schätzchen, ich werde dir sagen, was du tust. Du hast mit uns gesprochen, nicht wahr? Du hast jeden Arzt von hier bis Kalifornien auf seinen Expertenstatus überprüft, richtig? Und du hast im Internet recherchiert, oder?" Maddy nickte. „Hast du auch gebetet?"

Wieder nickte Maddy.

„Du musst weiter beten und die Augen offen halten. Gib nicht auf. Höre auf dein Herz – dort spricht Gott zu dir, Schätzchen. Bitte Gott, dich zu leiten, und such weiter und stelle Fragen, bist du weißt, dass du die Antwort hast. Googelt, und ihr werdet finden!"

„Das mache ich", verkündete Maddy mit neuer Energie.

Sobald sie nach der Arbeit nach Hause kam, setzte sie sich an den PC und tippte *Medulloblastom* in das Suchfeld ihres Browsers. Ihre erste Suche brachte die Seiten, die sie nun schon gut kannte, aber es gab auch eine oder zwei Seiten, die sie bisher noch nicht angesehen hatte, die wiederum mit anderen Seiten verlinkt waren, die die neuesten Erkenntnisse über diesen seltenen und gefährlichen Tumor enthielten. Begierig saugte sie die Informationen in sich auf.

Nur ein paar Minuten schienen vergangen zu sein, als sie eine Hand auf ihrer Schulter spürte. „Süße, warum bist du noch auf?" Olivia war nach unten gekommen, um Kaffee zu machen. „Du solltest längst im Bett sein."

„Mama, schau mal hier." Maddys Blick klebte am Bildschirm. „Neue Listen von Krankenhäusern, die solche Fälle behandeln. Listen von Chirurgen, die diese Operationen durchführen, und wie viele davon im Jahr sie machen. Ganz viele neue Erkenntnisse über Reha-Maßnahmen und Heilungschancen und Rückfallraten. Das ist eine richtige Goldmine!"

Eifrig las sie weiter. Einerseits gab es ihr Kraft, so viel zu wissen. Andererseits war es deprimierend: Die meisten der geschilderten Fälle endeten traurig. Diese Sorte Krebs war eine der schlimmsten. Maddy recherchierte weiter, nickte ab und zu ein, riss sich dann zusammen und mühte sich weiter ab, getrieben von dem Willen, noch mehr Informationen zu finden, und wild entschlossen, alles für ihren Sohn herauszufinden, was sie konnte. Wer hatte die meisten Fälle behandelt? Wer hatte die besten Erfolge gehabt? Wo auch immer sie waren und wie hoch die Kosten auch sein würden, Maddy würde diese Leute finden.

Schließlich schlurfte Maddy erschöpft in die Küche, um den Rest des Kaffees zu trinken, den ihre Mutter gekocht hatte. Sie nahm die Kaffeekanne, doch dann stellte sie sie wieder ab, lehnte sich gegen die Küchentheke und begann zu weinen. All diese wichtigen Leben-oder-Tod-Entscheidungen waren einfach zu viel für sie. Und sie war so allein! *Wenn Patrick doch nur da wäre. Er wüsste, was zu tun wäre.* Sie setzte sich an den Tisch, müde, ängstlich und verloren. Aber Patrick war nicht da. Was hätte Patrick jetzt getan? Das Gleiche, zu dem ihre Mutter und Carol sie auch ständig ermutigten: Beten. Er würde jetzt auf den Knien liegen.

Also gut. Sie ließ sich auf den Boden nieder, stützte ihre Arme auf die Tischkante und führte ein langes Gespräch mit Gott. Als sie fertig war, war der Kaffee kalt. Sie schüttete ihn weg, brühte neuen auf und fuhr dann mit ihrer Suche fort.

Das restliche Wochenende verbrachte Maddy damit, die Weiten des Internets zu erforschen. Sie unterbrach ihre Suche nur für ein paar kurze Nickerchen und einen Snack.

Am späten Sonntagnachmittag landete sie auf einer Seite voller Informationen über ein brandneues Programm am St. John's-Kinderkrankenhaus. Verglichen mit manch anderem Krankenhaus in Los Angeles, Vancouver oder London, über die sie auch viel gelesen hatte, war das St. John's praktisch gleich nebenan – nur ein paar Autostunden entfernt in Port Charlotte an der Golfküste.

Je mehr sie las, desto mehr wuchs ihre Begeisterung. Das St. John's war auf Krebserkrankungen bei Kindern spezialisiert, neuerdings auch auf Medulloblastome, und die Behandlung war kostenlos! Maddy sprang auf, als hätte sie einen Elektroschock bekommen, und stieß einen kleinen Freudenschrei aus. Jeder Patient dort wurde gratis behandelt, wenn er sich bereit erklärte, an klinischen Studien teilzunehmen.

In diesem Moment kam Olivia herein. „Du machst ja den reinsten Marathon hier", stellte sie fest. „Was ist das Neueste?"

„Sieh dir das mal an!", rief Maddy.

Über ihre Schulter hinweg begann Olivia zu lesen. „Unglaublich! Das ist ein Wunder."

Maddy dachte an ihr Gebet in der Küche. *Du hast mich gehört. Du hast mich erhört. Vielen Dank, Gott!* Maddy hackte in Windeseile eine E-Mail an das St. John's in die Tastatur, in der sie Tylers Zustand erläuterte und fragte, ob man ihm helfen könne.

Am Montagmorgen fühlte sich Maddy wie ein neuer Mensch. Sie sprang aus dem Bett, zog ihren Morgenmantel an und ging nach unten, um Pfannkuchen zu backen. Ein paar Minuten später kam Ben hereingeschlurft, sein zotteliges Haar ein einziger Wirrwarr. „Was ist der Anlass?", fragte er und schnüffelte genüsslich.

„Ich hatte einfach Lust, Frühstück zu machen, das ist alles", antwortete Maddy munter.

Ben schüttete sich gerade ein Glas Orangensaft ein, als Tyler hereinkam, der ebenfalls die Witterung aufgenommen hatte. „Was riecht denn hier so gut?", fragte er.

Olivia war ihm dicht auf den Fersen. „Was mich interessieren würde: Wie viel Schlaf hast du letzte Nacht bekommen?"

Keiner von ihnen konnte sich erinnern, wann sie zuletzt alle vier so früh wach gewesen waren und ein selbst gemachtes Frühstück genossen hatten, alle fröhlich und generell der Meinung, dass die Welt eigentlich ganz gut aussah. Ben hatte sich gerade den letzten Rest Pfannkuchen, mit Sirup durchtränkt, in den Mund geschoben, als das Telefon klingelte.

„Hallo?", sagte er. „Klar. Ist für dich, Mama, irgendeine Arztpraxis."

Maddy holte tief Luft und nahm den Hörer entgegen. Sie war überrascht, eine unbekannte weibliche Stimme mit starkem indischem Akzent zu hören.

„Doktor wer? Rashaad? Könnten Sie das bitte buchstabieren?" Sie hörte aufmerksam zu. „Ja, die E-Mail habe ich geschickt." Während die anderen am Tisch sie gespannt beobachteten, wechselte sich auf Maddys Gesicht eine ganze Palette von Emotionen ab, von verärgert über neugierig und ungläubig bis zu glücklich.

„Morgen!?" Plötzlich wurde Maddy bleich. „Also, der Tag nach heute? Sollte ich nicht erst noch mit dem anderen Krankenhaus sprechen? Wir haben schon einen Termin für die OP." Sie hörte weiter zu. „Okay, ja, vielen Dank, das mache ich. Wiederhören." Ihre Augen waren tellergroß.

„Was?", wollte Olivia wissen, die sich kaum noch halten konnte. „Was, was? Wer war das? Was ist los?"

„Das war eine Frau Dr. Rashaad vom St. John's-Krankenhaus. Sie hat die E-Mail bekommen, die ich ihr gestern wegen Tyler geschickt hatte. Sie möchte, dass wir gleich morgen kommen!" Maddy zitterte vor Aufregung. „Ich weiß nicht, was ich tun soll."

„Ich schon!", verkündete Olivia. „Genau darum hast du Gott doch gebeten, oder? Tja, und da ist die Antwort!"

„Aber sie kommt so plötzlich! Und was ist mit den Absprachen, die wir schon mit Dr. Gaylin getroffen haben?"

Wieder klingelte das Telefon. Maddy zuckte zusammen. *Sie haben ihre Meinung geändert.* Sie riss den Hörer hoch. „Hallo? Ja, am Apparat." Sie hörte einen Moment lang aufmerksam zu, dann erschien ein breites Lächeln auf ihrem Gesicht. Sie verabschiedete sich und legte auf.

„Oh, wir Kleingläubigen!", sagt sie laut, aber auch zu sich selbst und sprudelte fast über vor Begeisterung. „Das war das Büro von Dr. Gaylin. Sie wollen Tylers OP um eine Woche verschieben. Ich schätze, wir fahren also morgen zum St. John's!"

„Aber ich dachte, es sei so wichtig, die OP so schnell wie möglich zu machen", sagte Olivia besorgt.

„Genau das hat Dr. Rashaad auch gesagt", antwortete Maddy triumphierend.

Tyler hatte noch keinem seiner Freunde gesagt, was los war. Jetzt sah es so aus, als würde er einen Großteil des Schuljahrs verpassen. Heute war der letzte Tag der Weihnachtsferien, und wenn er nicht in die Schule kam, würde Sam sich Sorgen machen.

Nach dem Frühstück ging er nach oben und rief sie an.

„Ich muss ins Krankenhaus wegen einer Operation", sagte er.

„Eine Operation? Wow!", rief Sam schwer beeindruckt. „Wann?"

„Morgen."

„Ich komme sofort rüber."

Eine Minute später hörte Tyler ein *Tap, Tap, Tap* am Fenster. Er öffnete es und Sam kletterte herein.

Sie kam gleich zum Punkt. „Eine Operation also? Warum?"

„Ja. Ich habe Krebs." Sam fuhr zusammen. Was genau Krebs war, wusste sie nicht, aber sie wusste, dass es etwas Schlimmes war. „Die Operation hat mit meinen Kopfschmerzen und dem ständigen Brechen zu tun. Danach muss ich eine ganz krasse Medizin nehmen. Mama sagt, wir sind wohl für einen oder zwei Monate weg."

„Das ist eine ganz schön lange Zeit."

„Ja." Tylers Blick fiel auf einen Stern auf einem seiner Fußballposter. Plötzlich kam ihm ein Gedanke. „Ich frag mich, ob mein Vater vom Himmel aus auch die Sterne sehen kann."

Sam zuckte die Achseln. „Keine Ahnung."

„Und ob man von dort aus wohl die Rückseite der Sterne sieht oder die gleiche Seite wie wir? Manchmal sieht es so aus, als wären sie gar nicht so weit weg. Dann wäre Papa auch nicht weit weg, wenn er sie auch sehen kann."

„Hast du Angst?" Sam war die Erste, die ihm diese Frage stellte.

„Hm, weiß nicht", antwortete er. „Weißt du noch, als Ricky Andersons Oma Krebs bekam und starb? Ich frage mich, wie das wohl war. Ob es sehr wehgetan hat."

Wieder zuckte Sam mit den Achseln.

„Ich hoffe, du kommst mich besuchen", sagte Tyler.

„Worauf du dich verlassen kannst", versprach Sam. „Hey, wollen wir Dame spielen?"

≈

Maddy verbrachte den ganzen Nachmittag bis in den Abend hinein damit, zu packen und Notizen für Olivia und Ben für die Zeit ihrer Abwesenheit zu machen. Ben kam mit seinem Gitarrenkoffer in der Hand zur Tür hinein.

„Du kommst ein bisschen spät, findest du nicht?", stichelte Maddy.

„Vielleicht. Wir haben für ein Vorspielen geprobt." Er sah ihr einen Moment beim Packen zu. „Was passiert mit Tyler?", fragte er plötzlich. „Wird er wieder gesund oder nicht?"

Seine Mutter nahm seine Hand. „Ich weiß es nicht. Aber was ich weiß, ist, dass wir Gott vertrauen können und so alles überstehen werden."

„Gott vertrauen?", wiederholte Ben mürrisch. „Ihm vertrauen, dass er sich so um Tyler kümmert, wie er sich um Papa *gekümmert* hat?" Er nahm seine Gitarre und stapfte aus dem Zimmer.

„Ben!" Maddy folgte ihm nach oben und hörte, wie er seine Zimmertür zuschlug. Sie war übersät von Postern und Aufklebern, die Ben im Lauf der Zeit gesammelt hatte. In der Mitte hing ein großes, in Gelb und Rot leuchtendes Schild mit der Aufschrift „Achtung! Lebensgefahr!"

Maddy klopfte an. „Ben!"

„Was?"

Sie öffnete die Tür. Ben lag ausgestreckt auf seinem ungemachten Bett, neben sich den Gitarrenkoffer. „Ich verstehe doch, dass du wütend bist", sagte sie. Er verschränkte die Arme und sah aus dem Fenster. „Ich bin auch wütend. Aber es wird uns nicht helfen, wenn wir wütend aufeinander sind."

Ben wandte den Kopf und sah sie an. Immerhin.

„Ich weiß nicht, warum dein Vater getötet wurde, Ben. Wahrscheinlich werde ich es nie kapieren. Aber wenn wir alles wüssten, bräuchten wir keinen Glauben. Eins weiß ich ganz, ganz sicher: Dass ich dich mehr liebe, als du dir jemals vorstellen kannst – wenn du eines Tages selbst Kinder hast, wirst du das verstehen. Und Gott liebt dich sogar noch viel mehr."

Ben streckte beide Arme nach ihr aus, wie er es schon als Baby getan hatte, und sie schlang ihre Arme um ihn.

≈

Nach einer kurzen, unruhigen Nacht war Maddy schon früh wieder auf den Beinen, um das Auto zu bepacken und so früh wie möglich loszukommen.

„Bereit für das große Abenteuer, Tybo?", fragte sie, während sie beide schnell noch ein Müsli aßen.

„Na klar!", antwortete Tyler.

„Keine Kopfschmerzen heute Morgen?"

„Nein, mir geht's gut. Ich bin startklar."

Sie ging nach oben, um sich von Ben zu verabschieden. Wie immer lag er um diese Zeit natürlich noch im Bett. Sie setzte sich auf die Bettkante und legte ihm eine Hand auf die Schulter. „Zeit aufzustehen!"

Ben rollte sich herum, um sie anzusehen, und anstelle seines normalen, leicht säuerlichen Gesichtsausdrucks zeigte er sogar eine Art Lächeln.

„Es wird alles gut", sagte sie. „Wir schaffen das. Ich wollte mich noch schnell verabschieden, und ich hoffe, dass du und Olivia uns oft besuchen kommen." Sie gab ihm einen Kuss auf die Wange.

Hellwach setzte sich Ben in seinem Bett auf. „Mama, kann ich nicht mitkommen?", fragte er. Maddy war so überrascht, dass sie nicht wusste, was sie sagen sollte. Wollte dieser mürrische Teenager plötzlich etwa selbstlos und hilfsbereit sein? „Du weißt, dass du mich gebrauchen könntest – zum Helfen, meine ich", fügte er hinzu. „Aber Schatz, wir müssen doch gleich los", erklärte sie. Ben stand auf – schon komplett angezogen – und sprang zu seinem Schrank. „Voilà." Er öffnete die Tür, nahm eine fertig gepackte Tasche heraus und war damit startklar.

„Und was ist mit der Schule?"

„Omi hat da schon angerufen. Eine Woche geben sie mir. Ich nehme meine Bücher mit und faxe ihnen meine Tests."

„Du Schlitzohr!" Sie nahm ihren Sohn fest in die Arme und ging dann wieder nach unten, dicht gefolgt von Ben.

Olivia stand an der Tür, neben sich einen Koffer. „Du glaubst doch nicht, dass ich allein hierbleibe, oder? Wenn ja, dann liegst du falsch!"

≈

Als sie in Port Charlotte ankamen, hatten sie noch eine Stunde Zeit bis zum vereinbarten Termin. Also checkten sie erst im Hotel ein und machten sich erst dann auf den Weg zur Arztpraxis. Die ganze Mannschaft – Tyler, Ben, Maddy und Olivia – betrat das große Untersuchungszimmer mit zwei Fenstern und zahlreichen Stühlen. Offensichtlich war es am St. John's-Krankenhaus üblich, aus den Untersuchungen eine Familienangelegenheit zu machen.

Nach nur einer Minute betrat eine Frau mit olivfarbener Haut, schwarzem Haar und einer Augenfarbe, die an schwarzen Kaffee erinnerte, den Raum. „Du bist bestimmt Tyler", sagte sie und sah ihn an. Sofort erkannte Maddy die Stimme von Dr. Rashaad vom Telefon wieder. Diese streckte ihre Hand aus und Tyler schüttelte sie. „Ich habe gehört, dass du oft Kopfschmerzen hast, junger Mann."

„Und erbrechen muss ich dann auch fast immer!", fügte Tyler hinzu.

„Ich habe mir deine Testergebnisse und deine Krankenakte angesehen." Sie wandte sich nun an alle im Raum. „Ich glaube immer noch, dass die OP sofort durchgeführt werden sollte. Es handelt sich um einen aggressiven Tumor, gegen den wir ebenso aggressiv vorgehen müssen. Wir haben da viele Möglichkeiten. Aber ich muss Ihnen sagen, dass es wie immer bei einer Gehirn-OP einige Risiken gibt. Tyler könnte teilweise oder sogar komplett sein Gedächtnis verlieren." Tyler verzog das Gesicht. „Muss ich dann das ganze Einmaleins noch mal lernen?"

„Hoffen wir mal, dass es nicht so kommt", antwortete die Ärztin. „Aber du musst eventuell wieder neu lernen, zu gehen und zu sprechen. In mancher Hinsicht ist es so, als müsstest du wieder ganz von vorne anfangen. Beim Gehirn kann man einfach nicht absehen, was passieren wird – wir können nur darauf hinweisen, was passieren *könnte*. Es wird sieben bis zehn Tage dauern, bis du dich soweit von der OP erholt hast, und für Chemotherapie und Bestrahlung müssen wir ungefähr einen Monat einplanen. Immerhin können wir die Chemo am *Memorial Medical Center* durchführen, Maddy, also nicht so weit weg von zu Hause, wo Ihre Freunde sich um ihn kümmern können. Und um Sie auch."

„Das ist gut", sagte Maddy. „Aber wie stehen die Chancen, dass der Krebs ... ?"

Die Ärztin hob die Hand. „Dieses Wort verwenden wir hier nicht", sagte sie streng. „Das K-Wort? Streichen! Es ist ein negatives Wort, und wir vermitteln hier nur positive Ansichten und Heilung. Wir sehen uns morgen früh um sechs Uhr."

Auf dem Weg zum Auto beobachtete Maddy die Jungen beim Herumalbern. *So werde ich sie sehr lange nicht mehr zusammen sehen.*

„Lasst uns irgendwo schön essen gehen", schlug Olivia vor. „Ihr seid eingeladen."

„Hey, Tybo", rief Maddy, „was möchtest du zu Abend essen? Du darfst aussuchen."

„Pizza!", sagte Tyler und hüpfte vor Freude auf und ab.

„Sieht so aus, als kämst du günstig davon, Olivia."

Als sie zurück ins Hotel kamen, waren die Jungen immer noch vollkommen ausgelassen.

„Komm, wir kämpfen!", rief Tyler. „Auf dem Bett. Zwei Minuten."

„Du willst dir noch ein letztes Mal eine richtige Abreibung abholen, wie?", gab Ben zurück und nahm die Herausforderung an. „Los geht's!"

Normalerweise hätte Maddy ein solches Verhalten in einem Hotelzimmer nie und nimmer toleriert, aber dies war eine Ausnahmesituation. Während sie ihren Söhnen zusah, dachte sie daran, wie gerne sie mit ihrem Vater gerungen hatten. Innerhalb kürzester Zeit hatten sie beide ihre T-Shirts ausgezogen und fielen kichernd und grunzend übereinander her wie zwei Wahnsinnige … *Auch das werde ich lange nicht sehen.* Sie zwang die beiden nur ungern zum Aufhören, doch nach ein paar Würgegriffen und Beinahzusammenstößen mit dem Mobiliar erklärte sie den Kampf für unentschieden und befahl ihnen, sich bettfertig zu machen.

Morgen würde ein langer Tag werden. Die kommenden Wochen würden voller langer Tage sein.

Eine gute Idee

Tyler durfte am Morgen der OP nichts frühstücken, und aus Solidarität ließen auch die anderen die Mahlzeit ausfallen. Maddy und Olivia waren sowieso zu nervös zum Essen, so dass Ben der Einzige war, dessen Willenskraft ernsthaft geprüft wurde. Im Krankenhaus lief alles mit der Präzision eines Uhrwerks ab. Tyler zog eines der peinlichen OP-Hemden an, die sich zu den unpassendsten Gelegenheiten hinten öffnen. Danach musste die Familie nur ein paar Minuten warten, bis Dr. Rashaad zusammen mit zwei Pflegern den Raum betrat.

„Guten Morgen, Tyler", sagte sie und nickte den anderen zu. „Startklar?"

„Ja, alles klar", antwortete Tyler. „Aber wie lange muss ich dieses Ding anbehalten?" Er zog an seinem Ärmel.

„Nicht sehr lange, ich versprech's dir", antwortete die Ärztin. „Wir können zwar einen Hirntumor behandeln, aber gegen die Exponierung des Hinterteils scheinen wir nicht viel ausrichten zu können." Sie klopfte ihren Allerwertesten und alle lachten, sodass die Anspannung verschwand.

„Es wird eine lange OP werden", fuhr Dr. Rashaad fort, nachdem sie sich wieder beruhigt hatten. „Sieben bis zehn Stunden sind normal. Alle paar Stunden werde ich eine der Schwestern bitten, Sie im Wartezimmer aufzusuchen und auf den neuesten Stand zu bringen. Sie wird sich auch melden, falls etwas Unvorhergesehenes passiert."

Ein Pfleger schob ein Bett herein. „Da ist ja dein Taxi, Tyler", sagte die Ärztin. „Spring auf." Tyler war eher begeistert als ängstlich; seine Mutter hingegen eher ängstlich als begeistert.

„Ich hab dich lieb, Tybo. Bis bald!", sagte Maddy so fröhlich sie konnte.

„Ich hab dich auch lieb, Mama."

Sie gab ihm einen Kuss auf die Stirn. Er richtete sich auf und legte seine Arme um ihren Nacken. Fast wäre sie in Tränen ausgebrochen. Doch sie riss sich zusammen.

„Bis bald, du Wiesel", sagte Ben und reckte ihm eine Faust entgegen.

„Bis bald, Doofkopp", antwortete Tyler und schlug eine Faust gegen die seines Bruders.

Als sich das Bett in Bewegung setzte, rief Olivia: „Einen Augenblick. Eine Sache wäre da noch. Reichen wir uns die Hände." Die Familie stellte sich im Kreis auf. Maddy spürte heiße Tränen auf ihren Wangen. Tyler fragte sich, ob sein Vater jetzt wohl zusah. Ben hatte ein flaues Gefühl im Magen.

„Herr, beschütze Tyler heute und hilf uns allen", betete Olivia und sah dann Tyler an. „Du schaffst das, Kleiner." Das Bett setzte sich wieder in Bewegung. „Wir sind da, wenn du aufwachst."

Tyler wurde durch eine Doppeltür in einen anderen Raum gerollt. Was immer er erwartet hatte, das hier war es jedenfalls nicht. Der Raum sah aus wie der Vorratsraum des Weihnachtsmanns: er stand voller Spielzeug und an den Wänden waren Regale voller Bücher und Spiele.

Eine Krankenschwester wartete schon auf ihn. *Sie sieht sehr nett aus*, dachte er. „Hast du schon etwas entdeckt, was dir gefällt?", fragte sie lächelnd.

„Was mir gefällt?", rief Tyler und sah sich in dem Zimmer voller Herrlichkeiten um.

„Ja, du darfst dir etwas aussuchen", sagte sie. „Was du willst."

„Was ich will?", fragte er ungläubig.

„Ganz genau."

Tyler überlegte sich die Sache gut. Es war eine wichtige Entscheidung; Gelegenheiten wie diese gab es schließlich nicht alle Tage. Nachdem er die Auswahl auf ein Damespiel und ein Modellauto beschränkt hatte, entschied er sich schließlich für das Spiel.

„Also, ich kann offiziell verkünden, dass dies die längste Zeit war, die sich jemals ein Kind mit dem Aussuchen gelassen hat", sagte die Schwester. „Wir geben das Spiel deiner Mutter, damit sie darauf aufpasst, bis du aufwachst."

Ein Mann, der wie ein Arzt aussah, kam herein und sprach Tyler an. „Ich helfe dir beim Einschlafen", erklärte er, während er mit ein paar Schläuchen und anderen Dingen hantierte. Tyler zuckte nur kurz zusammen, als er einen Stich in den Arm bekam. „Wie weit kannst wohl von 100 runterzählen, bevor du einschläfst?"

„Bis Null natürlich", sagte Tyler zuversichtlich.

„Wow", sagte der Mann. „Weißt du was, wir machen einen Deal. Wenn du bis achtzig kommst, kannst du jedes Spielzeug in diesem Raum haben."

„Im Ernst?!"

„Ja, echt", sagte der Mann und hob wie zum Schwur die Hand. „Sag mir einfach, wann du anfangen willst."

Tyler holte tief Luft. „Okay, fertig. Hundert, neunundneunzig, achtundneunzig … " Ehe er 90 erreichte, war er schon eingeschlafen. Die nette Schwester nahm das Damespiel – und das Auto dazu. Sie würde dafür sorgen, dass er beides bekam, wenn er die OP überstanden hatte.

$$\approx$$

Es war der längste Tag in Maddys bisherigem Leben. Als um 10:00 Uhr der erste Anruf kam, riss sie den Hörer gleich beim ersten Klingeln von der Gabel. „Hallo?"

„Mrs Doherty, hier ist die OP-Schwester. Bisher läuft alles sehr gut. Die Situation ist genau so, wie die Ärztin erwartet hatte. Ich rufe in einer Stunde wieder an."

Schnell, effizient, keine schlechten Nachrichten. Ein mutmachender Bericht. Der Morgen verging und die Drei lasen, dösten, sahen fern, aßen – und sahen ungefähr zwei Millionen Mal auf die Uhr. Kurz nach 11:00 Uhr klingelte das Telefon erneut.

121

„Mrs Doherty? Hier ein weiteres Update für Sie. Es läuft immer noch alles gut, aber es wird länger dauern, als Dr. Rashaad erwartet hatte. Aber das ist nichts, das Anlass zur Sorge gibt. Wir rufen wieder an, sobald wir fertig sind."

Es war noch keine Stunde vergangen, als das Telefon wieder klingelte. *Es gibt Schwierigkeiten.* Nach Luft schnappend griff sie nach dem Hörer.

„Hallo?"

„Maddy, hier ist Pastor Andy. Ich wollte nur mal fragen, wie es euch geht."

Maddy seufzte erleichtert und amüsierte sich über ihre Überreaktion. „Ganz gut, würde ich sagen. Aber du hast mir gerade ganz schön Angst eingejagt! Ich dachte, die OP-Schwester sei dran, um mir zu sagen, dass etwas schieflief."

„Nein, nein, ich wollte nur sagen, dass wir für euch beten und euch alles Gute wünschen."

Der nächste Anruf kam von einer Nachbarin. Dieses Mal sprang Maddy nicht panisch auf. Das Gespräch mit Andy hatte sie beruhigt, und ihr war klar geworden, dass nicht jeder Anruf, den sie heute bekam, vom Krankenhaus kam. Freunde riefen in der langen Wartezeit an, machten ihr Mut und halfen dabei, die Zeit zu vertreiben. Was würde sie nur ohne diese wunderbaren Menschen tun?

Um 18:00 Uhr warf Olivia abrupt ihre Zeitschrift auf den Boden und stand auf. „Ich weiß ja nicht, wie es euch geht, aber ich habe Hunger. Und ich denke, Tyler zu Ehren sollte es Pizza sein. Wer kommt mit?"

„Ich!", rief Ben.

„Mir ist nicht so nach essen. Aber geht ihr beide nur."

Olivia und Ben fuhren durch die nähere Umgebung des Hotels, bis sie schließlich eine Pizzeria fanden. Das Essen war nicht besonders gut, aber immerhin besser als das Automatenzeug, das sie den ganzen Tag über zu sich genommen hatten. Die Pizzastücke, die sie Maddy mitbrachten, blieben unberührt. Kurz nach 19:30 Uhr klingelte das Telefon. Das Krankenhaus.

„Gute Nachrichten, Mrs Doherty! Die OP ist zu Ende und sie ist sehr gut verlaufen."

„Sie sind fertig. Alles gut!", rief sie den anderen zu. „Danke, Gott!"

Die Operation hatte 10,5 Stunden gedauert. Jetzt mussten sie abwarten, ob sich irgendwelche Nachwirkungen ergaben. Diese konnten unmerklich sein – oder Tyler für den Rest seines Lebens behindern ... oder alles Mögliche dazwischen. Doch all das schien im Moment seltsam unwichtig. Was zählte, war, dass er es geschafft hatte und dass die Ärztin zufrieden war.

In wenigen Minuten waren sie im Krankenhaus, um dort Dr. Rashaad zu treffen, die erschöpft, aber lächelnd, das Wartezimmer betrat, immer noch in grüner OP-Kleidung. „Den Röntgenaufnahmen zufolge haben wir alles erwischt", verkündete sie. „Das sind sehr gute Nachrichten. Was die Hirnhaut betrifft, können wir OP-technisch nichts ausrichten. Wir hoffen, dass Chemotherapie und Bestrahlung da helfen werden."

„Wo ist Tyler jetzt?", wollte Maddy wissen.

„Noch im OP beim Nähen. Er wird bald in den Aufwachraum gebracht; dann können Sie ihn sehen. Ich werde morgen wieder nach ihm sehen." Sie schüttelte allen die Hand und ließ sie dann allein.

Ein paar Minuten später wurden sie in ein leeres Zimmer gerufen. Sie hörten das Geräusch von Rädern auf Linoleumboden, die Tür wurde geöffnet und Tyler hereingeschoben. Er lag vollkommen reglos da, viele Schläuche kamen aus ihm heraus und verbanden ihn mit Maschinen, die neben ihm hereingefahren wurden, und sein Kopf war mit dicken, weißen Bandagen versehen.

Maddy konnte sich kaum vorstellen, was dieser kleine Körper gerade alles ausgehalten hatte. „Blöder Krebs", murmelte sie vor sich hin.

Ben und Olivia fuhren ins Hotel zurück, um sich auszuruhen, während Maddy sich darauf vorbereitete, die Nacht in Tylers Zimmer zu verbringen. Aufgrund ihrer Besorgnis und der häufigen Besuche der Nachtschwester konnte sie nie mehr als ein kurzes Nickerchen halten. Als es Morgen wurde, hatte Tyler sich noch immer nicht gerührt. Ben und

Olivia hatten auch kaum ein Auge zugetan und kehrten nun zurück, um zusammen mit Maddy Wache zu halten. Es war fast Mittagszeit, als Tyler sich endlich regte und ein tiefes, klagendes Geräusch von sich gab. Sein Kopf bewegte sich langsam von einer Seite zur anderen.

„Mama?", sagte er kaum hörbar. Alle drei sprangen auf und beugten sich über sein Bett. Ein Auge öffnete sich, dann folgte das zweite. Ein leichtes Lächeln erschien auf seinem Gesicht. „Hallo, Mama", sagte er schwach.

„Hallo, mein Schatz", flüsterte Maddy zurück und berührte ihn an der Schulter, weil dieser Teil seines Körpers wenigstens nicht bandagiert oder irgendwie mit Schläuchen versehen war. Er schien immer wieder bewusstlos zu werden und dann wieder zu sich zu kommen. „Weißt du, wer das ist?", fragte sie und legte eine Hand auf Bens Schulter. Würde er seinen Bruder jetzt erkennen? Jemals wieder erkennen?

Tyler starrte mit leerem Blick in Bens Richtung und lächelte dann schwach. „Mein bekloppter Bruder."

„Hey, *du* bist der Bekloppte", antwortete Ben. Ihm war nach Weinen zumute, aber er wusste nicht, wieso.

„Und wer ist das?", fragte Maddy und legte eine Hand auf die Schulter ihrer Mutter.

„Omi!", sagte Tyler leicht schleppend.

„Ganz genau, Herzchen, deine Omi", sagte Olivia. „Und die Omi bleibt bei dir."

Im Lauf des Tages wurde Tyler nach und nach immer munterer. Als er mehr zu sprechen begann, fragten sie ihn nach der Schule und nach Sam und seinen anderen Freunden, und er war total auf der Höhe. Sein Gedächtnis schien vollkommen in Ordnung zu sein. Er bewegte sich immer mehr und wollte sogar ins Badezimmer laufen. Eine Krankenschwester half ihm dabei und rollte seinen Tropf neben ihm her. Bisher schien es keine der gefährlichen Nebeneffekte zu geben, vor denen sie solche Angst gehabt hatten.

Am nächsten Tag kam Dr. Rashaad mit einer Handvoll Broschüren. „Ich weiß, dass Sie gerne alle Fakten kennen, Maddy", sagte sie. „Hier gibt es einige gute Informationen über Chemotherapie", sie hielt eine der Broschüren hoch,

„Bestrahlung, subkutane Zugänge", sie wedelte mit zwei weiteren Faltblättern, „und so weiter." Die Ärztin sah sich Tyler an, der friedlich vor sich hin döste. „Es ist alles richtig gut verlaufen. Aber ich muss Sie daran erinnern, dass wir es mit einer sehr aggressiven Tumorart zu tun haben und noch eine Menge Arbeit vor uns liegt."

Tyler machte mit seiner beeindruckenden Genesung weiter. Nach drei Tagen konnte er schon zwei oder drei Mal täglich aufstehen, und sein Appetit normalisierte sich auch schnell wieder.

Am Ende der Woche kam Dr. Rashaad, um den großen Verband zu entfernen.

„So, mal sehen, wie das aussieht", sagte sie, drehte Tylers Kopf sanft in Richtung Fenster und begann, den Verband abzuwickeln. Maddy, Olivia und Ben drängten sich um das Bett, um zuzusehen.

„Sehr gut, sehr gut", sagte die Ärztin.

„Wow!", sagte Ben.

„Ich will auch sehen! Lasst mich mal gucken!", sagte Tyler aufgeregt.

Die Ärztin nahm einen kleinen Handspiegel aus einer Schublade und richtete ihn nach dem großen Wandspiegel hinter ihnen aus. „Hier!", rief Dr. Rashaad.

Tyler starrte auf seinen Hinterkopf. Eine leuchtend rote Narbe zog sich vom Ansatz seines Schädels in einer geraden Linie bis nach oben auf seinen Kopf, die Wundklammern bildeten quer dazu in regelmäßigen Abständen kurze, dunkle Linien. Er hatte kaum Zeit gehabt, das alles zu fassen, als sein Blick auf sein Gesicht in dem Spiegel fiel, den Dr. Rashaad ihm hinhielt.

Er war fett!

„Was ist denn mit mir passiert!? Ich bin ja total fett geworden!", rief er ungläubig. „Ich sehe aus wie eine Qualle! Bin das überhaupt ich?"

„Das sind die Steroide, Ty", erklärte die Ärztin. „Sie sind eine große Hilfe dabei, dass du dich bald besser fühlst, aber sie haben leider auch diesen Nebeneffekt."

„Bleibt das jetzt immer so!?", fragte Tyler erschrocken.

„Nein, nein. Auf keinen Fall", versicherte die Ärztin.

„Ist doch gar nicht so schlimm, wie der Mond auszusehen", stichelte Ben.

„Ben, das reicht", sagte seine Mutter mit warnendem Blick.

An diesem Abend fuhren Olivia und Ben zurück nach Hause. Tyler und Maddy würden noch ein paar Tage im St. John's-Krankenhaus bleiben, bevor die Chemotherapie und die Bestrahlung im Memorial Medical begannen.

Ben fiel todmüde ins Bett und dachte mit Grauen daran, dass er morgen nach einer Woche wieder zur Schule gehen, alles Verpasste nachholen und die vielen Fragen über Tyler beantworten musste.

≈

Olivia sortierte die Schmutzwäsche einer ganzen Woche und stopfte alles in die Waschmaschine, bis sie das Gefühl hatte, jeden Faden im Haus gewaschen zu haben. Sie legte Tylers saubere Sachen in sein Zimmer und hob dabei ein paar herumliegende Sachen zwischen Tür und Schrank auf. Eins davon war ein Stück Papier, das sich als Brief erwies, und zwar nicht irgendein Brief.

Lieber Gott!

stand dort in Tylers großer, runder Kinderschrift.

Ich weiß nicht, ob das hier wirklich funktioniert oder nicht, aber mein Papa hat es so gemacht ...

Unter dem Brief lag eins von Patricks zerfledderten Notizbüchern voller Briefe an Gott. Sie las die Seite, die ihr Enkel geschrieben hatte, und blätterte dann durch das Notizbuch. Ein Brief nach dem anderen war darin. Sie saß im Schneidersitz fasziniert auf dem Boden und verschlang Seite um Seite. Was für ein toller Mann Patrick gewesen war. Was für ein guter Vater. Was für ein liebevoller Ehemann. In diesem Moment war sie noch stolzer auf ihn als je zuvor.

„Gott", sagte sie leise, „ich hoffe, du weißt, was du tust."
Dann korrigierte sie sich. „Ich meine, ich *weiß*, dass du es
weißt. Was ich wahrscheinlich sagen will: Falls du jemals
einen Brief beantwortest, dann hoffe ich, es ist ein Brief von
einem Jungen wie Tyler, der schon in so jungen Jahren so
viel Schmerz und Verlust ertragen musste und der dich mehr
liebt und besser kennt als so mancher ältere und angeblich
schlauere Mensch."

Sie legte den Brief und das Notizbuch dahin zurück, wo
sie es gefunden hatte, und machte sich dann wieder ans Auspacken.

≈

Sobald er sich von der OP einigermaßen erholt hatte, wurde
Tyler ins Memorial-Krankenhaus verlegt, um dort weitere vier
Wochen zu verbringen. Tapfer ließ er alle Untersuchungen
und Tests über sich ergehen. Er ertrug das Unwohlsein, das
durch die Prozedur entstand, den Schmerz und die Einsam-
keit, weil er weit weg von seinen Freunden war: die Fußballmannschaft, seine Schulklasse, die Leute aus der Gemeinde
und die Nachbarn, allen voran Sam. Er bekam zwar Besuch,
wegen der Schule aber leider nur selten, und außerdem war
Tyler die meiste Zeit müde oder ihm war schlecht.

Eines Morgens nach der Chemotherapie sagte seine Mutter: „So, Tybo, das war's!"

Tyler hatte die Tage gezählt, bis er wieder nach Hause konnte, aber letztlich gar nicht gemerkt, dass es so weit war. „Das
war's?" Seine Miene erhellte sich. „Du meinst, ich bin fertig?"

„Für den Moment ja. Du bist fertig, finito."

Tyler verfiel in lautes Kriegsgeschrei. So glücklich und lebendig hatte seine Mutter ihn zuletzt vor der OP gesehen.

„Mann, ich kann's kaum abwarten, nach Hause zu kommen und Sam und Colt und John zu sehen! Und alle in der
Schule!"

„Tja, jetzt ist es so weit!"

Plötzlich runzelte Tyler sorgenvoll die Stirn. „Aber was ist
hiermit?" Er fuhr sich mit der Hand über seinen Kopf, der

nach der Chemo komplett kahl war. „Ich habe noch nicht mal mehr Augenbrauen! Und ich bin immer so komisch fett. Ich sehe aus wie ein Freak!"

„Das wird schon wieder, Tyler. Mit den anderen Kindern hier bist du ja auch gut klargekommen. Niemand hat sich über dich lustig gemacht."

„Ja, aber die sind ja alle auch fett und glatzköpfig, manche von ihnen jedenfalls. Und sie kannten mich nicht, als ich noch normal aussah. Alex und die anderen Kinder in der Schule werden mich auslachen."

„Wir wollen uns darüber jetzt keine Sorgen machen", sagte Maddy und legte ihre Stirn an seine. „Denken wir daran, dass du nach Hause darfst, und hoffen, dass es dir bald besser geht. Okay?"

„Okay."

≈

Als sie in die Auffahrt einbogen, warteten Olivia und Ben schon auf der Veranda. Sie klatschten, als Tyler aus dem Auto stieg.

„Du hast zwar gesagt, dass du kein großes Trara möchtest", rief Olivia, „aber wir dachten, dass deine Rückkehr doch wenigstens einen kleinen Applaus wert ist." Sie umarmten sich gegenseitig und gingen ins Haus.

Als er ins Bett ging, fand Tyler den Brief, den er an Gott geschrieben hatte, bevor er ins Krankenhaus musste, und das Notizbuch seines Vaters, das ihn darauf gebracht hatte. Er hatte Gott vor allem gebeten, seiner Mutter zu helfen. Sein Vater hatte Briefe zu allen möglichen Themen geschrieben, darunter auch Dinge, die er selbst wollte oder brauchte.

Er kroch mit dem Brief und dem Tagebuch in sein Bett. Je mehr er darüber nachdachte, desto sinnvoller schien es ihm, an Gott zu schreiben.

„Ich könnte Gott erzählen, wie sehr ich mir wünsche, wieder ganz gesund zu werden", sagte er zu sich selbst. „Und dass ich nicht will, dass die anderen Kinder mich auslachen. Und dass ich nicht mehr kotzen mag." Wenn Gott alles wusste, dann wusste er auch, warum Tyler krank geworden war und ob er wieder gesund werden würde. Vielleicht würde Gott ihm irgendwie Bescheid geben. Und weil sein Vater Briefe geschrieben hatte, musste das einfach eine gute Idee sein.

„Aber Gott", fuhr Tyler fort, wie bei einer richtigen Unterhaltung, „wie kommen die Briefe denn zu dir? Soll ich sie einfach in den Briefkasten werfen?"

Er dachte über die Frage nach, wie Post in den Himmel kam. Die Briefe, die er an den Weihnachtsmann am Nordpol schickte, kamen jedenfalls offensichtlich an. Nicht, dass Gott und der Weihnachtsmann in der gleichen Liga spielten, aber wenn die Post einen Brief beim Weihnachtsmann abliefern konnte, dann klappte das vermutlich auch bei Gott.

„Ich werde es einfach versuchen", beschloss er. Er brauchte nur noch eine Briefmarke. Und da seine Mutter immer welche vorrätig hatte, konnte es losgehen.

Sinn finden

Am nächsten Tag wollte Tyler den Brief aufgeben, fragte sich allerdings, wie er ihn adressieren sollte. Wenn es im Himmel Straßen gab, wie es in der Bibel stand, hieß das doch auch, dass Gott eine Adresse hatte? Olivia sagte immer, dass Gott überall ist. Wenn das stimmte, brauchte er keine Adresse. Also schrieb Tyler einfach „An Gott". Er legte den Brief in den Kasten zu den anderen Briefen und sah zu, wie Mr Finley, der Postbote, ihn in seine Tasche legte. Kinderleicht.

Als der Brief nach ein paar Tagen nicht zurückkam, schickte Tyler noch einen ab. Er wusste nicht, wie lange es dauerte, bis Gott einen Brief bekam oder ob er zurückschreiben würde. Dieses Mal sah er, dass Mr Finley dem Brief besondere Beachtung schenkte, ihn aber trotzdem in seine Tasche steckte.

Ein paar Briefe später hatte Tyler erst spät am Tag eine Idee, was er schreiben könnte. Diesmal hatte er schon Angst, Mr Finley würde kommen, bevor er fertig war. Von seinem Schreibtisch aus sah er, dass das Postauto draußen hielt und Mr Finley zum ersten Haus der Straße lief. Gut! Er war gerade rechtzeitig fertig. Er leckte den Briefumschlag an und klebte ihn zu, indem er mit der Faust kräftig daraufschlug.

Der Kleber schmeckte ekelhaft. „Igitt!", rief er und wischte sich ausgiebig mit beiden Händen über die Zunge. Dann sagte er kaum hörbar zu sich selbst: „Nicht kotzen! Nicht kotzen!"

Es passierte im Moment leicht, dass ihm schlecht wurde. Er sprang von seinem Schreibtisch auf und rannte die Treppe herunter. Dann riss er die Tür auf, stopfte den Brief in den

Briefkasten, schlug die Tür zu und rannte zurück in sein Zimmer, um den Postboten von dort aus zu beobachten.

≈

Walter Finley war auf seiner vertrauten Strecke. „Rooster!", rief Mr Finley vom Bürgersteig vor dem Haus der Bakers aus und stieß dann einen Pfiff aus. „Bist du hier irgendwo, mein Junge?"

Linda Baker öffnete ihre Tür und griff ihren gutmütigen, aber riesigen Hund beim Halsband. „Alles okay, Walter, ich habe ihn."

„Danke, Mrs Baker. Weiß das zu schätzen."

Er betrat die Veranda, wo Linda heruntergebeugt stand – was nicht ganz leicht war, denn sie war hochschwanger –, um Rooster mit der einen Hand zu halten, während sie die andere nach der Post ausstreckte. „Danke, Walter."

Die nächste Station war das Haus der Perryfields, wo der alte Mr Perryfield, Sams Großvater, wie immer bereits ungeduldig auf der Veranda wartete.

„Hey, Mr Perryfield. Es tut mir leid, dass ich ein bisschen spät dran bin ..."

„Ein *bisschen* spät?", grummelte der. „Ich dachte schon, Sie sind sicher von Wegelagerern überfallen worden", sagte er wild gestikulierend. „Ich wollte Sie schon vermisst melden. Uns steht ein Wetterwechsel bevor, und meine Hüfte bringt mich noch um."

„Tut mir leid, das zu hören." Walter überreichte ihm die Post und machte sich wieder auf den Weg.

Er bog zum nächsten Haus ab, Laurel Lane 244, das Haus der Dohertys. Er hatte ihre Post bereits aus der Tasche gefischt und hielt sie in der linken Hand. Vor allem Rechnungen und eine Zeitschrift. Er hob den Deckel des Briefkastens mit der rechten Hand, ertastete einen Brief und zog ihn heraus. Als er die Aufschrift las, grinste er und schüttelte den Kopf. Noch einer von diesen verrückten Briefen. Im Augenwinkel nahm er eine Bewegung war, und als er aufblickte, sah er, wie sich im Obergeschoss ein Vorhang bewegte.

132

Zurück im Postamt schlängelte sich Walter wie gewohnt durch den Hintereingang, vorbei an den Behältern mit zu sortierender Post, ratternden Fließbändern voller Pakete und Mitarbeitern, die durcheinanderliefen. Dem unfachmännischen Auge schien die Situation das reinste Chaos zu sein, aber für Walter war es der gewohnte Anblick eines erprobten Prozesses, der in perfekter Ordnung ablief. Bald würde er das alles für zwei Monate ausgedehnten Urlaubs hinter sich lassen – seine Belohnung für 10 Jahre in diesem Job. Und dieser Urlaub würde in genau acht Minuten beginnen!

Bevor er zu seinem Schließfach ging, stellte er seine Tasche ab und machte einen Abstecher zu Lester Stevens' kleinem, überfüllten Büro. Lester war nicht da, aber als Walter sich gerade in einem Sessel gegenüber dem großen, verbeulten Metall-Schreibtisch niedergelassen hatte, der fast den halben Raum einnahm, kam Lester um die Ecke und begrüßte ihn mit einem Lächeln.

„Walter, ich dachte, du wärst noch unterwegs!" Er sah auf die Uhr. „Okay, du hast noch sieben Minuten, aber die schenk ich dir."

Lester war ein Bär von einem Mann mit einer vollen, tiefen Stimme. Er war älter als Walter und des Lebens ein bisschen mehr überdrüssig, liebte seinen Job aber trotzdem und war stolz darauf, es bis zum Dienststellenleiter gebracht zu haben.

„Du bist so großzügig!", gab Walter mit gutmütiger Vertrautheit zurück. „Ich wollte nur noch ein letztes Mal mit dir über –"

„Walter", unterbrach ihn Lester, „ich hab dir doch schon gesagt, dass du dir keine Gedanken darum machen musst. Wir finden jemanden. Du bist ein toller Postbote, aber selbst du bist nicht unersetzlich."

„Ich brauche jemanden, der wirklich gut ist, Lester", sagte Walter voller Überzeugung. „Ich mache diese Route jetzt seit zehn Jahren. Die Leute verlassen sich auf mich. Ich habe –"

„Ich weiß, Walter, aber im Moment ist die Lage eben nicht so rosig." Er setzte sich und stützte sich mit den Ellbogen auf dem Tisch ab.

„Was ist mit dem Neuen, Trevor?"

Lester schüttelte den Kopf. „Selbst eine Schnecke ist schneller als der. Er schafft seine eigene Strecke kaum, und deine ist noch länger."

„Dann vielleicht Kay?"

„Kay ist noch einen Monat im Mutterschutz." Walter öffnete den Mund, doch Lester hob sofort die Hand. „Und bevor du fragst: Pete hat gerade eine Knieoperation hinter sich." Für jemanden, der fünf Minuten vor seinem Urlaub stand, sah Walter ganz schön gestresst aus.

Lester beugte sich weiter auf seinem Schreibtisch vor. „Walter, diese Zeit gehört dir. Du hast dir jede Minute verdient. Geh! Genieß es! Hör auf, dir Sorgen zu machen. Ich habe Carl gebeten, sich umzuhören." Carl Landers war Walters direkter Vorgesetzter. „Du hast mein Wort, dass wir den Richtigen finden werden. Ich verspreche es dir."

Walter wandte sich zum Gehen, zögerte dann aber. „Vergiss nicht, ihm von Rooster in Laurel Lane 231 zu erzählen. Sonst klettert derjenige direkt auf den nächstbesten Baum, wenn er den Riesenhund sieht. Und der alte Mr Perryfield in Nummer 234 wird anrufen und sich beschweren, wenn seine Post nicht um 13 Uhr in seinem Briefkasten ist. Und –"

„Walter?"

„Ja?"

„Geh. Jetzt. Wiedersehen!" Lester hielt seine große Hand hoch und winkte mit den Fingern.

„Okay, Boss."

Walter schaffte es bis zur Tür, drehte sich dann aber doch noch einmal um. „Eine Sache noch …"

Flehend sah Lester zur Decke. „Oh Herr, gib mir Kraft", murmelte er.

Walter nahm eine Handvoll Briefe aus der Tasche und hielt sie ihm hin. „Die sind aus der Laurel Lane 244. Ich bringe es nicht fertig, sie zu schreddern, aber es kommen einfach immer mehr."

Lester lehnte sich über seinen Schreibtisch und nahm die Briefe entgegen. Auf dem ersten stand in einer kindlichen Handschrift nur ein Wort in Großbuchstaben: „GOTT." Er blätterte den Stapel durch.

Walter seufzte. „Es ist so, als wenn man ein kleines Kätzchen vor der eigenen Haustür findet. Man kann nicht einfach daran vorbeigehen."

Lester starrte lange auf den kleinen Packen Briefe. „Seit wann schreibt das Kind schon an Gott?"

„Schon eine ganze Weile. Alle paar Tage kommt ein neuer Brief."

Lester nickte. „Lass sie hier. Ich kümmere mich darum."

„Danke, Lester. Vielen Dank."

„Du bedankst dich am besten, indem du deinen Hintern durch diese Tür bewegst und aufhörst, dir Sorgen zu machen."

Nachdem er seine letzte Sorge losgeworden war, lief Walter beschwingten Schrittes den Flur entlang.

≈

Walter war gerade gegangen, da kam Carl Landers an Lesters Büro vorbei. Carl war klein, drahtig und ernst und tendierte dazu, sich Sorgen zu machen.

„Hey, Carl", rief Lester.

Carl blieb stehen. „Hallo, Lester. Was ist los?"

„Wir müssen uns überlegen, was wir mit Finleys Strecke machen. Er ist für zwei Monate weg. Ich weiß, dass wir knapp besetzt sind. Hast du schon was vom siebten Bezirk gehört?"

„Ja, sie können im Moment niemanden entbehren."

Lester zögerte, weil er Carls Antwort erahnte, sagte dann aber: „Was ist mit Brady McDaniels?"

Carl machte große Augen. „McDaniels? Ich dachte, du bist näher dran, ihn zu feuern, als ihm die beste Strecke des gesamten Bezirks zu geben."

„Ja, ich weiß", gab Lester zu, „ich dachte bloß …" Er suchte nach den richtigen Worten.

„Er ist absolut unzuverlässig", fuhr Carl fort. „Wenn man ihn braucht, ist er nicht zu finden. Er hat diesen Monat schon vier Tage gefehlt."

„Vier Tage ist ja *so* schlimm nun auch wieder nicht."

„Aber wenn man bedenkt, dass heute erst der Zwölfte ist?"

Lester wusste, dass die Fakten nicht für Brady sprachen. „Okay, du hast recht." Er grinste schief. „Er hat trotzdem noch eine Chance verdient." Er dachte weiter über seine Idee nach. „Ich glaube, er braucht einen Sinn im Leben, etwas, auf das er hinarbeiten kann, ein Ziel. Vielleicht lässt er sich so hängen, weil er kein Ziel hat, und vielleicht findet er keinen Sinn im Leben, weil er sich für nichts interessiert."

„Wie viele Chancen willst du ihm denn noch geben, Lester?", fragte Carl leicht irritiert. Dieser McDaniels machte zu oft seine Arbeit nicht, was bedeutete, dass der Rest der Mannschaft für ihn einspringen musste.

„Ehrlich gesagt, ich weiß es nicht genau", antwortete Lester. „Ich weiß, dass es für alle anderen eine Belastung ist, wenn er seinen Job nicht richtig macht. Aber, hm, sehen wir einfach mal, ja? Wenn es absolut nicht klappt, wechseln wir uns mit der Strecke ab, bis Bishop oder Matthews in ein paar Wochen einspringen können. Was hältst du davon?"

„Okay, versuchen wir's", sagte Carl halbherzig. „Du bist der Boss."

„Danke, Carl. Wenn es nicht klappt, verspreche ich dir, dass wir ihn feuern und jemanden anstellen, der zuverlässiger ist. Einverstanden?"

„Einverstanden." Carl sah auf die Uhr. „Muss den Schichtwechsel überwachen." Wenig begeistert fügte er hinzu: „Und ich hoffe, McDaniels packt das."

„Ich auch." Lester blickte seinem Teamleiter hinterher, wie er den Flur entlangging und dann um die nächste Ecke verschwand.

Lesters Blick fiel wieder auf die Briefe. Die Umschläge waren hier und da verknittert und verschmutzt, als hätte jemand sie in eine Tasche oder Schublade gestopft. Manche waren mit Smileys, Blümchen oder anderen Zeichnungen versehen. Kein Brief glich dem anderen. Aber jeder von ihnen war sorgfältig mit einer Briefmarke versehen worden.

Lester öffnete den ersten Brief und begann zu lesen. Er war mit Bleistift auf liniertem Papier geschrieben, das jemand sauber aus einem Notizbuch herausgetrennt hatte. Für etwa eine Minute starrte er einfach nur auf das Papier in seiner Hand. Dann formte sich ohne sein Zutun ein Gedanke in seinem Kopf:

Vielleicht konnte das schwarze Schaf McDaniels in einem Brief wie diesem einen Sinn für sein Leben finden.

Lieber Gott,

ich habe mir ein Video von mir und Papa beim Fußball angeschaut. Ich erinnere mich nicht mehr richtig daran, aber ich glaube, das hat damals Spaß gemacht. Sag ihm viele Grüße von mir und dass ich ihn lieb habe. Ich hoffe, er hat im Himmel was zu lachen. Ich wünschte, Mama würde mehr lachen. Vielleicht kannst du irgendwas tun, damit sie mehr zu lachen hat. Und lass Ben (meinen Bruder) auch mehr lachen, aber nicht auf die gemeine Art, wie er es manchmal macht. Du bist toll.

Danke. Alles Liebe,
Tyler

PS: Meine Medizin riecht ekelhaft, aber immerhin muss ich diese Woche das Diktat nicht mit-schreiben. Das ist gut.

Als Lester den Brief wieder zusammenfaltete, wischte er sich geistesabwesend die Tränen ab und griff nach dem Telefon-hörer. Er überprüfte die Nummer auf seinem PC-Bildschirm, wählte dann und wartete. Nach dem vierten Klingeln sagte eine kratzige Stimme vom Band: „Hallo, hier ist Brady. Ich bin nicht da. Hinterlass einfach eine Nachricht, und ich melde mich so bald wie möglich ... oder irgendwann sonst."

Lester setzte sich auf und sagte nach dem Piepser: „McDa-niels, hier ist Lester Stevens. Wir brauchen Sie hier morgen früh, um die Strecke von Walter Finley zu übernehmen. Ich erinnere noch mal daran, dass die Schicht um Punkt sechs Uhr morgens anfängt, und wenn Sie schlau sind, sind Sie schon eine Viertelstunde früher hier. Zu spät kommen ist nicht. Wir haben Ihnen schon viel zu viele Gefallen getan."

≈

Zu diesem Zeitpunkt war Brady McDaniels, Angestellter der U.S.-Postbehörde, gerade sehr betrunken und genoss diesen Zustand wie immer. Er wärmte seinen Lieblingsbarhocker am Ende der Theke im *Jack's*, seiner Lieblingskneipe um die Ecke. Er hatte den Überblick darüber verloren, wie lange er schon hier saß und wie viele Drinks er schon gehabt hatte, aber er war sicher, dass noch genug Zeit für einen weiteren Drink war und dass dieser der beste des ganzen Abends werden würde. Zigarettenrauch füllte den Raum und die Jukebox beschallte die Gäste mit einem der Hits des letzten Jahres.

„Noch 'ne Runde, Jungs?", fragte Jack ein paar Stammgäste, die am Ende der Theke auf den Fernsehschirm starrten.

„Für mich noch einen!", rief Brady und hob sein leeres Glas. Jack warf nur einen kurzen Blick in seine Richtung, während er die anderen Gäste bediente. Sein Freund war dicht. Schon wieder.

„Noch eins, noch eins, noch eins", skandierte Brady und schlug mit seinem Glas auf die Theke. „Muss ich erst einen Antrag stellen oder was?"

„Du sprichst wie ein wahrer Beamter", sagte Jack, der an der Theke entlang auf ihn zukam und sein Glas füllte. Er stellte die Flasche auf der Theke ab und beugte sich zu dem unrasierten Gesicht Bradys hinüber. „Du solltest nach Hause gehen und duschen und dich rasieren und mal ordentlich ausschlafen."

„Wieso?"

„Weil du aussiehst wie ein Junkie nach einem ganz schlechten Trip und stinkst wie ein Fuchs."

„Danke, Mama."

„Sieh mich an, Brady."

Brady schaute auf. Seine stahlblauen Augen waren blutunterlaufen und wirkten glasig. Er hatte immer noch die kräf-

tige Statur eines Soldaten, aber sein zottiges Haar und seine
nachlässige Kleidung waren meilenweit entfernt von militäri-
scher Akkuratesse. „Als dein Wirt ist es meine Aufgabe, dir zu
sagen, wann du genug hast", sagte Jack. Dann, etwas leiser:
„Und als dein Freund ist es meine Verantwortung."
    Brady starrte für einen Moment in sein Glas. „Du hast es
doch selbst erlebt. Du weißt, wie es ist."
    „Ja, ich weiß."
    „Justin war noch ein Baby, als ich einberufen wurde." Jack
nickte. Er kannte die Geschichte. „Sarah musste ganz allein
klarkommen. Sie hat sich so tapfer geschlagen, Jack." Wieder
nickte Jack. „Im Irak habe ich Sachen gesehen, die niemand
sehen sollte. Kinder, so alt wie mein Sohn, die in Stücke ge-
rissen wurden. Man konnte nicht mal mehr erkennen, ob es
Jungen oder Mädchen waren." Er presste die Augen fest zu.
„Immer, wenn ich die Augen schloss, sah ich sie vor mir. Nur
das hier hat sie vertrieben." Er öffnete die Augen und hob
sein Glas. „Und weißt du was? Es hat auch immer so gut
geschmeckt. Und nach einer Weile brauchte ich gar keinen
Grund mehr zum Trinken."
    „Jeder geht anders mit den schrecklichen Dingen um, die
auf dieser Welt passieren", sagte Jack. „Manche bewältigen so
was besser als andere."
    „Jedem das Seine."
    „Es ist bloß –"
    Brady fiel ihm ins Wort: „Es ist bloß, dass du scheinbar
nicht mehr weißt, dass du der Wirt bist, nicht meine Mutter.
Und nicht der befehlshabende Offizier. Du bist nicht mehr
Hauptmann Jack Albritton vom United States Marine Corps;
du bist Jack, der Kneipenwirt. Und ich bin nicht mehr Ober-
feldwebel Brady McDaniels; ich bin zahlender Gast in dieser
Einrichtung."
    „McDaniels, wenn du ständig Leute abweist, die –"
    „Lass gut sein!", sagte Brady laut über die Musik hinweg,
dass sich mancher Gast nach ihm umsah, und kippte dann
seinen Drink in einem Zug herunter. Er lehnte sich über die
Theke, bis er Nase an Nase mit Jack war, und piekste ihm mit
dem Finger in die Brust. „Lassen Sie das, Captain Albritton,

Sir." Er stieß sich von der Theke ab und steuerte dann leicht schwankend auf die Tür zu. Kurz bevor er sie erreicht hatte, hielt er an und drehte sich um. „Und übrigens: Die Musik hier gefällt mir nicht." Und weg war er.

Weil er wusste, dass er eigentlich nicht mehr fahrtüchtig war und es sich nicht leisten konnte, von der Polizei angehalten zu werden, übte er sich in voller Konzentration und fuhr langsam. Vor seiner Wohnung fand er einen freien Parkplatz und taumelte auf seine Tür zu, während er umständlich nach seinem Hausschlüssel suchte.

Von außen betrachtet war das Gebäude alt, aber ordentlich. Innen sah es aus, als hätte jemand dort eine Bombe voller dreckigem Geschirr und zerknitterter Kleidung hochgehen lassen. Brady warf seine Jacke auf den Wäschehaufen im Flur und griff sich eine Flasche Whiskey, die auf der Anrichte stand. Er sah sich nach einem sauberen Glas um, fand aber nur benutzte. Also schraubte er den Verschluss von der Flasche und hielt sie eine Armlänge von sich entfernt.

„Whiskey!", sagte er triumphierend. „Nicht mehr nur zum Frühstück." Er setzte sich in seinen Sessel und nahm einen Schluck aus der Flasche. Während er trank, bemerkte er das blinkende Licht an seinem Anrufbeantworter. Er nahm noch einen Schluck. Noch einen oder zwei, dann war es Zeit für den Schlummertrunk.

≈

Das Abendessen bei den Dohertys war noch chaotischer als sonst. Es war der erste Abend nach Tylers OP, an dem Maddy wieder zur Arbeit ging, und sie musste sich schon auf den Weg ins Krankenhaus machen, als eigentlich das Abendessen auf dem Tisch stehen sollte. Immer schien Maddy das Essen zu früh oder zu spät auf den Tisch zu bringen oder irgendetwas sonst ging schief. Sie hatte versucht, den Auflauf schnell fertig zu bekommen, damit sie ihn immerhin noch selbst auftischen konnte, bevor sie los musste. Schon in Krankenhauskleidung flog sie die Treppe herunter und rannte in die Küche, begleitet vom schrillen Geräusch des

Rauchmelders, während eine rußige, dunkle Wolke aus dem Ofen quoll.

Maddy zog sich hastig ein paar Ofenhandschuhe über, öffnete die Ofentür, zog den schmorenden schwarzen Klumpen hervor und stellte ihn gleich in die Spüle. „Mist", sagte sie, frustriert darüber, das Abendessen schon wieder vermasselt zu haben. Aus dem Garten kam Olivia gerannt, griff sich ein paar Geschirrtücher und wedelte den Rauch vom Rauchmelder weg.

„Wieder mal ein ganz besonderes Gourmetgericht?", fragte Olivia laut, um den Lärm des Rauchmelders zu übertönen.

„Ja, so was in der Art." Maddy sah sich die Bescherung in der Spüle an. Sie war so zuversichtlich gewesen, dass es dieses Mal klappen würde. Endlich hörte das kreischende Geräusch auf.

„Mach dir nichts draus." Olivia sah, wie enttäuscht sie war. „Du musst zur Arbeit. Einen Auflauf kann jeder kochen, aber nicht jeder kann Kinderkrankenschwester sein."

„Dabei wollte ich den Jungs doch einfach ein gutes Abendessen kochen."

Ihre Mutter drehte sie um, zog ihr die Ofenhandschuhe aus und stülpte sie über ihre eigenen Hände. „Du hast genug um die Ohren. Lass mich mal machen. So voll mein Kalender auch ist – Tee mit der Queen und all so was –, ich werde das Ganze für dich opfern. Dafür sind Mütter ja da."

„Tausend Dank. Versprich mir, dass du Bescheid sagst, wenn es dir zu viel wird."

Olivia nahm Maddys Gesicht zwischen ihre behandschuhten Hände. „Mach dir keine Gedanken, mein Schatz!"

„Heiß. Sehr heiß."

Olivia riss sich die Handschuhe von den Händen. „Entschuldigung!" Beide mussten sie lachen.

Maddy ließ Wasser über die angebrannte Auflaufform laufen und sah auf die Uhr. „Ich muss los!", keuchte sie.

„Dann geh schon!", sagte Olivia und schob ihre Tochter mit einem kleinen Hüftschwung von der Spüle weg.

„Ich hab dich lieb", sagte Maddy gehetzt und lief nach oben, um sich von ihren Söhnen zu verabschieden.

„Das geb ich gleich zurück", sagte Olivia. Sie sah ihrer Tochter kurz nach und kümmerte sich dann um das verkohlte Desaster in der Spüle. Vielleicht wollten die Jungs Fischstäbchen zum Abendessen?

Maddy stürmte auf Bens Zimmer zu und klopfte an die Tür mit dem „Achtung! Lebensgefahr!"-Schild. Sie hörte, dass er Gitarre spielte.

„Ich hab zu tun. Komm später wieder", rief er durch die Tür.

„Beschäftigt, wie? Hast du deine Hausaufgaben fertig?" Sie öffnete die Tür einen Spalt breit.

Ben nahm seinen Blick nicht vom Griffbrett, auf dem er gerade eine bestimme Akkordfolge übte. „Die muss ich erst am Freitag abgeben."

„Und was wirst du mir am Donnerstag sagen?"

„Ich denk mir was aus." Er warf die Haare zurück und sah sie an.

„Komm mir nicht so, Schlaumeier", sagte sie streng. „Mach deine Hausaufgaben. Und räum dein Zimmer auf", fügte sie mit einer Handbewegung hinzu, die den ganzen Raum einschloss. „Sieht ja aus, als hätte hier eine Bombe eingeschlagen. ,Lebensgefahr' ist wirklich passend. Und hilf Olivia in der Küche. Sie versucht, ein Abendessen für euch zustande zu bringen."

„Geht klar, Mama", kam die Antwort in seinem allzu vertrauten sarkastischen Tonfall. „Schließlich hab ich ja auch nichts Besseres zu tun."

Sie hatte sich angewöhnt, gar nicht zu darauf zu reagieren, wenn er diesen Ton anschlug. „Um elf bist du im Bett, und sieh vorher noch mal nach deinem Bruder, ja?"

Ben ignorierte sie. Sie schloss die Tür, ging schnell zu Tylers Zimmer und klopfte. Von drinnen hörte sie Fernsehergeräusche.

Wenn sie auch in Eile war, nahm sie sich doch die Zeit, nach ihm zu sehen. Er schien guter Dinge zu sein und verhielt sich ganz normal. Wären da nicht die große Narbe und sein kahler Kopf gewesen, wäre er ganz der alte Tyler.

„Hey, Tybo."

142

„Hallo, Mama." Er lächelte strahlend. Er saß auf dem Bett und sah sich selbst beim Fußballspielen zu. „Warte mal kurz, jetzt … gleich … schieße ich … ein Toooor!" Er warf beide Arme in die Luft und schaltete dann den Fernseher ab, um seiner Mutter seine volle Aufmerksamkeit zu schenken.

Maddy setzte sich neben ihn und streichelte ihm über den Rücken. „Manchmal glaube ich, dass dein Lächeln das Einzige ist, das mich durchhalten lässt." Er sah sie an, als wolle er so etwas sagen wie „Ach, Unsinn!"

„Müde?"

„Ein bisschen."

„Mit deinem Magen alles okay?"

„Ja, alles gut."

„So kenn ich meinen Sohn. Was ist mit-"

„Mama", sagte Tyler mit gespielter Verzweiflung, „mir geht es gut. Alles bestens. Wunderbar."

„Okay, okay. Ich muss jetzt zur Arbeit. Aber du weißt ja, dass du mich immer anrufen kannst."

„Genau."

„Olivia gibt dir nachher noch deine Medizin."

„Okay."

Maddy beugte sich herüber und gab ihm einen Eskimo-Nasenkuss. „Du weißt, dass ich dich sehr lieb habe?" Tyler wusste schon, was jetzt kam, aber er genoss es immer wieder. Sie hielt zwei Finger nah aneinander. „So lieb hab ich dich."

„Das ist ja nicht besonders doll", spielte er das Spiel mit.

„Oh doch", beharrte Maddy, „denn meine Liebe fängt hier an" – sie zeigte mit dem einen Zeigefinger auf den anderen – „und geht um die ganze Welt und endet dann hier." Sie tippte ihm auf die Nase und gab ihm einen Kuss.

Tyler schlang seine Arme um ihre Hüften und umarmte sie ganz fest. „Und so lieb" – er drückte sie grunzend – „hab ich dich."

Maddy stand dann auf. „Olivia macht euch Abendbrot. Ich hab's irgendwie vermasselt."

„Wow. Echt? Du?"

„Sei bloß still!", sagte sie und grinste.

„Ich hab sowieso keinen großen Hunger."

„Ich weiß. Aber versuch trotzdem, etwas zu essen."

„Okay. Ich mag nur nicht, wenn mir schlecht wird und du bist nicht zu Hause."

„Ich weiß." Sie wollte so gern noch länger bei ihm bleiben, aber mittlerweile war sie schon unglaublich spät dran. „Ich muss mich beeilen. Bis morgen früh."

„Wir sehen uns", sagte er fröhlich.

Sie gab ihm einen Kuss auf den Kopf und flog dann die Treppe herunter zu ihrem Auto.

An der Schwelle

Eilig lief Maddy über den Parkplatz auf den Eingang für Angestellte zu und trat um Punkt 19:00 Uhr aus dem Aufzug, der sie auf ihre Station gebracht hatte. Carol, die noch ihr Abendessen in der Hand hielt, war kurz vor ihr angekommen und sprach gerade mit Jamie Lynn, die in einem Schaukelstuhl saß und ein Baby fütterte.

„Hey, wen haben wir denn da?", rief Carol. „Willkommen zurück, Mädel!" Sie stellte ihr Abendessen ab und nahm Maddy fest in die Arme.

„Ich bin so froh, wieder hier zu sein", sagte Maddy, deren Stimme durch die Umarmung stark gedämpft klang.

„Wie geht's unserem Tiger?"

„Ihm geht's gut." *So gut es einem kleinen Jungen nach einer Hirn-OP, 30 Bestrahlungen und vier Wochen hochdosierter Chemotherapie gehen kann.* „Aber in einem Monat fängt schon die nächste Behandlung an."

Carol und Jamie Lynn schnitten angesichts dieser Information eine Grimasse. Maddy zog ihre Jacke aus und setzte sich vor einen der Computer im Raum. Carol holte einen Stuhl zu ihr heran und setzte sich. „Was sagt der Arzt?"

„Immer das Gleiche", sagte Maddy und gab die Parodie eines aufgeblasenen Chirurgen mit erhobenem Kinn und hochgereckter Nase. „Das Medulloblastom ist ein seltener und aggressiver Hirntumor. Machen Sie sich keine allzu großen Hoffnungen." Dann schaltete sie wieder auf Maddy um: „‚Machen Sie sich keine allzu großen Hoffnungen?' Wie soll das denn gehen?"

„Allerdings, Süße!", antwortete Carol.

„Gute Frage", sagte Jamie Lynn im gleichen Moment.

Maddy räumte ihre Jacke und ihre Tasche weg und holte ein paar Krankenakten hervor. „Und Tylers Wunsch wird bald erfüllt."

„Stimmt", erinnerte sich Jamie Lynn. „Ihr geht zu ‚Give Kids the World', oder?"

„Genau", antwortete Maddy. „Erst bleiben wir eine Woche im Feriendorf. Und wenn es Tyler gut genug geht, können wir die Universal Studios, Disney World und so weiter besuchen. Tyler wird begeistert sein. Ben auch. Und ich dann auch, schätze ich."

„Was kostet es?"

„Kostet uns keinen Cent. Spender und Sponsoren kommen für die Kosten auf. Kranke Kinder und ihre Familien bekommen so mal einen richtigen Urlaub. Jeder dort weiß, was Tyler und andere Kinder wie er durchmachen. Niemand macht sich über sie lustig, niemand fühlt sich fehl am Platz. Es ist wirklich unglaublich toll. Aber", schloss Maddy, „ich fürchte, ich habe keine Urlaubstage mehr übrig."

„Mach dir darüber keine Gedanken, Schätzchen, das regeln wir schon", sagte Carol und zwinkerte Jamie Lynn zu.

„Wirklich?"

„Wirklich."

„Wie kommst du geldmäßig zurecht?", fragte Jamie Lynn.

„Geld ... Geld ...", sinnierte Maddy und schlug sich gegen die Stirn. „Was war das noch gleich? Im Ernst: Wir kratzen es irgendwie zusammen. Es ist noch ein bisschen von Patricks Lebensversicherung übrig. Ein Freund aus dem Fußballverein organisiert eine Spendenaktion, und die Gemeinde hat uns auch schon unter die Arme gegriffen."

Carol nickte wissend. „Gott kümmert sich um euch, Maddy. Verlass dich drauf."

„Du hast recht", stimmte Maddy zu. „Wir erleben wirklich viel Segen."

Maddy nahm eine Krankenakte in die Hand und hielt dann inne. „Ich rufe noch mal kurz Tyler an, bevor ich anfange." Sie griff nach ihrem Handy. „Ist das okay?"

„Na klar, Baby", sagte Carol. Maddy ging um die Ecke, um einen ruhigen Platz zum Reden zu finden.

„Das nennst du gesegnet?", wollte Jamie Lynn von Carol wissen, sobald Maddy außer Hörweite war. „Komm schon! Erst kommt ihr Ehemann bei einem Verkehrsunfall ums Leben, und jetzt kämpft ihr Sohn gegen einen Gehirntumor. Auf meinem Planeten nennt man das nicht gesegnet."

„Vielleicht lebst du auf dem falschen Planeten!", stellte Carol fest. „Jeder Tag auf Gottes Erde zusammen mit den Menschen, die wir lieben, ist ein Segen. Und wenn der Herr den Jungen zu sich nimmt, wird er sich auch um sie kümmern."

„Das klingt alles ganz toll, aber ich verstehe es nicht. Wie kannst du –"

„Genau, du verstehst es nicht", sagte Carol. „Mädel, du musst noch viel lernen über das Leben."

≈

Olivia hatte Tyler noch nie sein Heparin gespritzt. Sie war deshalb ein bisschen nervös, versuchte aber, sich nichts anmerken zu lassen. Tyler lag mit hochgezogenem T-Shirt auf seinem Bett, wodurch ein großer Mullverband auf seiner Brust sichtbar wurde. Darunter waren zwei Schläuche zu sehen und Olivia zog in einer Spritze Heparin auf, um es in die beiden Zugänge zu spritzen. Das Medikament sollte die Bildung von Blutgerinnseln verhindern.

So sehr sie es auch versuchte, Tyler konnte sie nichts vormachen. Er war ja schon geübt in dem Vorgang und merkte, dass sie nicht gerade die Ruhe selbst war. „Bist du sicher, dass du das hinkriegst, Omi?", fragte er.

„Kein Problem, Kleiner", sagte sie betont fröhlich. „Deine Mutter hat es mir doch gezeigt, weißt du noch?"

Im Flur klingelte das Telefon, und das machte Olivia noch nervöser.

„Äh, Olivia, und du bist ganz, ganz sicher, dass du weißt, wie das hier geht?"

„Mach dich locker. Sonst machst du mich noch ganz nervös."

„*Ich* mache dich nervös?!"

„Tyler!", rief Ben. „Mama ist am Telefon. Sie will mit dir reden."

„Er kann gerade nicht!", rief Olivia zurück und versuchte, sich zu konzentrieren.

„Omi?"

Sie zuckte zusammen. „Was!"

„Ich habe tausendmal zugeschaut, wenn Mama das gemacht hat. Du musst die Enden der Schläuche mit einem Alkoholläppchen abwischen."

„Die Schläuche mit einem Alkoholläppchen abwischen. Ja, genau." Sie nahm ein Päckchen vom Nachttisch, riss es auf und wischte damit das Ende der Schläuche ab. „Jetzt alles gut, Dr. Doherty?"

„Ja", sagte Tyler. „Kannst loslegen." Olivia steckte die Spritze in die Flasche mit der Medizin. „Langsam", riet Tyler. „Achte darauf, dass ich keine Luftblasen ins Herz bekomme!"

Olivia übte gleichmäßigen Druck auf die Spritze aus, voll konzentriert auf ihre Arbeit. Als sie Tyler ansah, bemerkte sie, dass er die Augen weit aufgerissen hatte. „Fühlst du, wie es durchläuft?" Seine Augen traten hervor; Tyler sah aus, als wolle er etwas sagen.

„Tyler!", sagte Olivia verängstigt. „Was ist los?"

Ben stand in der Tür, das schnurlose Telefon in der Hand. „Mama will dich sprechen, Zwerg."

Als Ben ihm den Hörer hinhielt, fing Tyler an, markerschütternd zu schreien. Olivia schrie. Ben schrie.

Am anderen Ende der Leitung fuhr Maddy zusammen. Da war etwas ganz und gar nicht in Ordnung, und sie war nicht da. „Mama! Ben!", schrie sie in den Hörer. „Was ist da los? Sagt doch was!" Dann hörte sie in all dem Tumult schallendes Gelächter. Es war Tyler, der ungehemmt los gackerte.

„Tyler? Tyler! Du Schuft!"

Olivia bedachte Tyler mit dem strengsten Blick, den eine Großmutter im Programm hat. „Das war überhaupt nicht lustig, junger Mann."

„Mann, du bist so ein Idiot", sagte Ben verächtlich, warf ihm das Telefon zu und schlurfte aus dem Zimmer.

Tyler lachte noch immer, als Olivia plötzlich steif wurde, sich an die Brust griff und auf Tylers Bett fiel.

„Omi?", rief er. „Alles okay? Olivia, was ist los?"

Olivia stieß sich aus den Kissen ab, zeigte auf Tyler und grinste schelmisch. „Ätsch! Rache ist süß!"

„Mutter!", rief Maddy durch den Hörer, immer noch verwirrt. „Mama, ist alles okay? Brauchst du Hilfe?"

„Alles in Ordnung", sagte Olivia, als der Tumult langsam abebbte. „Uns geht es gut. Dein Sohn hat einfach eine sehr schräge Art von Humor."

„Jawohl!", kicherte Tyler.

„Bleib, wo du bist", befahl Olivia. „Alles bestens hier. Wir machen nur Spaß, wenn man es so sagen kann, nicht wahr, Tybo?"

„Ja, Mama", rief Tyler. „Wir albern nur rum." Er fing an, wieder gackernde Geräusche von sich zu geben.

„Tyler!", rief Olivia außer Atem. „Jetzt hör auf, du kleiner Stinker. Einmal reicht!" Tyler lehnte sich vor und griff nach dem Eimer neben seinem Bett. Er begann zu keuchen.

Als sie das sah, sagte Olivia in den Hörer: „Moment mal, Schatz. Ich glaube –"

Tyler übergab sich in den Eimer. Beim nächsten Schwall ließ er den Eimer fallen und verschüttete den Inhalt über sich, das Bettzeug und den Boden. Und es kam immer mehr.

„Oh, Tyler ... Maddy, du brauchst nicht zu kommen, aber ich muss dich zurückrufen." Olivia schaltete das Telefon ab, stellte es auf den Nachttisch und strich ihrem Enkel über den Rücken, während dieser sich immer weiter übergeben musste.

Im Krankenhaus drückte Maddy auf den Aus-Knopf ihres Handys und sagte leise: „Okay. Ruf einfach zurück."

Olivia half Tyler dabei, seinen besudelten Schlafanzug auszuziehen, und wechselte die Bettwäsche. Als er wieder zur Ruhe gekommen war, nahm sie die stinkende Bettwäsche, eilte damit in die Waschküche und steckte sie in die Waschmaschine. Dann hielt sie einen Moment erschöpft inne und rieb sich die Augen.

„Alles okay mit ihm?" Sie hatte Ben nicht kommen hören und zuckte zusammen.

„Ja, so weit schon. Wie ist es mit dir? Alles in Ordnung?"

„Die ganze Sache ist echt zum Kotzen."

„Ja, das kann man wohl sagen", stimmte Olivia zu. „Weißt du, wenn es mir so geht, hilft es mir, dafür zu beten."

„Beten?" Ben klang gleichermaßen ungläubig wie sarkastisch. „Und wofür genau sollten wir beten? ,Lieber Gott, bitte nimm Tyler nicht zu dir. Du hast doch schon unseren Papa. Reicht das nicht?'"

Olivia legte eine Hand auf Bens Schulter. „Wenn es das ist, wofür du beten möchtest, mein Schatz, dann ja, bete genau dafür. Beten heißt, Gott das zu sagen, was man auf dem Herzen hat, und ihn zu bitten, einem dabei zu helfen."

Zu ihrer Überraschung trafen ihre Worte genau ins Schwarze. Ben hatte bisher nicht den Eindruck gemacht, sich auf ein ernstes Gespräch einlassen zu wollen. Jetzt sah er seiner Großmutter in die Augen. „Ich habe Angst, Gott zu sagen, was ich auf dem Herzen habe", sagte er. „Ich habe Angst, Gott zu bitten, dass er Tyler rettet. Denn was, wenn er es nicht tut?"

Er schwieg, sah auf den Boden und schüttelte dann seinen zotteligen Kopf. „Omi, ich weiß nicht, wie man das macht." Wieder schüttelte er den Kopf. „Bete du. Du weißt, wie es geht."

Olivia nahm seine Hände in ihre und nahm so eine Gebetshaltung ein. Dann beugte sie sich so weit vor, dass ihre Köpfe sich berührten. „Lieber himmlischer Vater", sagte sie, „wir kommen alleine nicht klar. Wir haben Angst und brauchen deine Hilfe dabei, die Situation durchzustehen. Hilf Ben, Herr. Er ist wütend über das, was passiert. Er ist wütend, weil sein Vater tot ist. Er ist wütend, weil Tyler krank ist. Er ist wütend, weil nichts mehr normal zu sein scheint. Lass ihn deine Gegenwart spüren und wissen, dass du immer auf seiner Seite bist. Hilf ihm zu wissen, welche Fragen er stellen und wie er deine Antworten hören kann. Gib uns heute Nacht Frieden und Erholung und segne den morgigen Tag. In Jesu Namen. Amen."

Sie umarmte Ben und gab ihm einen Kuss auf die Stirn. Ben umarmte sie ebenfalls. Sie ging zurück in Tylers Zimmer und fand ihn auf dem Bett liegend vor, die Hände hinter dem Kopf verschränkt, den Blick aus dem Fenster gerichtet. „Omi, werde ich jemals wieder gesund werden?" Sie setzte sich auf sein Bett. „Ich bete jeden Abend dafür, mein Schatz, aber Gott allein weiß, was passieren wird. Aber eins weiß ich: Als er dich gemacht hat, hat er einen zähen kleinen Kerl geschaffen." Tyler grinste und spannte seinen mageren Bizeps an. „Aufgepasst!", rief sie. „Hier kommt der mächtige Muskelmann!" „Arrrgh!", rief der kleine Superheld. „Wir wär's mit einem Gute-Nacht-Gebet?" „Okay." Olivia betete für ihn, küsste dann seinen kahlen Kopf und ging hinaus. Sobald sie den Raum verlassen hatte, stand er auf, nahm seine Bettdecke und kletterte mit Notizblock und Stift in seine „Festung". Dort machte er es sich in einem alten Gartenstuhl gemütlich, sah auf zu den Sternen und begann dann zu schreiben.

Lieber Gott,

ich hab heute Abend alles vollgekotzt, aber ich konnte nicht anders. Ich bin so froh, dass Omi da war.

Wie viele Leute sind eigentlich im Himmel? Müssen ziemlich viele sein. Ich kenne zwei und dabei bin ich erst sieben. Kannst du vom Himmel aus die Sterne sehen? Mein Papa hat gesagt, dass du sie alle gemacht hast. Wie geht es ihm? Ich bin echt froh, wieder zu Hause zu sein. Ich hoffe, du hast meine Briefe bekommen.

Alles Liebe,
Tyler

≈

Die Morgensonne schien auf Brady McDaniels' unrasiertes Gesicht, doch wecken konnte sie ihn nicht. Wenn man die Drinks im *Jack's* und die Flasche in seiner Wohnung zusammenzählte, hatte er gestern Abend mehr gehabt als je zuvor. Aber er zählte sowieso nie. Seine Haare sahen aus wie ein Rattennest, seine Kleidung war zerknittert und schmutzig, und die Flasche, die er gestern geleert hatte, lag noch neben seinem Sessel, wo er sie einfach fallen lassen hatte.

Ein Geräusch drang in seine Benommenheit vor und trat zaghaft in sein Bewusstsein. Er versuchte, es zu ignorieren, aber das Geräusch war sehr hartnäckig. Er öffnete ein Auge und blinzelte ins Sonnenlicht. Dann bemerkte er das blinkende Licht an seinem Anrufbeantworter. Aber das Ding war es nicht, das das Geräusch verursachte. Das Telefon. Es war das Telefon.

Mit großer Mühe streckte er seine Hand nach dem Hörer aus und nahm ihn ab. „Ja?"

„McDaniels, haben Sie den Verstand verloren?" Es war Lester Stevens, sein Chef im Postamt. Lesters dröhnende Stimme durchschnitt den Alkoholnebel. „Ich hinterlasse Ihnen eine Nachricht, die deutlich macht, dass Sie Ihren Hintern heute so früh wie möglich herbewegen sollen, und nicht nur sind Sie nicht pünktlich da, Sie sind überhaupt nicht da. Sie sind *wieder zu spät*! Wenn Sie nicht in dreißig Minuten in meinem Büro aufkreuzen –"

Brady nahm seine Jacke vom Klamottenberg auf dem Boden, pflückte seinen Schlüsselbund vom Tisch und sprintete zu seinem Auto. Er hatte Durst. Er musste zur Toilette. Er wusste nicht, ob er seine Brieftasche bei sich hatte oder nicht. Aber trotz seiner Benommenheit kapierte er immerhin, dass Stevens stinksauer war und er besser *sofort* zur Arbeit kam.

Die Stimme erklang weiter in den nunmehr leeren Raum hinein: „Ich verliere echt die Geduld. *So* hört sich das an, wenn ich die Geduld verliere. Meine Gutmütigkeit hat ihre Grenzen. Die Schlange der Leute, die den Job hier gerne hätten, ist ungefähr eine Meile lang, und heute könnte einer von ihnen tatsächlich Glück haben. McDaniels, hören Sie mich?"

In wenigen Minuten war Brady zum Postamt gebraust. Während er vom Parkplatz hereintrottete, stopfte er sich sein Hemd in die Hose und kämmte sich mit den Fingern durch die Haare. Schnell durchschritt er das Labyrinth aus Arbeitsstationen und Fluren zum Büro von Mr Stevens, bog um die Ecke und fand den Chef an seinem Schreibtisch vor. Stevens sah von einem Stapel Papier auf und schaute McDaniels kurz, aber eingehend an.

„Haben Sie die Nacht in dem Hemd verbracht?"

„Nein, Mr Stevens. Es ist in der Schublade so verknittert."

Brady schien nicht ganz sicher auf den Beinen zu stehen.

„Alles okay?"

„Ja, Sir, ich bin bereit loszulegen."

Lester reichte ihm eine Karte. Brady betrachtete sie und versuchte verzweifelt, die Buchstaben und Worte darauf unter Kontrolle zu bringen. In seinem Kopf hämmerte es. Endlich ergaben die Zeichen auf der Karte zumindest für einen Moment einen Sinn. Er sah Lester an, der sich gerade erhob. „Eine Fußstrecke?"

Lester verließ sein Büro und bedeutete Brady, ihm zu folgen. „Genau, eine Fußstrecke. Da setzt man einen Fuß vor den anderen, wissen Sie. Von Punkt A zu Punkt B. Und dabei trägt man die Post aus."

„Wenn es Ihnen nichts ausmacht", sagte Brady, „würde ich lieber beim Briefe sortieren bleiben. Wirklich, Mr Stevens, so eine Fußroute schaffe ich nicht." Und im Stillen fügte er hinzu: ... *jedenfalls nicht heute.*

Lester ging einfach weiter, gefolgt von Brady. „Oh doch. Sie können und Sie werden." Er öffnete einen Wandschrank und nahm einen Schlüsselbund heraus. „Hier sind Ihre Schlüssel. Der Wagen steht auf Platz siebenundzwanzig und ist schon bepackt und startklar. Hier ist die Übersichtskarte Ihrer Strecke. In der Umkleide hängt eine saubere Uniform. Sie sind schon zwei Stunden zu spät, an Ihrer Stelle würde ich mich also beeilen."

Wie in Trance ging Brady in Richtung Umkleideraum davon.

≈

„Ben, steh auf. Du kommst zu spät!", rief Maddy die Treppe herauf.

„Mach dich locker, Mama", kam die verschlafene Antwort aus Bens Zimmer. Wie immer lag er noch im Bett und wie immer war er kurz davor, den Schulbus zu verpassen. An den Tagen, an denen Maddy zu Hause war, genoss sie es, das Frühstück für die Jungen zu machen. Sie stellte sich an den Herd, auf dem ein paar Eier in der Pfanne brutzelten. Tyler würde wahrscheinlich nicht gleich zur Schule gehen, sondern vermutlich erst später am Morgen. Sie würde ihm Toast machen, wenn er nach unten kam. Ben hatte noch zehn Minuten, bis der Bus kam, und niemand konnte vorhersehen, ob er es schaffen würde oder nicht.

„Ich fahre dich nicht wieder zur Schule!", rief sie. „Wenn du den Bus verpasst, musst du zu Fuß gehen."

„Dann bleib ich zu Hause." Ben tappte in T-Shirt und Shorts zum Treppenabsatz. „Eigentlich sollte ich sowieso nicht mehr mit dem Bus fahren müssen. Wie alle anderen in meinem Alter könnte ich längst den Führerschein haben."

Maddy hatte das schon oft gehört. Sie ging wieder in die Küche, während Ben sich ins Bad aufmachte.

Währenddessen lag Tyler dösend in seinem Bett. Doch dann hörte er ein vertrautes Geräusch, das ein Lächeln auf sein Gesicht zauberte.

Tap, tap, tap! Jemand klopfte an sein Fenster. Tyler setzte sich auf. „Sam!", flüsterte er aufgeregt.

Er kletterte aus dem Bett, und mit vereinten Kräften, er von innen, Sam von außen, schoben sie das Fenster nach oben, und sie kletterte über das Fensterbrett in sein Zimmer. Über einem pinkfarbenen Schlafanzug trug sie einen Bademantel in der gleichen Farbe, doch der feminine Effekt wurde ausbalanciert durch die Tatsache, dass sie ihr dunkelbraunes Haar unter eine Baseballkappe gestopft hatte, die sie falsch herum trug, und dass ein Paar Gummistiefel an ihren Füßen steckten.

„Wird aber auch Zeit!", schimpfte Sam gespielt. „Ich bin seit fast einer Stunde wach. Mama hat mir erzählt, dass du wieder da bist, aber sie wollte mich erst später zu dir lassen. Wie fühlst du dich? Geht's dir besser?"

„Wir arbeiten dran", sagte Tyler enthusiastisch.

„Lass dich mal ansehen."

Tyler baute sich breit grinsend vor ihr auf, bereit für die Begutachtung. Doch es war zu kühl, also warf er sich wieder ins Bett und zog sich die Bettdecke über. Sam schloss das Fenster.

Sie betrachtete seinen kahlen Kopf mit der akkuraten Narbe am Hinterkopf und seine blasse Haut. „Du siehst gar nicht so schlecht aus", log sie.

„Mir geht's auch schon viel besser", log er. „Ich glaube, ich gehe sogar bald wieder in die Schule."

„Gott sei Dank!", sagte Sam glücklich. „Wenn ich noch einmal mit Ashley Turner zu Mittag essen muss, dann sterbe ich. Es ist schrecklich. Sie riecht nach Leberwurst."

„Igitt", sagte Tyler .

„Genau", bestätigte Sam. „Hier, ich hab dir was mitgebracht." Sie griff in ihren Bademantel und zog eine leuchtend grüne Wollmütze hervor, die sie Tyler über den Kopf stülpte.

„Hey! Danke!", sagte Tyler, befühlte die Mütze mit den Händen und sah sie dann bewundernd im Spiegel an.

Er hörte Schritte. „Schnell! Meine Mutter kommt!" Sam konnte sich gerade noch unter das Bett zwängen, als Maddy das Zimmer betrat. Sie war überrascht, dass ihr Sohn schon wach war.

„Hey, Tybo, du bist ja schon wach."

„Ja, äh", sagte Tyler befangen. „Ich liege hier einfach und bin wach."

Maddy fiel auf, dass das Fenster nicht komplett zu war. Sie hatte es gestern Abend selbst geschlossen, und so kälteempfindlich, wie Tyler momentan war, hätte er im Traum nicht daran gedacht, es zu öffnen. Sie konnte sich auch nicht erinnern, diese Mütze schon einmal gesehen zu haben, die er da auf dem Kopf hatte. Sie hob eine Augenbraue.

„Neue Mütze?"

Tyler riss die Augen auf, während er sich die Mütze vom Kopf riss und unter seine Bettdecke stopfte. „Äh – nein, kennst du die nicht?", fragte er und wechselte dann schnell das Thema. „So. Heute gehe ich also zur Schule, oder?"

„Denkst du, du schaffst das?"

„Ja, ich glaube schon."

Seine Mutter befühlte seine Stirn. Dabei sah sie ein Paar Stiefel – an denen ein Paar Beine hingen – unter dem Bett hervorragen. „Ich weiß nicht ... Was meinst du, Sam?" Unter dem Bett erklang ein gedämpftes Kichern. „Ich glaube, er ist so weit", sagte eine körperlose Stimme. „Ganz genau, Sam!", sagte Tyler. Die Tarnung war aufgeflogen. Sam lugte unter dem Bett hervor. „Hey, Mrs Doherty."

„Hey, Samantha", antwortete Maddy. „Wie geht's dir?"

„Gut. Mama hat mir gesagt, dass Tyler wieder zu Hause ist. Ich wollte einfach mal kurz vorbeischauen und ihn begrüßen."

Maddy verschränkte die Arme und sah von einem Kind zum anderen. Tyler konnte sich glücklich schätzen, eine Freundin wie Sam zu haben. Er würde ein paar gute Freunde brauchen. Sie zeigte auf Tyler. „Also, wenn du zur Schule gehen willst, dann solltest du vielleicht mal aufstehen."

Tyler kletterte aus dem Bett, während Sam sich Richtung Fenster aufmachte „Sam!", rief Maddy. „Durch die Haustür, bitte."

„Oh, äh – klar, Mrs Doherty. Wir sehen uns im Bus, Tyler."

„Sam, ich werde ihn lieber mit dem Auto zur Schule bringen. Ihr seht euch dann später. Und jetzt nichts wie los!"

„Jawohl, Madam." Sie ging den Flur hinunter, vorbei an Ben, der gerade die Treppe hinunterkam und sie sprachlos anstarrte. Sam marschierte zur Haustür hinaus und Ben ließ sich am Küchentisch nieder, wo Olivia ihm Rührei servierte. Er schob sich vom Tisch weg, nahm eine Packung Orangensaft aus dem Kühlschrank und füllte sein Glas. Als er sich setzte, mürrisch und noch im Halbschlaf, hörte er den Schulbus draußen hupen. Er zog eine Grimasse, schaufelte sich ein paar Gabeln Rührei in den Mund, griff sich seinen Rucksack und rannte zur Hintertür hinaus.

Im Obergeschoss war Tyler gerade mit dem Anziehen fertig und schaute sich seinen kahlen Kopf im Spiegel an. Maddy saß auf dem Bett und reichte ihm seine neue Mütze.

„Mama, glaubst du, die anderen Kinder werden mich auslachen?"

„Manche schon, weil sie nicht wissen, was sie sonst machen sollen."

„Was soll ich dann tun?" Maddy war noch dabei, sich eine
Antwort zurechtzulegen, aber Tyler kam ihr zuvor. „Ich weiß!
Ich werde das machen, was Jesus auch machen würde."
Seine Worte verblüfften sie. Wenn sie sich den blassen,
dünnen Körper ihres Sohnes und seinen kahlen Kopf ansah,
fiel es ihr manchmal schwer zu glauben, dass Jesus überhaupt existierte.

„Und was würde Jesus deiner Meinung nach tun?", fragte
sie

„Er wäre nett und verständnisvoll und nachsichtig."
Sie war immer noch unsicher, ob sie ihn wirklich schon
wieder in die Schule lassen sollte. Vielleicht wäre es doch
besser, noch ein oder zwei Tage zu warten. „Du musst heute
noch nicht zur Schule gehen, weißt du."

„Doch", sagte Tyler voller Überzeugung. „Sam braucht
mich. Ashley Turner riecht nach Leberwurst."

Maddy griff ihn bei den Schultern und drehte ihn zu sich.
„Ich bin stolz auf dich, Tybo." Sie nahm ihm die Mütze ab,
gab ihm einen Kuss auf den Kopf, zog ihm die Mütze wieder
auf und ging aus dem Zimmer.

Tyler folgte ihr zur Tür, drehte sich dann aber noch mal zu
seinem Schreibtisch um. Er öffnete die Schublade und nahm
einen bereits adressierten und frankierten Brief heraus. Den
würde er auf dem Weg zum Auto in den Briefkasten legen.

Ein sehr guter Tag

Miss Holleys Zweitklässler hatten viel Arbeit in das Banner gesteckt, das sie jetzt entrollten und an der Wand befestigten. „Willkommen zurück, Tyler!", war darauf zu lesen, wobei jeder Buchstabe mit einer anderen leuchtenden Acrylfarbe und von einem anderen Mitschüler gemalt worden war. Der Rest der Fläche war mit kleinen Zeichnungen, Genesungswünschen und Autogrammen übersät. Miss Holley war jung und machte mit ihrer Energie und ihrem Enthusiasmus ihren Schülern Konkurrenz. Doch heute war sie nervös. Tyler Doherty kam nach sechs Wochen Krebstherapie in die Klasse zurück. Wie würde er aussehen? Wie würde er sich fühlen? Wie würden die anderen Kinder reagieren? Er konnte jeden Moment hier sein, und sie fragte sich, wie die ersten entscheidenden Minuten verlaufen würden.

„Tyler kommt heute zurück, und ich weiß, dass ihr euch alle freut, ihn wiederzusehen", sagte sie, während sie vor ihren 25 Schützlingen auf und ab ging. „Das Banner habt ihr ganz toll gemacht. Tyler wird sich bestimmt riesig freuen."

Jemand hob die Hand. Es war Alex, einer dieser lauten, sehr selbstbewussten Besserwisser, die es in jeder Klasse zu geben schien.

„Ja, Alex?"

„Also, äh ... kann er mich mit seiner Krankheit anstecken? Ich meine, wenn er mich anhustet oder so?"

Ehe Miss Holley antworten konnte, drehte Samantha sich um und nahm die Sache in die Hand. „Nein, du Schwachkopf! Er hat Krebs, keine Läuse."

Überall im Raum hörte man Gekicher. Miss Holley hatte Mühe, ernst zu bleiben, und begrenzte ihre Reaktion auf ein kaum wahrnehmbares Zucken der Mundwinkel. „Samantha", tadelte sie, allerdings nicht sehr scharf, „wir benutzen hier keine Schimpfwörter." Sie wandte sich Alex zu. „Nein, Alex, Krebs ist nicht ansteckend."

Dann trat sie einen Schritt zurück, um sich an die ganze Klasse zu wenden. „Tyler hat viel durchgemacht. Er war seit über einem Monat nicht mehr in der Schule, weshalb er sich bestimmt komisch fühlen wird, vielleicht sogar ein bisschen ängstlich am Anfang. Vielleicht sieht er anders aus als beim letzten Mal, als ihr ihn gesehen habt, und vielleicht schämt er sich dafür. Darum lasst uns ihn alle mit einem Lächeln und", dabei sah sie Alex direkt an, „freundlichen Worten begrüßen."

Miss Holley sah auf ihre Uhr. „Okay, während wir auf ihn warten, möchte ich, dass ihr alle euer Mathematikbuch auf Seite einundzwanzig aufschlagt." Mit kollektivem Stöhnen suchten die Kinder unter ihren Schreibtischen nach dem Buch.

Es war nach 11:00 Uhr, als Tyler und seine Mutter auf den Schulparkplatz fuhren. Tyler war es so vorgekommen, als hätte an diesem Morgen alles irrsinnig lange gedauert – frühstücken, seinen Rucksack packen, selbst zum Auto laufen und durch die Nachbarschaft fahren. Aber er war viel zu aufgeregt, um auch nur daran zu denken, doch zu Hause zu bleiben.

Maddy sah ihren Sohn an. Sie war so stolz auf ihn. „Soll ich noch mit reinkommen?"

Tyler lächelte. „Von mir aus." Er strich über die Wollmütze auf seinem Kopf.

„Gut. Dann komme ich mit." Sie tippte ihm mit ihrem Zeigefinger auf die Nase.

„Schaut mal, da ist Tyler! Er ist wieder da!" Zwei Mädchen, die gerade vorbeikamen, winkten ihnen zu. „Hey, Tyler!"

Mit weit aufgerissenen Augen schaute Tyler seine Mutter flehend an.

„Geh schon. Ich komme dann nach", sagte sie. Er sprang aus dem Auto. „Herr, gib ihm Kraft", sagte sie leise. „Gib uns beiden Kraft."

Als sie das Schulsekretariat erreichte, um ihn dort zurückzumelden, war er bereits auf dem Weg zu seinem Klassenzimmer. „Er war so aufgeregt, dass ich ihn habe gehen lassen", sagte Mrs Williams, die Sekretärin. „Ich habe ihm gesagt, er könne ja auf den Flur gehen, aber er solle bitte auf Sie warten, bevor er zu seiner Klasse geht. Ich dachte, sie wollten sich vielleicht noch von ihm verabschieden und ihm alles Gute wünschen." Sie zwinkerte Maddy von Mutter zu Mutter zu.

„Danke", sagte Maddy. In der Ferne sah sie Tyler auf dem Flur im Gespräch mit den beiden Mädchen vom Parkplatz. Die Kinder unterbrachen ihre Unterhaltung, als Maddy näher kam. „Hallo, Mrs Doherty. Wir sprachen gerade darüber, wie cool Tyler aussieht", sagte eins der Mädchen ganz von sich aus.

„Ja", sagte die andere, „Glatzen sind wirklich in, und Tyler ist der Einzige in der ganzen Schule, der eine hat!"

Tyler wurde rot. Maddy schöpfte Mut.

Als die Mädchen weitergingen, legte Maddy einen Arm um Tylers Schultern. Er fühlte sich so knochig an, aber irgendwie auch stark und solide. „Bereit?"

Er holte tief Luft. „Bereit."

Maddy klopfte an die Tür des Klassenzimmers. Miss Holley öffnete, und Tyler machte einen Schritt nach drinnen, während seine Mutter im Flur stehen blieb.

„Eins, zwei, drei: *Willkommen zurück, Tyler!*", fing die Lehrerin an, und die ganze Klasse fiel mit ein, um dann in donnernden Applaus zu verfallen und „Hey, Tiger!" und „Wir haben dich vermisst!" und „Hallo!" zu rufen. Sam baute sich direkt vor ihm auf. „Wurde auch Zeit!", sagte sie und rümpfte die Nase.

Während Tyler von seinen Freunden umringt wurde, berieten sich Maddy und Miss Holley schnell auf dem Flur.

„Wir sind so froh, Tyler wieder hier zu haben", sagte die Lehrerin. „Gibt es irgendetwas, auf das ich besonders achten muss?"

„Nein, eigentlich nicht. Es kann sein, dass er müde wird. Falls das passiert, rufen Sie mich einfach an, dann komme ich und hole ihn ab."

161

„Das mache ich." Dann sagte sie laut in Richtung Klasse: „Okay, Zeit fürs Mittagessen. Wer führt die Klasse heute an? Amy?"

Schwatzend und zwitschernd wie ein Schwarm bunter Vögel reihten sich die Kinder auf. Als Tyler zögerte, nahm Sam ihn beim Arm. „Komm schon. Hast du vergessen, wie man sich amüsiert?" Als sie in Richtung Kantine losmarschierten, grinste Tyler seine Mutter breiter an, als es eigentlich möglich war. Ihr Herz setzte für einen kurzen Moment aus.

„Ich passe gut auf ihn auf, Mrs Doherty", sagte Miss Holley, während sich der Raum leerte und sie sich dem Ende der Schlange anschloss.

„Er hat immer noch einen Medikamentenschlauch in der Brust", rief Maddy ihr nach, „er sollte also nicht ins Wasser gehen." Dann fiel ihr auf, was sie gerade gesagt hatte. „Maddy, du bist eine dumme Nuss. Auf dem Spielplatz wird er wohl kaum Gelegenheit haben, ins Wasser gehen." Sie sah ihm nach, bis die Gruppe um die Ecke bog.

Tyler Doherty war der Star von Miss Holleys Mittagessensgruppe. „Ich muss noch mal zurück ins Krankenhaus, damit sie mir Medizin aus einer Art Tüte geben können", erklärte er. „Davon wird mir richtig schlecht. Das machen sie eine Weile, dann bekomme ich meine Zellen zurück, und dann bin ich fertig."

„Dann wirst du also für den Rest des Schuljahrs nicht da sein?", fragte Ashley Turner, die ein paar Plätze von ihm entfernt saß.

„Jedenfalls nicht die ganze Zeit."

Alex warf einen Blick auf Tylers Kopf. „Haben sie dich Glatzkopf genannt? Trägst du deshalb diese peinliche Mütze?"

Tyler sah bei dieser Frage überrascht aus, aber Sam nahm sie persönlich. „Ich warne dich, Alex!", sagte sie.

„Ich wette, diese Bestrahlungen tun weh", fuhr Alex fort, „vor allem einem kleinen Weichei wie dir. Zu blöd, dass du so ein Schwächling bist." Er spannte seine Muskeln an, zuckte aber zusammen, als Sam ihm unter dem Tisch einen festen Tritt verpasste.

„Ich fühle gar nichts bei der Bestrahlung", antwortete Tyler. „Ich muss für zwanzig Minuten – es fühlt sich jedenfalls an wie zwanzig Minuten – ganz still liegen, während so eine große Maschine auf meinen Kopf und meinen Rücken zeigt."

„Eine große Maschine, die auf dich zeigt?", fragte Alex unbeeindruckt. „Das ist alles?"

„Tja – schon", gab Tyler zu.

„Was soll das denn heißen, ‚das ist alles', du Angeber?" Sam erhob sich von ihrem Stuhl. „Es ist eine riesige Laserkanone wie in *Star Wars*, die die Krebszellen abknallt, nicht wahr, Tyler?"

„Ja, so was in der Art", stimmte Tyler zu. „Die Bestrahlung tötet die Krebszellen in meinem Kopf und in meinem Rückenmark."

„Und davon wird dir schlecht?", wollte Ashley wissen.

Sam beugte sich zu ihr herüber. „Nicht so schlecht, wie mir von deiner Leberwurst wird!"

Ashley zog einen Schmollmund.

„Nee, davon nicht", sagte Tyler, „aber ich habe gehört, wie der Arzt zu meiner Mutter gesagt hat, dass ich deshalb vermutlich nicht so groß wachsen werde."

„Dann wirst du also weiter wie ein Alien aussehen?" Alex stieß Tyler in die Rippen.

„Das reicht!" Sam kochte vor Wut. Schnell wie der Blitz warf sie sich über den Tisch, packte Alex am Hinterkopf und knallte sein Gesicht in die große Portion Kartoffelpüree auf seinem Teller.

Alle Gespräche am Tisch brachen ab. Als Alex den Kopf hob, war sein Gesicht von Kartoffelpüree bedeckt – Klumpen davon liefen ihm über die Wangen, von seiner Nase und seinem Kinn tropfte Soße. Die anderen Schüler brachen in wildes Geschrei aus, als Alex von seinem Stuhl aufsprang und Sam um die Tische jagte. Ein paar Lehrer halfen Miss Holley dabei, die Rauferei zu beenden, und brachten Alex, Sam und Tyler zum Büro des Direktors. Dieser rief die Eltern an, und Tyler durfte zusammen mit Samantha früher nach Hause gehen, obwohl ihm gar nicht schlecht war. Im Gegenteil: Er fühlte sich großartig.

Brady McDaniels parkte seinen Wagen am Ende der Laurel Lane. Es war sein erster Tag auf der neuen Strecke; er roch immer noch wie ein Kaninchenstall und hatte immer noch einen mächtigen Kater. Um seine Rückkehr in die reale Welt zu erleichtern, hatte er sich einen großen Becher Kaffee mitgebracht und nahm jetzt noch einen schnellen Schluck, bevor er seinen Wagen verließ. Er fuhr sich mit den Fingern durchs Haar und tätschelte sich dann unsanft selbst die Wangen. *Ich bin wach,* redete er sich ein, *munter und bereit, die Strecke schnell hinter mich zu bringen.*

Ächzend wuchtete er sich seine Posttasche auf die Schulter und ging auf den Briefkasten der Millers zu, die in Nr. 229 wohnten, wobei er sich vorsichtig an ein paar Dutzend Rasensprengern vorbeimanövrierte, die den wunderschön angelegten Garten wässerten.

Das nächste Haus hatte einen makellos weißen Gartenzaun. Brady öffnete das Tor mit seiner Schulter und ging auf den Briefkasten von Nr. 231 zu. Da hörte er ein tiefes Grummeln – ein sehr tiefes, sehr ernst klingendes Grummeln –, gefolgt von dem größten Hund, den Brady McDaniels je gesehen hatte. Brady hielt an, Rooster hielt an, und die beiden musterten einander kritisch. Der Postbote stand wie angewurzelt da und war somit leichte Beute für die riesige Dogge.

Rooster galoppierte los. McDaniels versuchte zu schreien, aber die Kombination aus Überraschung und den Nachwirkungen seines Rausches ließen ihn nur ein mädchenhaftes Quietschen hervorbringen. Instinktiv umklammerte er seine Tasche und rannte in Richtung Gartentor, doch für Rooster war es ein Leichtes, ihn zu fassen zu bekommen. Das große Tier hatte allerdings keinen Angriff im Sinn; er wollte tatsächlich nur spielen. Also schlug er seine Zähne in den Lederriemen der Umhängetische und riss daran, bevor er einen Fuß zu fassen bekam und probierte, wie so ein Postbotenhosenbein schmeckte.

Brady riss sich los, sprang über den Zaun, stolperte über einen der Rasensprenger nebenan und legte sich auf dem nassen Rasen lang, von allen Seiten mit Wasser berieselt. Mühsam kam er wieder auf die Beine, nur um festzustellen, dass Rooster es ebenfalls über den Zaun geschafft hatte. Brady gab alles, rannte zurück zu seinem Truck und schlug die Tür mit einem lauten Knall hinter sich zu. Rooster legte zwei große Pfoten auf das Seitenfenster, schleckte den Rückspiegel ab und bellte fröhlich.

Nachdem die Sache Rooster zu langweilig geworden war und er sich wieder auf den Heimweg gemacht hatte, öffnete Brady vorsichtig die Tür und machte sich ein Bild von der Situation. So benebelt er auch war, ihm war klar, dass er übel aussehen musste – nass und voller Schlamm, die Uniformhose zerrissen –, aber er würde diese Chance nicht vermasseln. Erneut schulterte er seine Tasche und ging auf das nächste Haus, Nr. 244, zu. Im Briefkasten lagen zwei Briefe zur Abholung, beide frankiert und adressiert an „Gott". In Gedanken noch immer bei seiner Flucht vor dem Hund legte er die Briefe einfach in seine Tasche, ohne ihnen weiter Beachtung zu schenken, und wollte sich wieder auf den Weg machen.

„Walter, wie wäre es mit etwas Tee?" Er wirbelte herum und blickte in das fröhliche Gesicht einer Frau, die ihm lächelnd ein großes Glas Eistee entgegenhielt. „Oh, Sie sind gar nicht Walter."

„Nein, Madam", antwortete Brady. „Walter ist gerade in seinem wohlverdienten verlängerten Urlaub. Ich bin seine Vertretung, Brady McDaniels."

„Gut, Brady McDaniels", sagte Olivia nachdenklich, während sie erst das Glas in ihrer Hand und dann den Fremden ansah. „Es wäre schade, ihn wegzuschütten." Sie hielt ihm das Glas entgegen. „Mit Apfel-Zimt-Geschmack."

Verlegen wegen seines mitgenommenen Aussehens nahm er das Glas entgegen und trank einige lange, erfrischende Schlucke. Der Tee war sehr gut.

„Wow, das schmeckt ja toll. Ist das Zeug legal?"

„Ich glaube schon", sagte Olivia strahlend, „zumindest in den meisten Gegenden."

Brady kippte den Rest des Tees herunter. „Vielen Dank. Das tat gut."

„Gern geschehen."

Brady wandte sich gerade zum Gehen, als ein blauer Van mit einer Frau und zwei Kindern in die Auffahrt fuhr. Ein Junge stieg aus und kam ganz aufgeregt auf ihn zu gerannt, als erwarte er etwas Bestimmtes. „Hey!", rief der Junge, doch ehe noch mehr sagen konnte, beugte er sich vor und erbrach sich auf Bradys Postbotenschuhe. „Schuldigung", sagte er schwach, während seine Mutter ihn nach drinnen führte. „Kein Problem", sagte Brady mehr zu sich selbst, während er den beiden nachsah. „Passiert mir auch andauernd."

≈

Am Ende des Tages schleppte sich Brady McDaniels völlig erledigt ins Postamt, seine Tasche schwer auf der Schulter. Lester Stevens sah ihn kommen. „Wie war's?", fragte er. „Sie sehen aus, als hätten Sie eine Schlammschlacht hinter sich."

„Wie es war?", wiederholte Brady. „Das mit dem Schlamm war noch nicht das Schlimmste. Ein Pferd hat versucht, mich zu fressen, dann hätte mich beinahe eine Armee von Rasensprengern ertränkt, und dann hat ein Junge noch auf meine Schuhe gekotzt."

„Ach, daher kommt der üble Gestank."

Während sie redeten, ging Brady zur Sortieranlage und packte seine Post aus. Er nahm die an Gott adressierten Umschläge in die Hand. „An Gott". Er winkte Lester damit und sah sie dann erneut an. „Ich glaube, die sind von dem Kind, das meine Schuhe besudelt hat. An Gott. Keine Postleitzahl."

„Wenn Sie pünktlich zurück gewesen wären, wäre der Behälter für unzustellbare Post noch da gewesen, aber um sechs bringen wir ihn immer zur Hauptpost."

„Und was mache ich jetzt mit den Briefen?"

„Das ist Ihr Job, Brady. Sie sind der, der sie zustellt."

„Vielen Dank für die Hilfe", sagte Brady mürrisch und ging davon.

≈

In eine Decke gewickelt saß Tyler in seiner „Festung" und schrieb. Es war ein aufregender Tag gewesen.

Lieber Gott,

mein erster Tag in der Schule war ganz schön spannend. Alex hat angefangen, sich über mich lustig zu machen, und dann hat Sam mir geholfen. Ich hatte vergessen, ihr vorzuschlagen, das zu tun, was Jesus tun würde, und dann mussten wir alle zum Direktor. Mama hat Sam und mich dann da abgeholt. Auf dem Nachhauseweg hat sie versucht, richtig streng zu sein, aber als Sam ihr erzählt hat, wie der Kartoffelbrei aus Alex' Nase tropfte, konnte sie nicht mehr aufhören zu lachen.

Jetzt weiß ich, dass du meine Briefe auch bekommst, denn nur du konntest wissen, wie man sie zum Lachen bringt. Sie musste sogar immer noch lachen, als ich später auf die Schuhe vom Postboten gekotzt habe.

Das war ein toller Tag.

Alles Liebe,
Tyler

≈

An einem anderen Ort in der Stadt saß Brady zur gleichen Zeit auf seinem Stammplatz im *Jack's* und leerte gerade sein drittes oder viertes oder fünftes Glas Whiskey. Er sah, wie Jack an einem der Tische vorbeiging und die übliche Frage stellte: „Darf's hier noch was sein?"

„Im Moment nicht", sagte einer der Männer. „Danke, Jack."

Als Jack wieder hinter den Tresen kam, schob Brady ihm sein Glas entgegen „Hier darf's noch was sein!", verkündete er. „Noch einen, Jack."

Jack wedelte mit einem Handtuch in Richtung Fernseher. „Gutes Spiel, oder? So schaffen wir's bestimmt in die Playoffs."

„Hey", sagte Brady scharf, „bist du schwerhörig? Noch 'nen Drink, hab ich gesagt. Und zwar jetzt." Er schlug mit seinem leeren Glas noch härter auf den Tresen. „Brady, ich finde, du hattest genug. Und wenn ich das finde, dann ist das auch so."

„Na schön, dann werde ich wohl das Lokal wechseln müssen", sagte Brady beleidigt. „Du gehst mir sowieso schwer auf die Nerven." Er stand auf, das Blut rauschte ihm in den Ohren und er machte sich schwankend auf den Weg zur Tür, wobei er sich an den Tischen abstützte.

Jack kam hinter dem Tresen hervor und fing ihn ab. „Okay. Ich gebe dir noch *einen* Drink." Brady sah ihn hoffnungsvoll an. „Ich gebe dir noch einen Drink, wenn du mir deinen Schlüssel gibst."

Allein die Idee empfand Brady als Beleidigung. „Das machst du bei den anderen doch auch nicht!"

„Die anderen torkeln ja auch nicht durch die Gegend", sagte Jack bestimmt. Er pflanzte sich zwischen Brady und dem Ausgang auf. „Du kannst bleiben oder gehen. Deinen Schlüssel nehme ich auf jeden Fall." Er streckte seine Hand aus.

Brady ließ sich auf den nächstbesten Stuhl fallen und versuchte, sich trotz seines dröhnenden Kopfs zu konzentrieren. „Wenn du nicht schon so alt wärst..." Seine Stimme versagte.

„Der Schlüssel."

Brady durchwühlte seine Taschen nach seinem Schlüsselbund. Dabei stieß er auf die Briefe an Gott und warf sie auf den Tisch. Mit einem verächtlichen Schnauben zog Brady den Schlüssel hervor und gab ihn Jack. Dieser brachte ihm einen neuen Drink.

Jacks Blick fiel auf die Kinderschrift und er nahm den obersten Umschlag in die Hand. „Ist der von deinem Kind?"

„Nee, von einem auf meiner Strecke", antwortete Brady. „Wir haben schon einen ganzen Stapel davon und ich weiß nicht, was ich damit anstellen soll."

Jack bemerkte, an wen sie adressiert waren. „Wie willst du die denn zustellen?", fragte er lachend.

Brady stopfte die Briefe wieder in seine Hosentasche. „Kommt mir nicht richtig vor, sie einfach zu schreddern."

„Wenn sie für Gott sind, solltest du die Briefe vielleicht in eine Kirche bringen." Es war nicht ersichtlich, ob Jack das wirklich ernst meinte oder nicht. Jack war definitiv kein großer Kirchgänger.

Brady wiederum hatte daran noch gar nicht gedacht und fand die Idee ziemlich gut. So könnte er die Briefe guten Gewissens loswerden. „Gute Idee, alter Freund. Und weil ich jetzt eh die Biege mache, kann ich ja mal sehen, ob ich unterwegs eine Kirche finde. Ich frag mich, ob Gott um diese Zeit zu Hause ist."

„Keine Ahnung."

Brady stand auf. „Okay, schauen wir mal."

Schwankend machte sich Brady auf den Weg – zu Fuß. Er konnte sich nicht erinnern, auf dem Weg von seiner Wohnung zum *Jack's* je eine Kirche gesehen zu haben, aber er hatte auch nie darauf geachtet. Je länger er unterwegs war, desto mehr war er davon überzeugt, heute kein Glück zu haben. Doch plötzlich stand er vor einer Kirche, ohne es wirklich bemerkt zu haben. Sie passte genau in diese Nachbarschaft, war nicht zu groß oder protzig, sondern hatte einen schlichten Kirchturm. Innen brannte Licht. Er tastete in seiner Jackentasche nach den Briefen und beschloss, es an der Haupttür zur versuchen. Zu seiner Überraschung war diese unverschlossen.

Die Kirche schien menschenleer zu sein. Er fühlte sich unwohl an diesem ungewohnten Ort und war sich seiner zerrissenen und schmutzigen Uniform noch mehr bewusst, obwohl er allein war. Schwaches Licht fiel auf die glänzenden Bankreihen; der Geruch von Möbelpolitur lag in der Luft. Neben der Tür stand ein Tisch, dort legte er die Briefe an Gott einfach ab. Irgendjemand würde sie bestimmt finden. Erst packte er sie zu einem kleinen Stapel zusammen, aber das sah komisch aus, also legte er sie in einer Reihe aus. Immer noch unzufrieden nahm Brady die Briefe wieder an sich und ging ein paar Schritte den Mittelgang entlang. Er legte sie vorsichtig auf der Armlehne einer Bankreihe ab. Hier konnte man sie auf keinen Fall übersehen. Doch ein Windstoß von der offenen Tür könnte sie auf den Boden wehen. Er legte sie auf ein Sitzkissen. Vielleicht sollte er sie mehr in der Mitte des Raumes deponieren. Er versuchte es in einer anderen Bankreihe, aber irgendetwas stimmte immer noch nicht. Er sah den Mittelgang entlang nach vorne und hatte plötzlich eine Idee: die Briefe sollten mitten auf dem Tisch da vorne liegen. Er legte sie vorsichtig dort ab und blieb einen kurzen Moment stehen, die Hände immer noch auf den Briefen.

„Kann ich Ihnen helfen?"

Brady zuckte zusammen und fuhr herum. Knapp einen Meter von ihm entfernt stand ein Mann mit sandfarbenem Haar, er war ungefähr in Bradys Alter. Er sah freundlich und aufrichtig aus und seine Augen strahlten sogar im schummrigen Licht der Kirche.

„Hey, Mann, eine kleine Warnung wäre nett gewesen", sagte Brady kurz angebunden zu dem Fremden. Dann erinnerte sich daran, wo er war. „Ich meine, Sie ... Sie haben mich erschreckt, Herr Pfarrer ..."

„Nennen Sie mich Andy. Und Sie sind ... ?"

„Brady McDaniels." Er hielt die Briefe hoch. „Ich wollte die nur hier abgeben."

Der Pastor trat Brady entgegen, um die Briefe an sich zu nehmen. Eine Schnapsfahne schlug ihm entgegen. Was war diesem Mann bloß passiert? Seine Kleidung war schlammverkrustet; er war betrunken, stank übel und sah aus wie jemand, der dringend Hilfe brauchte.

Brady merkte, wie der Pastor ihn musterte. „Ich wollte nichts stehlen, ich schwör's. Ich bin hergekommen, weil dieses Kind auf meiner Poststrecke dauernd diese Briefe an Gott schreibt, und ich dachte ... also ... ich dachte, hier könnte ich vielleicht ..." Er wusste nicht recht weiter. „... Ich dachte, hier sind sie besser aufgehoben, weil sie sonst nämlich als unzustellbar markiert und dann geschreddert werden. Und hier können Sie sie immerhin ... ich weiß nicht ... lesen, schätze ich, und dem Kind vielleicht ein Geschenk schicken oder sowas."

Pastor Andy blätterte die Briefe durch und entdeckte auf manchen den Vermerk „Von Tyler ". Andy lächelte. „Das ist sehr nett von Ihnen, Brady, sich so dafür einzusetzen, dass Tylers Briefe irgendwie ankommen."

„Sie kennen ihn?", fragte Brady überrascht.

„Wir schätzen die ganze Familie sehr", sagte er herzlich. „Sie gehören schon eine Weile zu dieser Gemeinde. Sie haben eine Menge durchgemacht und die Mutter hat es nicht leicht, über die Runden zu kommen. Wir springen immer mal wieder ein und helfen in kleinen Dingen, wir beten für sie und kümmern uns um sie." Er sah Brady aufmerksam an, der unruhig von einem Bein aufs andere trat. „Mir scheint, Gott hat Ihnen diese Briefe aus einem ganz bestimmten Grund anvertraut. Vielleicht sollten Sie sie behalten." Er reichte ihm die Briefe zurück.

„Aber Andy", protestierte Brady mit einem Hauch Alkoholiker-Verzweiflung, „ich weiß nicht, was ich damit anfangen soll."

„Als Erstes sollten Sie mal nach Hause gehen und sich richtig ausschlafen." Der Pastor sah Brady eindringlich an. „Und dann hören Sie einfach auf Gott. Er wird Ihnen schon sagen, was mit den Briefen passieren soll. Schließlich sind sie ja für ihn." Er machte eine Pause, um seinen Worten mehr Gewicht zu verleihen. „Und ich hoffe, Sie kommen mal wieder hier bei uns vorbei. Sie sind immer willkommen. Ein guter Ort, um Antworten zu finden."

Brady stopfte die Briefe wieder in seine Jackentasche und wollte sich auf den Weg nach draußen machen, stolperte aber schon beim ersten Schritt. Andy packte ihn am Ellbogen, um ihn zu stützen. „Würde es Ihnen etwas ausmachen, wenn ich für Sie bete?"

„Ach, lieber nicht, ich komme schon klar." Brady zog seinen Ellbogen mit einer kaum merklichen, aber bestimmten Bewegung weg. „Mir geht's gut. Ich brauche Ihre Gebete nicht. Aber trotzdem vielen Dank."

Ein Krieger des Lichts

Olivia war schon wach, doch sie genoss es, für ein paar Minuten einfach im Bett zu liegen, während im Haus noch alles still war, draußen die Vögel sangen und der Tag vielversprechend vor ihr lag. Sie ließ die Augen geschlossen, lauschte darauf, wie die Umgebung langsam erwachte und fühlte die Morgenluft durch das offene Fenster strömen.

Wenn ihre Augen offen gewesen wären, hätte sie gesehen, wie eine kleine Hand sich heimlich nach ihren Perückenständern auf der Kommode ausstreckte, jede mit einer Perücke und einer Sonnenbrille bestückt. Olivia hatte eine ziemlich beeindruckende Kollektion von Perücken und Sonnenbrillen, die sie in ihrem Zimmer aufbewahrte. Die kleine Hand erwischte erst eine Perücke und streckte sich dann nach einer Sonnenbrille aus, die auch Jackie Kennedy hätte gehören können.

Dann erschien über der Bettkante plötzlich das Gesicht von Tyler, der eine brünette Lockenperücke trug und dessen Gesicht fast komplett hinter der riesigen Sonnenbrille versteckt war. Um den Effekt noch zu verstärken, hatte er sich eine Orangenschale vor die Zähne geschoben.

Er näherte sich Olivias Gesicht bis auf wenige Zentimeter, sodass sie seine Anwesenheit schließlich bemerkte.

„Guten Morgen, mein Lieber." Dann öffnete sie die Augen. „Aaaahhhhhh!", schrie sie.

Tyler rollte sich vor orangenschalengedämpftem Lachen auf dem Boden und hielt sich den Bauch.

„Tyler Doherty!", rief Olivia entrüstet. Doch dann musste auch sie lachen und nahm sich selbst eine Perücke und eine Sonnenbrille und setzte sich letztere schief auf die Nase.

Tyler war heute zu Hause. Nach der Aufregung in der Schulkantine und dem Besuch beim Direktor sowie dem Erbrechen auf die Schuhe des Postboten hatte Maddy beschlossen, dass Tyler sich lieber noch einen Tag ausruhte. Weil Ben, Sam und alle anderen in der Schule waren, hatte er den Tag für sich allein. Es war toll, endlich mal wieder einen Ball durch den Garten zu kicken. Er sah sich ein paar seiner Sport-Videos an und nahm dann seine Schatzkiste mit hinaus in seine Festung. Heute war ein guter Tag, um noch ein paar Briefe an Gott zu schreiben.

Lieber Gott,

erst wollte ich eigentlich nicht zu Hause bleiben, aber es war doch ganz okay.

Ich hoffe, Alex und Sam vertragen sich heute. Bitte lass sie beide darüber nachdenken und hilf, dass sie nicht mehr sauer aufeinander sind.

Ich habe ein bisschen Fußball gespielt, aber es wird noch eine Weile dauern, bis ich wieder in Form bin. Vielleicht trainiert Ben ja mit mir.

Vielen Dank für Olivia. Sie ist wirklich klasse.

Alles Liebe,
Tyler

≈

Am Ende der Laurel Lane war Brady McDaniels bereit den zweiten Tag auf der Strecke und wild entschlossen, aus den Fehlern von gestern zu lernen. Ganz oben auf seiner Liste stand, sich mit Rooster anzufreunden. Er lugte über die Hecke und überprüfte den Vorgarten der Bakers: kein Hund in

Sicht. Er pfiff und rüttelte dann am Gartentor; immer noch keine Spur von Rooster. Vorsichtig öffnete er die Tür und ging auf die Veranda zu. In dem Moment öffnete sich die Haustür und der riesige Hund kam aufgeregt bellend auf ihn zugerannt, hängende Zunge und in alle Richtung fliegende Beine inklusive.

Brady blieb wie angewurzelt stehen und wappnete sich für den Aufprall. Die hochschwangere Mrs Baker kam so schnell sie konnte durch die Tür. „Rooster!", befahl sie. „Sitz!" Erstaunlicherweise gehorchte der riesige Hund sofort, ließ sich auf dem Boden nieder und winselte nur ein bisschen.

„Sie sind wohl neu", sagte Mrs Baker. „Ich glaube, wir haben uns noch nicht vorgestellt." Der Hund schob sich ein oder zwei Schritte in Richtung Brady, griff aber nicht an. Brady behielt ihn im Auge.

„Ich mache für eine Weile die Vertretung für Mr Finley", erklärte Brady.

„Geht es ihm gut?", fragte sie voller mütterlicher Sorge.

„Bestens. Er macht Urlaub." Brady sah, dass sie eine Auflaufform in der Hand hielt.

„Mr Finley ist ein Schatz", sagte sie. „Ich dachte, ich bringe mal einen Spaghetti-Auflauf zu den Dohertys rüber. Sie machen gerade viel durch, wissen Sie, weil Tyler doch so krank ist." Der Hund schob sich immer noch in Bradys Richtung. „Rooster! Sitz, habe ich gesagt!" Er setzte sich wieder hin. „Ich würde den Auflauf selbst hinbringen, aber ich bin im Moment nicht mehr so beweglich. Könnten Sie vielleicht ...?" Sie hielt ihm die Auflaufform entgegen.

Brady sah erst sie, dann die Auflaufform, dann den Hund an. „Äh, klar." Er machte einen zögerlichen Schritt. Rooster winselte und legte sich ganz flach hin. Brady schlängelte sich an ihm vorbei.

„Hier, bitte." Sie gab ihm die Auflaufform. „Und vielen Dank!" Er hatte die Form gerade angenommen, da zuckte sie zusammen und griff sich an den Bauch. „Oohhh."

„Alles in Ordnung?"

„Ja, ich glaube schon. Nur ein kurzes Pieksen. Der Entbindungstermin ist erst in einem Monat. Ich hoffe, der Kleine wartet, bis sein Papa wieder zu Hause ist." Sie wandte sich zum Gehen und machte eine auffordernde Geste zu dem Hund. „Okay, Rooster, ab ins Haus mit dir."

Nebenan bei den Dohertys saß ein Junge auf der Vordertreppe und warf lustlos einen Fußball in die Höhe. Ein Blick genügte und Brady wusste, dass es der Junge sein musste, von dem Mrs Baker gesprochen hatte: blau-graue Augen, sehr blass und an seinem kahlen Hinterkopf eine lange Narbe. Es war derselbe Junge, der seine Schuhe bespuckt hatte.

„Hey."

„Hey", gab Tyler zurück.

„Keine Schule heute?"

„Nein, Mama fand, ich sollte mich heute lieber ausruhen."

Brady nickte zustimmend und zeigte dann auf die Auflaufform. „Ist deine Mutter da?"

„Nee, gerade nicht. Aber meine Oma." Über seine Schulter rief er in Richtung Haustür. „Olivia!" Tyler sah zu dem Postboten hoch. „Hey, tut mir leid wegen Ihren Schuhen", sagte er bedauernd.

„Schon okay. Cujo vom Ende der Straße hatte sie eh schon fast ruiniert."

„Sie meinen Rooster? Der ist doch total lieb. Man muss nur wissen, was er mag."

Olivia kam zu ihnen nach draußen. „Hallo schon wieder!", sagte sie zu Brady. „Schön, Sie zu sehen."

Sie streckte die Hand aus und Brady gab ihr die Auflaufform. „Kommt von der Dame am Ende der Straße. Der der riesengroße Hund gehört."

„Ah, Linda Baker. Sie ist wirklich ein Schatz. Ist jetzt im achten Monat und kann's kaum abwarten. Ihr Mann ist als Soldat im Ausland, aber sie denkt immer an andere." Sie sah Tyler an. „Kommst du rein, Tyler?"

„Darf ich auf Sam warten? Der Schulbus müsste jeden Moment kommen."

„Klar. Aber wenn du müde wirst, dann komm rein und ruf sie später einfach an."

Die Auflaufform in der einen Hand nahm Olivia die Post mit der anderen Hand aus dem Briefkasten und tauschte sie bei Brady gegen die neuen Briefe ein. Beiden fiel auf, dass ein paar Briefe an Gott dabei waren.

„War schön, Sie wiederzusehen, junger Mann", sagte Olivia zu Brady. Er legte zwei Finger an die Mütze, zwinkerte Tyler zu und wandte sich zum Gehen. Doch dann fiel ihm etwas ein und er drehte sich noch einmal um.

„Hey, Junge. Du hast doch gesagt, du kannst mir mit Rooster helfen. Ist das ein ernsthaftes Angebot?"

„Klar. Ist ein Kinderspiel", sagte Tyler. „Treffen wir uns morgen wieder hier."

Als Brady auf dem Weg zum nächsten Haus war, kam der Schulbus um die Ecke und entließ ein halbes Dutzend Kinder, die alle gleichzeitig redeten und sich auf die Nachbarschaft verteilten. Samantha rannte an Brady vorbei und setzte sich neben Tyler.

„Was war heute los in der Schule?", wollte er wissen. „Du musst mir alles erzählen."

„Alex und ich mussten beide fünfhundertmal schreiben: ‚Ich werde nicht wieder raufen'. Alex musste außerdem schreiben: ‚Ich mache mich nicht über andere lustig'."

Tyler fuhr sich mit den Fingern über seinen Kopf mit der gezackten, roten Narbe. „Die Leute werden sich immer über mich lustig machen."

Sam dachte einen Moment darüber nach und nahm dann eine kerzengerade Haltung ein. „Ich weiß, wer da helfen kann." Sie sprang auf. „Komm mit!"

Sie rannten zu Sams Haus, wo Sams Großvater, wie sie wusste, gerade genau nach Zeitplan dabei war, sich in der Küche eine ekelhaft aussehende, schleimig-grüne Flüssigkeit einzuschenken. Obwohl er der älteste Mensch war, den Sam kannte, sah er immer noch aus wie ein waschechter Schauspieler, mit vollem, weißen Haar und einer volltönenden Bariton-Stimme. Er trug eine Anzughose und eine ärmellose Strickjacke.

„Hallo, Opa", zwitscherte Sam.

„Hallo, Mr Perryfield", sagte Tyler. Der alte Mann begrüßte sie mit einem kurzen Grummeln und konzentrierte sich ansonsten auf sein Glas. „Igitt! Was ist das denn?" Tyler zeigte auf die grüne Flüssigkeit.

„Mein tägliches Elixier", sagte der Großvater.

„Das müssen Sie jeden Tag trinken?", fragte Tyler ungläubig. „Würg!"

„Ebenfalls würg, Mr Doherty." Er hielt sein Glas ins Licht und die Kinder sahen ihm dabei zu. „Der Arzt sagt, ich soll es trinken, also trinke ich es. Ob's euch gefällt oder nicht."

„Das erklärt alles", flüsterte Tyler Sam zu.

„Was genau?", flüsterte Sam zurück.

„Ich wäre auch dauernd mies gelaunt, wenn ich so eine Pampe trinken müsste!"

„Hast du etwas gesagt?", wollte der Großvater wissen und blickte streng drein.

„Großvater, wir brauchen deine Hilfe", sagte Sam vollkommen unbeeindruckt und furchtlos.

„Ich kann nicht", bellte der Großvater. „Ich habe zu tun."

„Großvater, bitte! Es ist wichtig!"

Ihr Rehaugenblick war selbst für einen alten Grantler unwiderstehlich. Er sah die beiden an und stellte sein Glas in die Spüle. „Na gut, dann aber fix."

Er bedeutete ihnen, ihm ins Studierzimmer zu folgen, das als sein Herrschaftsbereich galt und mit Nippes und Andenken vollgestopft war; übersät von Fotos, vergilbten Telegrammen in billigen Rahmen, Zeitungsausschnitten, diversen prall gefüllten Notizbüchern, die überall herumlagen, und eselsohrigen Ausgaben des *Playbill*-Magazins auf dem Zeitungstischchen neben seinem abgewetzten, aber immer noch eleganten Armsessel, in dem niemand – absolut niemand – außer ihm jemals saß.

Cornelius Perryfield war nie ein wirklich bekannter Schauspieler gewesen, aber sein attraktives Gesicht war über die Jahrzehnte in 14 Filmen und unzähligen Theaterproduktionen aufgetaucht. Nachdem seine Frau vor fünf Jahren gestorben war, war er zur Familie seines Sohnes in die Laurel Lane gezogen. Er war kein gemeiner oder wütender Mensch – es kümmerte ihn einfach nicht, was andere über ihn dachten, und er nahm sich nicht die Zeit, Beziehungen zu pflegen, nicht einmal zu den Menschen, die er sehr lieb hatte, wie etwa Sam.

„Also, was ist das große Problem?", wollte er wissen, nachdem sie alle Platz genommen hatten.

„Die Kinder in der Schule machen sich über mich lustig", erklärte Tyler und tippte sich an seinen kahlen Kopf. „Und das werden sie ab jetzt wohl immer tun."

„Alle Kinder machen sich über dich lustig?", bohrte der Großvater nach.

„Na ja, eigentlich nur ein ganz bestimmtes Kind namens Alex."

Mr Perryfield betrachtete Tyler wie Sherlock Holmes, der nach einem ersten Hinweis sucht. Dann hob er seinen Zeigefinger in einer Geste, die dem berühmten Detektiv alle Ehre gemacht hätte. „Das sollte dich nicht weiter kümmern", verkündete er. „Die sind neidisch, das ist alles."

„Neidisch darauf, dass meine Haare und meine Augenbrauen verschwunden sind?", rief Tyler.

Der Großvater ging zu einem kleinen, durch einen Vorhang abgeteilten Bereich des Zimmers und zog den Vorhang ein wenig zurück. „Nein", antwortete er mit großer Geste. „Neidisch, weil Sie, Mr Doherty, für die Rolle Ihres Lebens ausgewählt wurden." Er machte eine theatralische Pause. „Sie wurden von Gott persönlich dazu ausersehen!"

Sam und Tyler sahen sich erst gegenseitig, dann den Großvater an.

„Wenn ihr mir nicht glaubt, fragt einfach Baron Daduschka. Baron Daduschka?", rief er hinter den dunkelroten Vorhang. Dann lauter: „Daduschka, sind Sie da hinten irgendwo?" Sein Publikum saß mit aufgerissenen Augen und offenen Mündern da, während er seine Unterhaltung hinter dem Vorhang fortsetzte. „Daduschka, da sind Sie ja!"

Nach einer weiteren kurzen Pause hörten die Kinder erst albernes Kichern von hinter dem Vorhang, dann eine seltsame Stimme, die mit einem komischen russischen Akzent sang. Nur Sekunden später, so abrupt, dass die beiden zusammenzuckten, öffnete sich der Vorhang, und da stand Cornelius Perryfield mit einer unglaublich lockigen Perücke und einem angeklebten Schnurrbart. Sam und Tyler quietschten vor Vergnügen.

179

Der „Baron" sah sich schmaläugig im Zimmer um und richtete dann seinen Blick fest auf Tyler. „Aha!", rief er und zeigte auf Tyler. „Du bist das! Du musst es sein! Der berühmte Tyler!"

Lachend ließ sich Tyler auf die Geschichte ein. „Warum bin ich denn berühmt?"

Der Baron nahm eine große Bibel aus dem Regal und zeigte damit auf Tyler. „Weil Gott *dich* ausgewählt hat – den stärrrksstän, den klüüüügsstän, den weisesstän – dem je diese Ehrä zuteil wurdä!"

„Ehre?", wollte Tyler wissen. „So wie ein Fleißkärtchen in der Schule, Mr Perry –"

„Wer soll das denn sein? Ich bin der mächtige Baron Daduschka! Und der Baron sagt, nein, nicht so wie Fleißkärtchen. Es ist die Ehrä, einerrr von Gottes *Kriegerrrn* des Lichts zu sein!"

„Wow!", rief Tyler fasziniert und baff.

„Ich möchte auch eine Kriegerin sein!", rief Sam.

Der Baron beugte sich zu seinem Publikum vor und sagte verschwörerisch hinter vorgehaltener Hand: „Wenn man deinem Direktor glauben darf, Samantha, solltest du vielleicht etwas weniger Kriegerin und etwas mehr ...", er richtete sich auf, „... Friedensstifterin sein."

Sam dachte darüber nach. „Samantha, die Friedensstifterin. Das klingt echt nicht so gut wie ‚Kriegerin', aber ich versuch's mal damit."

„Guuuut", antwortete Baron Daduschka. „So, wo war ich?"

„Ich bin ein Krieger des Lichts!", erinnerte ihn Tyler begeistert und warf sich in eine imposante Kämpferpose.

„Ah, rrrrichtig. Einer von Gottes jüngsten Kriegern, handverlesen für die Rolle seines Lebens. Und das bedeutet: ‚Sei stark, zieh aus für die Sache der Wahrheit und der Sanftmut und der Gerechtigkeit'. Denn du bist einer der mächtigsten Kämpfer überhaupt. Daduschka fühlt sich geehrt, dich zu kennen."

„Vielen Dank", sagte Tyler.

„Gärrrn geschehn", sagte der Baron, dessen Akzent sich noch einmal verstärkte, bevor er wieder ernst wurde. „Wenn die Leute sehen, wie tapfer und stark du bist, obwohl du krank bist, werden sie sich auch ihr eigenes Leben genauer ansehen. Und, na ja, manchmal mögen die Leute einfach nicht, was sie sehen. Sie sind neidisch. Die Wahrheit tut weh, also lassen sie es an dir aus, so wie dieser Alex gestern." Mit einem hervorragenden Gefühl für das richtige Timing wartete der Baron, bis diese Information eingesickert war. „Aber es gibt eine glorreiche Wahrheit, die Wahrheit, die du ihnen zeigst: Gott ist die Wahrheit. Und es ist deine Aufgabe als Krieger des Lichts, sie auf ihn hinzuweisen, indem du du selbst bleibst, dich von der Krankheit nicht entmutigen lässt und die Hoffnung nicht aufgibst. Und wäre das nicht ein fantastischer Sieg?"

„Ich glaube schon", antwortete Tyler, der ihm nicht ganz folgen konnte.

„Ich verstehe es nicht", gab Sam zu.

„Und ich fühle mich nicht tapfer", gab Tyler zu bedenken. „Und ich sehe auch nicht aus wie ein Krieger." Er strich sich über die glatten Bögen, wo seine Augenbrauen gewesen waren.

Der Baron dachte darüber nach, dann schien ihm ein Licht aufzugehen. „Aha! Ich habe eine Idee!" Er führte Tyler an den Schultern zu einem Stuhl und bedeutete ihm, sich zu setzen. Kurz darauf reichte er Tyler einen Spiegel, um den sich Tyler, der Baron und Sam versammelten. „Trommelwirbel bitte!"

Der buschige Schnurrbart des Barons hatte sich in ein Paar riesige Augenbrauen für Tyler verwandelt. „Beweg sie mal", befahl der Baron. „Und jetzt jede einzeln."

„Wie findest du die?", fragte Tyler Sam.

„Sie sind klasse!"

„Cool", sagte Tyler.

„Und jetzt ist es Zeit zu gehen", sagte der nun schnurrbartlose Baron. „Daduschka ist müde."

Die Kinder waren schon fast draußen, da drehte sich Tyler noch einmal um, rannte zurück und gab Sams Großvater eine herzliche Umarmung. „Danke für die Augenbrauen, Mr Perryfield. Und vielen Dank für die Sache mit dem Krieger. Sie haben recht. Ich habe eigentlich Glück, dass ich zu so einer besonderen Sache ausgewählt wurde."

„Gern geschehen", antwortete der Großvater. Dann grummelte er: „Und jetzt raus mit dir, sonst gebe ich dir von meiner grünen Pampe zu trinken."

Tyler beeilte sich, Sam einzuholen.

≈

Ein unwiderstehlicher Duft erfüllte die Küche, wo Olivia gerade die Backofentür öffnete und zwei perfekte Kuchen herausnahm. Ben kam hereingeschlurft und ließ sich auf einen Stuhl fallen.

„Ich habe deinen Lieblingskuchen gebacken", verkündete sie, während sie die Kuchen zum Abkühlen auf einen Rost legte.

„Das ist Tylers Lieblingskuchen."

„Natürlich", sagte sie und tat so, als müsse sie sich erst sammeln. „Deiner ist Möhrenkuchen." Keine Reaktion. „Nein, warte, Marmorkuchen." Immer noch nichts. „Schwarzwälder Kirsch? Okay. Entschuldige. Schieben wir's auf vorzeitige Senilität, ja?"

„Schon in Ordnung", murmelte Ben in einem Tonfall, der genau das Gegenteil andeutete. „Vergiss es. Wie auch immer." Gelangweilt erhob er sich und wollte gehen. Olivia legte ihm eine Hand auf die Schulter, drückte ihn wieder auf den Stuhl und reichte ihm eine Schüssel mit Kuchenglasur sowie einen Löffel. „Setzen. Rühren. Und jetzt erzähl mir, was dir durch den Kopf geht."

Bens Gedanken waren so durcheinander und so dicht gedrängt, dass er erst gar nichts sagen konnte. Und dann schließlich: „Nichts. Alles."

„Hm, das klingt ziemlich umfassend."

Bens Gedanken sortierten sich. „Ich fühle mich komisch. Wegen Tyler, weißt du. Wegen dem, was er durchmacht." Er kam der Sache nun näher. „Die ganze Aufmerksamkeit, die er bekommt. Ich meine, ich weiß, dass es total blöd und egoistisch ist. Ich weiß das. Ich habe versucht zu beten. Es hat nicht geklappt. Ich hasse es, dass er krank ist. Ich will, dass es ihm wieder besser geht, aber ich weiß nicht, ob ich das eher für ihn oder eher für mich selbst will. Und ich hasse mich, wenn ich so denke, Omi, ich hasse mich einfach."

„Wir alle hassen es, dass er krank ist. Und ich glaube, manchmal ist es schlimmer für uns als für ihn. Also sei nicht so hart mit dir. Du hast im Moment ganz schön viel um die Ohren. Und wenn du schon dabei bist, sei auch nicht so streng mit Gott." Sie sah ihn an und merkte, dass ihre Worte ankamen. „Erinnerst du dich an Hiob? Er hatte alles: ein riesiges Haus, eine Limousine, eine tolle Familie, Kühe bis zum Umfallen. Er war ein gemachter Mann."

Obwohl er in mieser Stimmung war, musste Ben grinsen. „So viel weiß ich noch: Eine Limousine hatte er nicht."

„Ich erzähle ja die moderne Version. Wie auch immer, Hiob war zu seiner Zeit eine ganz große Nummer und dazu noch total anständig und nett. Aber dann ging der hässliche rote Typ mit der Mistgabel und den großen Hörnern – nennen wir ihn Satan – eine Wette mit Gott ein, dass er Hiob zu Fall bringen könne. Satan behauptete, Hiob würde den Glauben an Gott verlieren, wenn man ihm alles nehmen würde. Also fingen für Hiob harte Zeiten an. Sein Haus wurde zwangsversteigert, seine Limousine beschlagnahmt, er bekam überall am Körper einen schmerzhaften Ausschlag und verlor sogar seine Kinder."

„Bestimmt ein super Gefühl", sagte Ben sarkastisch.

„Er wollte zwar wissen, was er getan hatte, dass Gott so wütend auf ihn war. Doch statt sich zu beklagen, dankte er Gott für das, was er noch hatte."

„Voll gaga."

Olivia war nicht ganz sicher, was „gaga" bedeutete, aber offenbar nichts Gutes. „Hiob fand es gar nicht gaga. Er sagte: ‚Das Gute haben wir von Gott angenommen, sollten wir dann nicht auch das Unheil annehmen?'"

„Aber wieso hat Gott sich überhaupt auf so eine gemeine Wette eingelassen?"

„Weil Gott wusste, wie treu Hiob war. Hiob vertraute darauf, dass Gottes Wege die besten sind, auch wenn sie aus menschlicher Perspektive schrecklich verkehrt aussehen. Hiobs Glaube hatte nichts mit Gottes Gunst zu tun – was übrigens der Teil ist, den Satan nicht verstanden hatte. Sein Glaube war bedingungslos. Und als Hiob standhaft blieb, obwohl ihm so viele schlimme Dinge widerfuhren, segnete Gott ihn doppelt so sehr wie zuvor. Zweimal so viele Kühe, zwei Limousinen, das volle Programm." Sie machte eine Pause, um Luft zu holen und ihre Worte wirken zu lassen. „Sei dankbar für das, was du hast, Ben. Feiere es. Jeder erlebt mal harte Zeiten. Lass es nicht an dir aus. Oder an Tyler oder Gott oder sonst irgendjemandem. Und lass es vor allem nicht an deiner Mutter aus."

Ben hörte auf zu rühren. „Ich will einfach nur, dass alles normal wird, Omi. Ich will das machen, was andere in meinem Alter auch machen." Plötzlich war er aufgebracht. „Weißt du, wie oft ich Mama schon gebeten habe, dass ich den Führerschein machen darf? Hast du davon eine Ahnung?"

„Hm, also ... "

„So weit kannst du gar nicht zählen!" Er war jetzt richtig in Fahrt. „Entweder, sie hat zu viel zu tun. Dann denkt sie, ich bin noch nicht bereit. Oder sie hat die zehn Tacken nicht für den Test. Wir können überhaupt nichts machen, weil wir nie Geld haben und weil Tyler immer krank oder im Krankenhaus ist."

„,Das Gute haben wir von Gott angenommen, sollten wir dann nicht auch das Unheil annehmen?'"

„Wir bekommen anscheinend immer nur das Unheil", sagte er schnippisch.

Maddy kam herein, in der Hand einen Stapel Rechnungen, den sie durchblätterte. Ohne ihn anzusehen fragte sie: „Ben, hast du den Müll rausgebracht?"

Olivia bemerkte, dass ihre Tochter überhaupt nicht bei der Sache war. Weil sie fürchtete, die offene Atmosphäre mit Ben zu zerstören, sagte sie: „Schatz, wir unterhalten uns gerade."

„Davon kommt der Müll aber nicht nach draußen."

„Reden ist ihr halt nicht mehr wichtig", sagte Ben resigniert. „Alles, was sie noch kann, ist Befehle geben."

Maddy sah von ihrem Stapel überfälliger Rechnungen auf. „Nicht in diesem Ton bitte, Ben."

184

„Ich habe eine tolle Idee. Ich sage einfach gar nichts mehr. Es bringt ja eh nichts. Im Prinzip bin ich so gut wie unsichtbar."

„Benjamin!", schimpfte Maddy.

„Ich hab's einfach satt. Es geht immer nur um Tyler. Tyler braucht dies, Tyler braucht das."

„Ben, ich warne dich." Maddy war jetzt richtig aufgebracht. Doch Ben ließ sich nicht bremsen. „All deine Zeit. All unser Geld. Alles. Immer für Tyler. Ich hasse ihn!"

Aus dem Augenwinkel nahm Maddy eine Bewegung wahr. Tyler hatte hinter der Tür gestanden und jedes Wort gehört. Jetzt rannte er den Flur entlang und die Treppe hinauf. Ben sah ihm hinterher.

„Tyler, warte!", rief Ben. „Ich hab's nicht so gemeint! Tyler!"

Ben rannte seinem Bruder nach und Maddy wollte den beiden folgen. Olivia hielt sie zurück. „Maddy! Lass Ben das regeln. Du hast genug getan. Das müssen sie jetzt miteinander ausmachen."

Maddy ging in die Hocke und legte die Hände vors Gesicht. „Ich kann nicht mehr", stöhnte sie. Doch trotz der schrecklichen Situation musste sie plötzlich lachen, als sie die letzten Sekunden Revue passieren ließ. Unter Tränen lächelte sie, als sie ihrer Mutter einen Blick zuwarf.

„Waren das *Augenbrauen* da über Tylers Augen?!" Lauthals musste sie lachen.

17

Nie zu spät

Tyler zog sich in seine Festung zurück, und Ben kletterte ihm durchs Fenster hinterher. Sein Bruder war der letzte Mensch, den Tyler jetzt sehen wollte.
„Hau ab oder ich springe", drohte er.
„Nein, das tust du nicht."
„Woher willst du das wissen?"
„Weil es eine Woche gedauert hat, bis ich dich damals überreden konnte, hier überhaupt mal rauszukommen." Ben wusste nicht, was er als Nächstes sagen sollte, aber ihm war klar, dass es etwas verflixt Gutes sein musste. „Tyler, es tut mir leid. Ich hab's echt nicht so gemeint. Ich musste einfach mal Dampf ablassen, das ist alles."
Tyler sah ihn durchdringend an. „Was siehst du, wenn du mich anschaust?"
„Was? Sei nicht albern –"
„Ich meine es ernst!" Eigentlich weinte Tyler nicht mehr oft, aber Frustration und Verwirrung ließen ihm jetzt die Tränen in die Augen steigen. „Ich weiß, dass du sauer auf mich bist, weil ich krank bin. Aber ich kann doch nichts dafür!"
„Ich bin nicht sauer auf dich und ich hasse dich auch nicht", sagte Ben. „Ich *vermisse* dich! Du fehlst mir, Tybo. Mir fehlen die Sachen, die wir zusammen unternommen haben, und ich habe Angst, dass wir keine Chance mehr haben, sie wieder zu machen." Es fühlte sich gut an, das zu sagen, aber Ben spürte, dass die Sache ganz schön tief greifend wurde.
„Du bist echt ein Schwachkopf!"

„Und du bist ein Ekel", schoss Tyler zurück. Er wühlte in seiner Schatzkiste mit den Briefen an Gott nach Stift und Papier und gab sie dann Ben.

„Hier. Ich will, dass du Gott einen Brief schreibst."

„Was?"

„Schreib Gott einen Brief", wiederholte Tyler. Ben sah wenig überzeugt aus.

„Du solltest es zumindest mal versuchen. Sag ihm, wie du dich fühlst. Stell ihm deine Fragen; frag ihn nach den wirklich krassen Sachen. Ich weiß, dass er dir und Mama helfen kann."

„Tyler, das ist so was von *blöd!*"

„Gar nicht blöd!" Er kam bis auf wenige Zentimeter an Bens Gesicht heran. „Das ist die coolste Art, mit Gott zu reden. Und Papa hat es genauso gemacht."

Darauf konnte Ben nichts kontern. „Okay. Na schön." Er nahm Stift und Papier entgegen. „Ich kann's ja mal probieren."

Die beiden saßen nebeneinander und schrieben, während die Sonne über der Laurel Lane unterging.

„Ich bin ein Krieger des Lichts, weißt du", sagte Tyler, ohne aufzublicken, während er konzentriert weiterschrieb.

„Mit diesen Augenbrauen auf jeden Fall."

Tyler lächelte. Er fing an, seine Aufgabe zu erfüllen, genau wie Baron Daduschka gesagt hatte.

≈

Zu dem Zeitpunkt, als Brady McDaniels am nächsten Tag sein Postauto am Ende der Straße parkte, lief Tyler schon auf dem Bürgersteig auf und ab und wartete auf ihn. Sam war auch dabei, schließlich wollte sie sich diesen Spaß nicht entgehen lassen. Brady griff seine große Tasche und gesellte sich zu ihnen.

„Startklar?", fragte Tyler.

„Denke schon", sagte Brady, der kein bisschen startklar war. Sie pirschten sich an die Hecke heran, die den Garten der Bakers umgab, und hoben dann die Köpfe so über das perfekt getrimmte Grün, dass ihre drei Augenpaare genau auf einer Höhe waren.

„Bist du ganz sicher, dass wir es so machen sollten?", fragte Brady vorsichtig.

„Das klappt immer", versicherte Sam.

Brady schraubte den Deckel von einem Glas Erdnussbutter, öffnete das Gartentor und stieß einen nervösen Pfiff aus. Rooster kam wie der Blitz um die Ecke galoppiert. Brady schloss die Augen und machte sich auf einen Aufprall gefasst. Doch statt ihn anzuspringen, stürzte sich Rooster auf das Glas und begann, wie wild zu schlecken. Brady ging den Rest des Weges bis zur Veranda, ohne von dem Hund beachtet zu werden, der an dem Glas zu kleben schien. Sobald er sicher wieder auf der anderen Seite des Gartentors war, schraubte Brady das Glas wieder zu. Rooster leckte sich die letzten Reste Erdnussbutter von der Nase und trottete dann ruhig und zufrieden wieder zum Haus zurück.

Brady und die Kinder machten sich auf den Weg zum Haus der Dohertys. „Unglaublich", sagte Brady und schüttelte lächelnd den Kopf.

„Hab's dir ja gesagt", sagte Tyler, der im Gehen einen Fußball auf der Hand balancierte.

„Notfalls klappt's auch mit Erdnussplätzchen", berichtete Sam, „aber davon braucht man dann eine ganze Menge."

„Der ist eigentlich zum Kicken da, Tiger." Brady zeigte auf den Ball.

„Hey, so hat mein Papa mich immer genannt", sagte Tyler erfreut.

„Also, ich muss los", sagte Sam. „Ich muss um drei zu Hause sein. Klavierunterricht." Sie machte ein langes Gesicht. „Bis bald, Tyler. Tschüss, Mr Brady."

„Hey, Sam", rief Brady und hielt ihr einen Stapel Briefe entgegen, „könntest du die mitnehmen? Dann müsste sich dein Großvater nicht wieder über mich beschweren."

„Klar. Aber er tut nur immer so bösartig. Eigentlich ist er ganz zahm." Sie nahm die Post entgegen und rannte nach Hause.

Brady und Tyler gingen weiter den Bürgersteig entlang. „Das ist also deine Freundin, ja?", zog ihn Brady auf.

„Quatsch!"

„Sorry, dass ich gefragt habe."

„Sie ist meine Wie-ein-Junge-Freundin. Ein super Freund, der zufällig ein Mädchen ist."

„Hab's kapiert."

Als sie Tylers Garten betraten, ließ Brady seine Tasche fallen, nahm Tyler den Fußball aus der Hand und fing an, damit zu dribbeln. Tyler verfolgte ihn. Brady spielte ihm den Ball zu, nur um ihn ihm gleich wieder abzunehmen. Tyler holte sich den Ball sofort zurück.

„Cool!", rief Tyler. „Hast du Kinder?"

„Ich habe einen Sohn, der ein bisschen jünger ist als du. Aber er lebt bei seiner Mutter, deshalb sehe ich ihn nicht oft."

Für einen kurzen Moment schien irgendwie das Gesicht von Bradys Sohn dort zu sein, wo Tylers Gesicht hingehörte.

„Das ist ja doof."

Brady nahm Tyler erneut den Ball ab und trat schnitt den Ball so an, dass er eine richtige Kurve flog. Jetzt war Tyler erst recht beeindruckt. Wenn *er* so schießen könnte, würde er mit jedem Freistoß ein Tor machen!

„Wow! Hey, vielleicht kannst du mir ja beibringen, wie das geht. Ich hab dir immerhin das Leben gerettet."

Brady kicherte. „Da hast du wohl recht. Wenn du nicht gewesen wärst, hätte mich Rooster heute als Zwischenmahlzeit verspeist. Sag mal, Tyler, du bist aber echt gut. Spielst du in einer Mannschaft?"

„Ja, aber seit ich krank geworden bin, habe ich nicht mehr gespielt. Es fehlt mir total."

„In der Zwischenzeit kannst du ja das hier üben." Er zeigte ihm den Beckham-Trick, bei dem man in einem bestimmten Winkel anläuft und den Ball dann mit dem Außenrist schießt, um ihm den richtigen Drive zu geben.

Während die beiden ins Training vertieft waren, kam Maddy aus dem Haus und stand an der Verandatreppe. „Tyler", rief sie, „komm rein. Ich muss in ein paar Minuten los."

Brady und Tyler ließen den Ball liegen und kamen auf Maddy zu. „Danke für's Spielen", sagte Tyler, als er sich joggend auf den Weg nach drinnen machte.

„Gerne, Tiger." An Fußball mit seinem Vater zu denken machte Tyler glücklich. Brady blieb am Fuß der Treppe stehen. „Hi. Ich bin Brady." Er streckte eine Hand aus und Maddy nahm sie.

„Madalynn Doherty. Alle nennen mich Maddy."

„Ich weiß." Maddy legte den Kopf schief, als wollte sie sagen: *Woher wollen Sie das wissen?* „Ich bringe die Post."

„Natürlich! Deshalb ja auch die Uniform und die große Tasche voller Briefe."

Brady konnte nicht leugnen, dass sich ein Funke in ihm regte, während er mit Tylers äußerst netter und hübscher Mutter sprach. Maddy für ihren Teil hatte schon lange beschlossen, dass sie zu beschäftigt und emotional zu ausgelaugt war, um auch nur an eine Beziehung zu denken. Aber dieser Mann war so nett zu Tyler; es war, als wüsste er intuitiv, was ihr Sohn brauchte. Und auch wenn er einen sehr zerknitterten Eindruck machte, war er doch nicht unattraktiv. Brady bemerkte, dass Tyler sie von seinem Fenster aus beobachtete.

„Genau. Ich mache nur die Vertretung", erklärte Brady. Er überlegte, ob er die nächste Frage wirklich stellen sollte. „Er wird doch wieder, oder? Also, ich meine, er wird wieder gesund."

„Das hoffen wir."

„Gut. Gut. Er ist ein netter Junge."

Sie lächelte und sah ihm nach, als er sich wieder auf den Weg machte. „Brady?" Er drehte sich um. Sie zeigte auf die Posttasche, die er im Garten liegen lassen hatte.

„Oh, ja. Die brauche ich vermutlich." Wieder ging er los, nur um sich noch einmal umzudrehen und Maddy ihre Post zu geben. „Bitte sehr. Ich weiß auch nicht, wo ich heute mit meinen Gedanken bin."

„Kein Problem." Sie blätterte durch den Stapel. „Sind sowieso fast nur Rechnungen. Danke, dass Sie sich Zeit für Tyler genommen haben. Man konnte sehen, dass ihm das viel bedeutet hat."

Drinnen im Haus klingelte das Telefon, dann rief Ben: „Mama, Telefon!" Maddy und Brady winkten einander zu und Brady verschwand hinter der nächsten Ecke.

„Mrs Doherty, hier ist Dr. Rashaad." Maddys Magen zog sich zusammen. „Ich habe mir Tylers Testergebnisse noch einmal angesehen und mit ein paar Kollegen darüber beraten. Ich glaube, es wäre das Beste, wenn wir mit der Behandlung so bald wie möglich weitermachen."

„Das sind keine guten Nachrichten. Wir haben uns gerade erst wieder eingelebt und er ist erst einen Tag wieder in der Schule gewesen."

„Ich weiß, ich weiß. Und in den meisten Fällen würde ich auch sagen, lassen wir ihn erst ausruhen, zur Schule gehen und für eine Weile einfach wieder Kind sein. Aber Mrs Doherty, diese Zeit haben wir nicht. Es tut mir leid, dass ich das sagen muss."

„Hat Tylers Zustand sich verschlechtert?"

„Ich weiß nicht, ob das das richtige Wort ist. Aber es besteht die Gefahr, dass wir den Boden wieder verlieren, den wir schon gewonnen haben."

Maddy presste die Lippen aufeinander. Sie konnte nicht fassen, dass die letzten sieben Wochen sinnlos gewesen sein sollten. „Okay. Wann sollen wir kommen?"

„Nächste Woche. Sie können wieder ins Memorial-Krankenhaus gehen, das ist dann wenigstens nicht so weit weg."

„Nächste Woche ... " Woher sollte sie so schnell die Energie für die nächste Runde nehmen? Im Moment hatte sie keine Vorstellung, wie das gehen sollte. „Okay. Wir machen uns bereit."

Eigentlich musste sie zur Arbeit, doch sie rief an, um zu sagen, dass sie später kommen würde. Dann ging sie in Tylers Zimmer. Es war leer, doch das Fenster stand offen, also kletterte sie hinaus in die Festung.

„Hallo, Mama."

„Hey, Süßer. Was machst du gerade?"

„Ich schreibe einen Brief an Alex."

„Alex aus der Schule?"

„Ja. Er soll wissen, dass ich nicht sauer auf ihn bin und dass ich verstehe, warum er sich über mich lustig macht. Mr Perryfield sagt, es liegt daran, dass ich ein Krieger Gottes bin und dass Alex wegen mir Dinge fühlt, die er nicht fühlen möchte. Aber eigentlich ist das gut, denn vielleicht kapiert er dadurch ein bisschen, wie Gott ist. Oder so in der Art."

Sie war so stolz auf ihren Tybo! „Mr Perryfield ist ein sehr kluger Mann."

„Also, was ist los? Ich denke, du musst zur Arbeit?"

„Tja, mein Schatz, Dr. Rashaad hat angerufen. Es wird Zeit, wieder ins Krankenhaus zu gehen."

Tyler nahm den Blick nicht von seinem Brief. „Echt?"

„Ja, echt."

Ängstlich sah er zu ihr hoch. Maddy strich ihm über den Rücken und nahm ihn dann fest in die Arme.

„Okay", sagte er.

„Okay, Tiger."

≈

Am Ende seines Arbeitstags ging Brady McDaniels nach Hause und dachte an Tyler und Maddy und an die paar Minuten Fußballspiel, die so viele lebhafte Erinnerungen an seinen eigenen Sohn Justin bei ihm geweckt hatten. Er brachte seine eigene Post nach drinnen und warf sie auf den großen Stapel, nahm dann die Briefe an Gott und legte sie auf den immer größer werdenden Packen Briefe, die Tyler geschrieben hatte. Was sollte er damit bloß machen?

Ein Brief in seinem eigenen Stapel erregte seine Aufmerksamkeit. Er öffnete ihn mit einer dunklen Vorahnung, denn er sah, dass der Brief vom Rechtsanwalt seiner Ex-Frau kam. Er mühte sich durch die Juristensprache und begriff schließlich, dass sie das volle Sorgerecht für ihren Sohn forderte. Sie wollte ihm Justin ganz wegnehmen! Er schloss die Augen und sank zutiefst schockiert in seinen Sessel. Er hatte keine Ahnung, wie lange es dauerte, bis er wieder aufstand und nach draußen ging, um sich die Beine zu vertreten.

Gedankenverloren schlenderte er eine Weile durch die Gegend, bis er merkte, dass er vor dem *Jack's* stand. Er blieb auf dem Bürgersteig stehen. Jack sah ihn durchs Fenster und winkte ihn herein. Brady blieb wie angewurzelt stehen. Jack öffnete die Tür.

„Hey, Brady. Brady?" Er schien wie in Trance zu sein. „Brady, kommst du jetzt rein oder was? Das Spiel hat schon angefangen. Komm rein und sieh's dir an."

„Nein, danke", sagte Brady entschlossen. „Bis demnächst." Tief in Gedanken versunken ging er weiter, ohne darauf zu achten, wohin er lief. Ein paar Minuten später bemerkte er, dass er wieder auf die Kirche gestoßen war, in der er mit diesem Pastor namens Andy über Tylers Briefe geredet hatte. Als er die Tür öffnete, hörte er Musik: Mittwochs abends probte hier der Chor. Ein voller, gewaltiger Bariton sang davon, wie es war, Jesus zu begegnen. *Das klingt wirklich gut*, dachte Brady. Er setzte sich in die letzte Reihe. Als er genauer hinsah, bemerkte er, dass der Sänger Lester Stevens war, sein Chef im Postamt. Der Mann konnte echt singen! Brady hatte keine Ahnung davon gehabt.

Als er auf die Worte hörte, hatte er das seltsame Gefühl, dass sie ihm galten. Eine Gegenwart, die er nicht beschreiben konnte, erfüllte den Raum, hielt ihn auf seinem Sitz und brachte ihn zum Zuhören. Die Musik erfüllte ihn. Vielleicht war das ja Gott? Gedanken an seinen Sohn Justin schossen ihm durch den Kopf, vermischt mit Bilderfetzen der Begegnungen mit Tyler und seiner Mutter. Und was war mit diesen Briefen an Gott? Was sollte er davon halten? Er wurde von einem Schwall an Emotionen erfüllt, der sich sowohl fremd als auch tröstlich anfühlte. Als das Lied zu Ende war, fühlte er sich so schlaff wie ein Geschirrtuch.

Nach der Probe verstreute sich der Chor in alle Richtungen, und Lester und seine Frau kamen den Gang entlang auf den Platz zu, an dem Brady saß. Als er näher kam, riss Lester erstaunt die Augen auf.

„McDaniels?"

„Mr Stevens! Ich wusste nicht, dass Sie in die Kirche gehen. Also, ich meine, dass Sie in diese Kirche hier gehen. Und was für eine Stimme!"

„Danke. Schön, Sie hier zu sehen. Das ist meine Frau Margaret."

Brady nickte ihr zu. Er wusste nicht, was er sagen sollte. Wusste nicht, was er eigentlich dachte und warum er überhaupt hier war. „Ich, äh, na ja, wissen Sie, das ist eine kuriose Geschichte. Ich habe diese Briefe an Gott hierher gebracht, um sie hier abzugeben. Ich dachte mir, die Kirche kann sie wahrscheinlich an ihn weiterleiten, nicht wahr?" Er lachte nervös. „Ich wollte sie hierlassen, aber der Pastor sagte ... na ja, um es kurz zu machen, ich habe die Briefe noch immer. Und ich dachte, vielleicht ... "

Seine Stimme brach. Ihm wurde klar, wie blöd das alles klingen musste. Seine Gedanken waren so durcheinander, dass wenig Hoffnung bestand, seinem verwirrten Monolog einen Sinn abzugewinnen. Er starrte auf seine Füße und sagte dann schließlich leise: „Schön, Sie kennenzulernen, Margaret", und ging nach draußen.

Lester warf seiner Frau einen vielsagenden Blick zu und ging hinter Brady her. „Brady, warten Sie."

Er holte ihn ein und die beiden schlenderten eine Weile schweigend durch den Garten der Kirche, der von Laternen erleuchtet war.

„Ich bin total im Eimer", sagte Brady schließlich.

Lester setzte sich auf eine Bank. „Können wir uns einen Moment setzen? Mein Postbotenknie macht mir Probleme."

„Klar, sicher. Soll ich Ihnen ein Wasser bringen?"

Lester bedeutete ihm, Platz zu nehmen. „Setzen Sie sich einfach einen Augenblick." Brady gehorchte. „Wissen Sie, wenn es etwas in Ihrem Leben gibt, das Sie ins Reine bringen müssen, dann ist hier ein guter Ort dafür."

Brady dachte darüber nach. „Zu spät."

„Es ist für niemanden je zu spät, wenn er wirklich will." Lester zeigte himmelwärts. „Ich habe ganz sicher nicht alle Antworten, aber wenn ich kann, helfe ich Ihnen gern."

„Aber Ihr Knie tut weh und Sie müssten doch eigentlich zu Ihrer Frau."

„Ich muss nirgendwo hin", sagte er. „Und ich bleibe so lange hier sitzen, wie Sie reden möchten."

Brady seufzte tief. „Na ja, in letzter Zeit ... " Er korrigierte sich. „Was rede ich denn da? Nicht nur in letzter Zeit, eigentlich schon viel länger. Seit Jahren ... " Einen Moment lang blieb er zögernd an der Kante stehen, doch dann wagte er den Sprung. „Ich habe heute einen Brief vom Anwalt meiner Ex-Frau bekommen", sagte er. „Mein Sohn – " Brady sah zu Boden, hob dann langsam den Blick und seufzte tief. „Mein Sohn, Justin – damals war er noch ziemlich klein – war mit mir im Auto unterwegs. Ich kam am *Jack's* vorbei, wo ich, na ja, ab und zu mal einen hebe. Jack ist ein Kumpel von mir. Ich bin nur ganz kurz reingegangen, eine Minute vielleicht. Justin saß in seinem Kindersitz und schlief, er hat nicht mal bemerkt, dass ich weg war. Auf dem Weg nach Hause hat mich die Polizei angehalten. Ich bin dann beim Alkoholtest durchgefallen, und als sie mich mitnehmen wollten, habe ich gefragt: ‚Hey, und was ist mit meinem Jungen?' Sie haben sich um ihn gekümmert, bis seine Mutter ihn abholen konnte. Jack hatte mir vorher immer aus der Patsche geholfen, aber weil ich dieses Mal Justin dabei hatte, ließ er mich im Knast schmoren. Das war's, was meine Frau betraf. Keine Chance mehr. Ich habe in der Ehe versagt, ich habe als Vater versagt. Alles, was ich anfasse, verwandelt sich in Staub."

Mr Stevens nickte ihm aufmunternd zu.

„Es fühlt sich an, als würde mir alles durch die Finger rinnen. Ich kann nichts festhalten." Er machte eine Pause, weil das Ganze ihn emotional aufwühlte. „Sie will mir meinen Sohn wegnehmen. Er gleitet mir auch durch die Finger. Wenn ich nicht so einen unglaublich verständnisvollen Chef hätte, wäre mein Job wahrscheinlich auch schon längst weg."

„McDaniels", wies Lester ihn an, „strecken Sie die Hände aus." Brady tat es. „Jetzt legen Sie sie zusammen und verschränken Sie die Finger ineinander."

Er blickte auf seine gefalteten Hände hinunter, die aussahen, als würde er beten. „Jetzt kann nichts mehr durchrutschen. Nicht, wenn Sie beten. Nicht, wenn Sie Ihre Probleme Gott anvertrauen. Sie sind genau da, wo Sie sein sollten: in Gottes Hand."

Brady nickte, doch er löste seine Hände wieder voneinander. Er blickte in den sternenklaren Abendhimmel, dann auf das bleiverglaste Fenster der Kirche, das ruhig über dem

Garten leuchtete. Er legte die Hände wieder zusammen und verschränkte die Finger.

„Oh, Justin!", sagte er kaum hörbar.

≈

An diesem Abend lag Maddy zu Hause auf der Couch, den Kopf in den Schoß ihrer Mutter gebettet, völlig erschöpft, einen Haufen zerknüllter Taschentücher in der Hand, das Gesicht rot und geschwollen vom Weinen.

„Ich will ihn nicht verlieren, Mama!"

„Ich weiß, mein Schatz." Olivia strich ihrer Tochter übers Haar.

„Es ist so schwer. Ich werde das nicht durchstehen."

„Doch, das wirst du. Das werden wir alle."

Maddy setzte sich auf und putzte sich die Nase. „Das mit Patrick ist so plötzlich passiert, dass ich gar keine Zeit hatte zu reagieren. Ich habe wegen der Jungs einfach weitergemacht. Ich war immer die, die andere ermutigt hat, stark zu sein. Vertrauen zu haben. Aber jetzt sieh mich an. Ich bin ein Wrack!"

„Du bist der stärkste Mensch, den ich kenne", versicherte ihr ihre Mutter. „Du bist eine tolle Mutter. Und du bist nicht allein, Maddy. Gott hat dich nie verlassen und er wird es auch nie tun."

Ihre Emotionen brachen aus Maddy hervor. „Ich weiß. *Sei stark, Maddy*", spottete sie. „*Vertrau auf Gott, Maddy. Sein Wille möge geschehen, Maddy.* Sein Wille?! Also, zufällig bin ich mit seinem Willen überhaupt nicht einverstanden! Ich habe einen kleinen Sohn, der womöglich sterben wird. Glaubst du, Tyler ist mit Gottes Willen einverstanden?"

„Scheint so", antwortete Olivia ruhig. „Er schreibt ihm jedenfalls ständig Briefe."

„Das will ich gar nicht hören", sagte Maddy. „Ich glaube nicht, dass Gott das irgendwie interessiert."

„Oh, Herzchen, nichts könnte weniger wahr sein. Gott sagt – "

„Hör auf, mir zu sagen, was Gott sagt!", schrie Maddy.

„Hör auf, ständig die Bibel zu zitieren. Davon wird mein Sohn auch nicht gesund!" Sie stampfte aus dem Zimmer. Instinktiv griff Olivia nach ihrer Bibel, ließ sie aber ungeöffnet wieder sinken. Stattdessen ging sie zu ihrem Schreibtisch, nahm Papier und Stift zur Hand und begann zu schreiben.

Lieber Gott,

im Herzen meiner Tochter ist so viel Schmerz. Sie entfernt sich von dir. Herr, doch ihr Junge muss ihren Glauben sehen können, ihr Vertrauen auf dich …

≈

Oben waren Tyler und Sam viel zu sehr in ihre Partie Dame vertieft, als dass sie von dem Aufruhr etwas mitbekommen hätten. Ben steckte seinen Kopf zur Tür herein.

„Sam, dein Opa möchte, dass du nach Hause kommst."

„Okay." Sie rappelte sich vom Fußboden hoch und machte sich auf den Weg zu ihrem gewohnten Ausgang, dem Fenster. Auf halbem Weg blieb sie aber noch mal stehen. „Tut mir leid, dass du wieder ins Krankenhaus musst."

„Warte", sagte Tyler, dem gerade noch etwas einfiel. Er wühlte in seiner Schatzkiste und zog einen Briefumschlag hervor. „Kannst du den Alex geben?"

Sam runzelte die Stirn und zog ein Gesicht, als hätte sie gerade etwas Scheußliches im Mund. *„Alex?* Du hast ihm einen Brief geschrieben?"

„Ja. Damit er weiß, dass ich nicht wütend auf ihn bin."

„Okay. Aber wenn er sich darüber lustig macht, knall ich ihm eine."

„Aber Sam, du bist doch –"

„Ich weiß", unterbrach sie ihn. „Eine Friedensstifterin." Sie nahm den Brief entgegen und weg war sie. Draußen kündigte fernes Donnergrollen ein Gewitter an.

Konzentrier dich auf die guten Nachrichten

Es regnete den ganzen Vormittag, während Brady sich einen Weg zwischen den Pfützen zum Haus in der Laurel Lane 244 bahnte. Das Auto war nicht da und im Haus brannte kein Licht. Im Briefkasten lag nur ein einziger Brief, adressiert an „Gott, Himmel auf Erden", aber es war nicht Tylers Schrift. Brady starrte auf den Briefumschlag. Das war Olivias Handschrift; er kannte sie von ihren Unterschriften! Er ging zur Tür, um anzuklopfen, überlegte es sich dann aber anders, ließ den Brief in seine Brusttasche gleiten und machte sich wieder auf den Weg.

Tyler musste für eine weitere Chemotherapie und Bestrahlungen zurück ins Krankenhaus, um sich so auf die Stammzellentherapie vorzubereiten. Maddy war dabei, als diese durchgeführt wurde, und sah zu, wie die Zellen durch den Zugang in seiner Brust wanderten, durch den auch die Chemotherapie verabreicht wurde. Der ganze Vorgang sollte drei Stunden dauern, deshalb ging Maddy, während Tyler vor sich hin döste, auf den Flur, um sich die Beine zu vertreten, und stieß dabei fast mit einer vertrauen Person zusammen.

„Jamie Lynn!"

„Hey, Maddy", sagte Jamie Lynn und nahm sie in den Arm. „Ich wollte gerade mal nach Tyler sehen. Wir Mütter müssen doch zusammenhalten."

„Das ist echt lieb von dir", antwortete Maddy. „Er schläft gerade."

„Hat er sich übergeben müssen?"

Maddy nickte. „Der arme Tybo. Aber was soll man machen? Von der Chemo wird ihm schlecht, von dem Konservierungsmittel der Stammzellen auch und mit der Medizin für die Nachbehandlung wird es ihm ebenso gehen. Es wundert mich, dass er nicht schon seine Zehennägel ausgekotzt hat."

„Es geht jedem so, der das mitmacht", sagte Jamie Lynn mitfühlend. „Man kann sich kaum vorstellen, dass es überhaupt etwas Gutes bewirkt. Ich schätze, das zeigt uns, wie brutal dieser Krebs ist."

„Immerhin scheint er keine Schmerzen zu haben."

„Das ist gut. Ihm wird noch für eine Weile übel sein und er wird sich schwach fühlen, aber dann können all die neuen, gesunden Zellen, die durch seinen Körper hüpfen, ihm ihre Kraft geben."

„Ich hoffe, du hast recht."

Zusammen gingen sie in Tylers Zimmer. Sie hatten die Tür kaum geschlossen, da öffnete diese sich schon wieder und herein kam Olivia, eine Tasse Kaffee in der Hand, um eine Schicht bei Tyler zu übernehmen.

„Jamie Lynn", sagte Olivia, „was machen Sie denn auf dieser Station?"

„Ich helfe hier aus", erklärte sie. „Dieser kleine Kerl ist mein Lieblingspatient, wissen Sie."

„Er ist ein Schatz, nicht wahr?", sagte Olivia voller Stolz. „Hey, Süße", sagte sie zu Maddy, „deine Ablösung ist da." Sie hielt ihr den Kaffee hin.

„Bist du sicher, dass du hierbleiben möchtest?"

„Na, sicher bin ich sicher."

„Ich passe auf die beiden auf", versprach Jamie Lynn.

„Okay, überredet!"

Erschöpft nahm Maddy ihre Jacke und Tasche und gab ihrem Sohn einen Kuss auf die Stirn. Er bewegte sich ein wenig und gab ein kleines Grunzen von sich, sank dann aber wieder in tiefen, medizinschweren Schlaf.

„Es wäre nicht schlecht, wenn ich zu Hause ein paar Dinge erledigen könnte. Bis in ein paar Stunden?"

„Nimm dir so viel Zeit, wie du brauchst", sagte Olivia.

Als Maddy nach Hause kam, wollte sie als Erstes wissen, wo Ben war. Nur der Himmel wusste, was er gerade anstellte. In letzter Zeit war er so anstrengend und schwierig gewesen – als ob ihr Leben nicht auch so schon anstrengend und schwierig genug gewesen wäre. Ein Blick ins Wohnzimmer genügte, um die Spuren eines Teenagers zu entdecken: unter der Couch ein paar Turnschuhe; ein halb geöffneter Rucksack, dessen Inhalt überall verteilt war; Schulbücher, der Joystick eines Computerspiels und eine Gitarre, alles auf einem Haufen. Olivia hatte mit der Wäsche angefangen: An einem Ende der Couch lag ein Stapel gefalteter Wäsche, daneben ein voller Wäschekorb.

Maddys Blick fiel auf ihr Lieblingsbild von ihr und Patrick, das auf dem Tisch stand. Sie nahm es in die Hand.

„Du fehlst uns", sagte sie zu dem Bild im Rahmen. „Aber sag Gott bitte, dass er *ihn* nicht auch noch haben kann."

Sie duschte und zog frische Sachen an. Dann schaute sie nach, in welchem Zustand sich Bens Zimmer befand. Eigentlich sollte er im Haushalt helfen, wozu auch gehörte, sein Zimmer in Ordnung zu halten und seine Kleidung ordentlich abzulegen, aber im Grunde passierte das nie. Zu müde, um auch nur an einen Streit darüber zu denken, sammelte sie seine Kleidung auf. Sie würde das Bett nicht für ihn machen, aber sie konnte es einfach nicht leiden, wenn die Kissen auf dem Boden lagen und Laken und Decke so unordentlich waren.

Das Rascheln von Papier erregte ihre Aufmerksamkeit. Zwischen seinem Bettzeug fand sie ein zerknittertes Blatt mit Bens Handschrift. Sie nahm es in die Hand. „*Lieber Gott*", stand ganz oben. Sie setzte sich auf Bens Bett und begann zu lesen.

Ich schreibe dir, weil mein Bruder das wollte. Er ist krank, also tue ich ihm den Gefallen. Er denkt, dass es helfen wird, aber ich kann mir nicht vorstellen, wie. Ich habe alles verloren – alles, was wirklich zählt, als mein Vater gestorben ist, und alle Normalität, seit Tyler krank geworden ist. Keine Hockeyspiele, keine

*Konzerte, keine Picknicks, kein gar nichts. Warum
kann Tyler nicht einfach wieder gesund werden? Das
würde so viele Probleme lösen. Ich weiß, dass Mama
mich lieb hat, aber manchmal denke ich, ihr wäre es
lieber, wenn ich krank wäre statt Tyler. Ich kann's ihr
nicht verübeln.*

Überwältigt drückte Maddy den Brief an ihr Herz. Ben musste
so viel durchmachen. Sechzehn zu sein war auch ohne all
den anderen Stress und die Sorgen schwer genug. Sie sah
ihn vor sich, wie er auf den Schulbus wartete, einen Kopf
größer als die anderen, und seine Freunde vorbeifahren sah,
manche von ihnen in ihren eigenen Autos. Ein Auto konnten
sie sich nicht leisten, aber was würde es wohl kosten, ihn den
Führerschein machen zu lassen? Die nötigen Fahrstunden
hatte er schon absolviert; es ging nur noch um die Prüfung,
für die er ihr Einverständnis brauchte.

Sie hörte, wie unten die Tür geöffnet wurde. „Mama?" Es
war Ben. Schnell legte sie den Brief zurück unter seine Bettdecke. Er kam die Treppe heraufgestampft. „Mama?" Ben
hatte sie um diese Zeit nicht zu Hause erwartet.

„Was ist los? Ist was mit Tyler?"

„Komm mit", befahl sie und stürmte an ihm vorbei nach
unten. In der Küche nahm sie den Ersatzschlüssel für ihr
Auto vom Haken und versteckte ihn in der Hand.

Ben war gleich hinter ihr. „Was? Was ist denn los? Ist was
mit Tyler?"

Sie warf ihm den Schlüssel zu. Reflexartig fing er ihn auf.
Sie sagte: „Was los ist, ist, dass wir dich zur Führerscheinprü-
fung anmelden. Und zwar jetzt gleich."

Ben stand wie angewurzelt da. Maddy nahm ihre Tasche
und machte sich auf den Weg nach draußen. „Komm schon",
sagte sie über ihre Schulter hinweg. „Ich bin eine viel beschäftigte Frau."

Als ihm klar wurde, dass es ihr ernst war, stieß Ben einen
Freudenschrei aus und stürmte hinter seiner Mutter her.

Auf dem Verkehrsübungsplatz war es schwer zu sagen,
wer nervöser war: Maddy oder Ben. Ungeduldig wartete sie

und kaute dabei auf dem herum, was noch von ihren Fingernägeln übrig geblieben war, während Ben mit dem Prüfer fuhr. Als sie zurückkamen, sah sie, wie der Prüfer einen Zettel von einem Block abriss und ihn dem freudestrahlenden Ben überreichte. Er ging schnell in das Bürogebäude und wedelte im Vorbeigehen mit dem Zettel.

„Beeil dich, bevor sie es sich anders überlegen", sagte sie. Drinnen füllte er ein weiteres Formular aus, gab für das Führerscheinfoto sein schönstes Lächeln zum Besten und kam dann wieder zu Maddy auf den Parkplatz gerannt, aufgeregt hüpfend wie ein zu groß geratener Welpe.

„Halt still und lass mich mal sehen", bat sie Ben, der seinen Tanz weiter vollführte.

„Ich darf *fahren*!", sagte er langsam und konnte es kaum glauben.

Maddy war ebenso glücklich wie er. „Du darfst fahren", wiederholte sie. Dann wurde ihr klar, was das bedeutete. „Ach du Schreck", sagte sie nur halb im Scherz. „Du darfst fahren! Oh je."

„Komm, wir zeigen ihn Tyler", sagte Ben. „Ich fahre. *Ich* fahre, habe ich gesagt!" Es fühlte sich toll an, das sagen zu können. „Ja, vielen Dank, ich fahre gern. Fahren? Ich? Natürlich. Gern. Kein Problem."

Sie stiegen ins Auto, Ben auf dem Fahrersitz, und machten sich auf den Weg ins Krankenhaus.

≈

In den nächsten Wochen überlegten sich Tylers Klassenkameraden, wie sie ihn aufmuntern könnten, während er krank war. Zu Sams Überraschung war es vor allem ein bestimmter Mitschüler, der sich gewaltig ins Zeug legte. Diese Neuigkeiten wollte sie Tyler nicht vorenthalten, also kletterte sie zu seinem Fenster hinauf und klopfte wie üblich an die Fensterscheibe.

„Hey, Tyler, bist du da? Du rätst nie, was passiert ist", sagte sie von außen. „Diese Sache mit dem Krieger scheint echt zu funktionieren, denn Alex war heute richtig nett!" Drinnen rührte sich nichts. Sam hörte angestrengt hin, hörte aber nichts. „Tyler? Tyler?"

„Sam, bist du das?" Es war Brady, der unten auf dem Gehweg stand.

„Oh, hallo, Mr Brady."

„Wo ist dein Kumpel?"

„Wahrscheinlich im Krankenhaus." Sie hangelte sich die Leiter herunter. „Er brauchte länger als geplant. Ich dachte, er wäre schon wieder zu Hause, aber es sieht nicht danach aus."

„Och, schade." Sam sprang das letzte Stück und landete genau vor ihm.

„Vorsichtig, Mädchen. Wenn du nicht aufpasst, liegst du bald auch im Krankenhaus." Er ging zum Briefkasten. „Hast du mal an die Tür geklopft?"

Hatte sie nicht. Doch als sie es tat, öffnete Olivia. „Samantha! Was für eine schöne Überraschung!"

„Ist Tyler schon wieder zu Hause?"

Olivia nahm sie in die Arme. „Noch nicht, Herzchen. Aber morgen fahre ich wieder zu ihm ins Krankenhaus, und er würde sich bestimmt sehr freuen, dich zu sehen. Willst du mitkommen?"

Brady gab ihr die Post und wandte sich zum Gehen.

„Und Sie auch."

Brady drehte sich um. „Ich?"

„Ja, Sie. ‚Mr Brady, der total coole Postbote, der Fußball spielt – der ist *so* cool, Olivia!' Wenn Sie dieser coole Typ sind, würde er Sie wirklich gern sehen, glaube ich."

„Würde mir im Traum nicht einfallen, ihn zu enttäuschen."

≈

Maddy versuchte, sich auf ihre Zeitschrift zu konzentrieren, doch ihr Blick wanderte immer wieder zu Tyler. Er saß in einem Rollstuhl, schaute sich ein Video an und sah schrecklich aus. Drei Wochen nach der letzten Infusion war er blasser, als sie ihn je gesehen hatte, und hatte dunkle Ringe unter den Augen. Manchmal war er lebhaft und voller Energie, doch dann wurde er wieder apathisch, als könnte er nichts hören oder als kümmere ihn nicht, was gesagt wurde.

Die Tür zu seinem Krankenhauszimmer wurde geöffnet. Sie sah auf in der Erwartung, ihre Mutter zu erblicken, doch stattdessen war es Brady McDaniels, der hereinschaute.

„Sind hier die Fußballstars untergebracht?", fragte er Olivia, die ihm folgte.

„Brady!", rief Tyler und erwachte plötzlich zum Leben. Maddy sprang auf und fuhr sich hastig durchs Haar. „Was für eine angenehme Überraschung."

„Ich habe noch zwei Überraschungen", verkündete Brady. Er zeigte auf die Tür und trat dann zur Seite, als Sam hereinkam, in einem Kleid, das Haar ordentlich gekämmt. Hinter ihr folgte Alex mit einer Schachtel Doughnuts.

„Hey, Sam", sagte Tyler und sah noch glücklicher aus. Dann fragte er ungläubig: „Alex?"

Die beiden Kinder kamen auf Tylers Rollstuhl zu. Alex gab ihm die Schachtel. „Die sind für dich und die anderen Kinder hier."

Brady bemerkte, dass Maddy ihn anstarrte. „Ihre Mutter hat mich eingeladen", erklärte er und kam sich jetzt doch ein wenig fehl am Platze vor.

„Ich freue mich, dass Sie gekommen sind, also, äh, wegen Tyler." Sie warf Olivia einen Blick zu. „Und Sam und", sie fügte leise hinzu, „Alex?"

Olivia erklärte: „Alex' Mutter hat gestern Abend angerufen. Irgendetwas mit einem Brief. Sie hat gesagt, er wolle Tyler besuchen, also habe ich gesagt, dass ich ihn mitbringe."

Sam zwängte sich zu Tyler in den Rollstuhl und Alex schob die beiden durchs Zimmer. „Mama, darf ich ihnen das Spielzimmer zeigen?", fragte Tyler.

„Ich bringe sie hin", sagte Olivia zu Maddy und zwinkerte Brady zu. „Ihr beiden könnt euch doch vielleicht einen Kaffee holen."

Mit dem lässigen Charme eines erfahrenen Reiseleiters zeigte Tyler seinen Freunden das geräumige Spielzimmer gleich um die Ecke. Es gab ein Klettergerüst und ein riesiges, buntes Piratenschiff, das man betreten konnte. Es waren noch ein paar andere Kinder da, manche genauso glatzköpfig wie Tyler, mit Verbänden, Narben und Schläuchen. Alex fand einen Platz am Ende des Piratenschiffs und parkte den Rollstuhl dort. Sam beugte sich zu Tyler herüber und flüsterte ihm etwas zu.

„Sag's ihm nicht, Sam!", befahl Alex.

„Komm schon!", beharrte Tyler, neugierig bis in die Haarspitzen.

„Es ist wegen deiner Briefe", flüsterte Sam. „Dein Brief hat ihn auf die Idee gebracht. Alex hat die ganze Klasse dazu gebracht, Briefe zu schreiben!"

„Ich warne dich ...", grummelte Alex, doch dann änderte er seinen Tonfall. Tatsächlich wollte er Tyler eine Frage stellen, doch diese war so anders als alles, was er je jemanden gefragt hatte, dass er nicht genau wusste, wie er sie stellen sollte. Er war gemein zu Tyler gewesen, doch statt es ihm mit gleicher Münze heimzuzahlen, hatte Tyler ihm einen richtig netten Brief geschrieben. Tyler hatte etwas, das Alex nicht hatte, und Alex wollte mehr darüber wissen.

„Du bist also sicher, dass du in den Himmel kommst, oder?", fragte Alex. Tyler nickte. „Und ich?"

„Die Sache ist so", erklärte Tyler. „Du musst Gott lieben und alles, was du so an Mist verzapft hast, muss dir leidtun. Du betest und bittest Jesus, in dein Herz zu kommen."

Alex schaute verwirrt drein. „Ich weiß nicht, wie das geht", gestand Alex.

„Kein Problem", sagte Tyler. „Ich bete laut und du betest in deinem Herzen leise mit. Aber wir müssen uns dabei an den Händen halten."

Alex verzog das Gesicht, doch dann ergriff er die Hände der beiden anderen und die drei bildeten einen Kreis.

„Lieber Gott", betete Tyler, „hilf Alex dabei, die Tür in deinem Herzen zu finden und dich reinzulassen. In Jesu Namen. Amen."

Alex machte ein skeptisches Gesicht. „Das ist alles? Ich fühlte mich noch genau wie vorher."

„Ich schätze, es dauert eine Weile, bis es ankommt", sagte Tyler.

Sie hielten sich immer noch an den Händen. Sam strahlte. „Meine Familie macht jeden Abend was ganz Cooles", sagte sie. „Es geht so, ‚Ich hab euch liiiiiiiiiiieb!' " Sie hob ihre Hände hoch, immer noch vereint mit den Händen der beiden Jungen, und drückte ganz fest zu.

Die anderen machten es ihr nach. „Ich hab euch liiiiiiiiiiieb!" Als ihnen klar wurde, dass sie sich immer noch an den Händen hielten, ließen die Jungen schnell mit einem verschämten Kichern los.

Von ihrem Stuhl auf der anderen Seite des Flurs aus murmelte Olivia: „Herr, was für ein Brief muss das gewesen sein!"

Als Maddy und Brady mit ihrem Kaffee in Tylers Zimmer zurückkamen, wartete Dr. Rashaad bereits auf sie. Maddy spürte sofort, wie sich ihre Schultern verspannten. Ihr Mund wurde trocken.

„Dr. Rashaad, das ist Tylers Freund Brady McDaniels." Nervös wartete sie darauf, dass die Ärztin etwas sagte. „Ist alles in Ordnung?"

In dem Moment kamen Olivia und die Kinder von ihrer Exkursion in die Spielecke zurück. Als sie die Ärztin sahen, verstummten sie und sahen sie ängstlich an.

„Na ja ..." Dr. Rashaad sah von ihrem Klemmbrett auf und grinste von Ohr zu Ohr. Auf ihr Handzeichen hin kam eine Gruppe von Krankenschwestern, unter ihnen Jamie Lynn, mit Luftballons und einem Schild mit der Aufschrift „Keine Chemo mehr!" hereinmarschiert.

„Er hat's geschafft!", verkündete die Ärztin. Die Krankenschwestern marschierten jubelnd und Konfetti werfend durch den Raum, während die Kinder vor Vergnügen kreischten. Die Feier ging noch eine Weile weiter, doch die Ärztin bedeutete Maddy, ihr auf den Flur zu folgen.

„Ich will offen und ehrlich mit Ihnen sein, Mrs Doherty. Dieser Tumor ist sehr ... "

„Aggressiv. Ich weiß. Ich weiß. Aber wenn er die Chemo überstanden hat, heißt das doch, dass er auf dem Weg der Besserung ist, oder?"

„Eigentlich ja."

„Eigentlich? Was genau soll das heißen?"

„Die Kernspintomografie zeigt immer noch Flecken in seinem Gehirn an, aber es ist nicht zu erkennen, ob die Zellen aktiv oder tot sind oder ob es sich einfach nur um Gewebe handelt. Wir müssen das weiter im Auge behalten. Aber jetzt freuen wir uns einfach über die guten Neuigkeiten!"

Sie klopfte Maddy auf die Schulter und ging davon. Maddy ging zurück zur Feier in Tylers Zimmer und biss sich dabei auf einen Fingernagel.

Partystimmung

Brady McDaniels war mittlerweile so mit seiner Poststrecke vertraut, dass er die Anwohner der Laurel Lane mit Namen grüßte. Zuerst war er absolut nicht begeistert davon gewesen, Post auszutragen, aber mittlerweile konnte er sich gar nicht mehr vorstellen, wieder am Sortierband zu stehen. Brady freute sich jeden Tag darauf, die Leute auf seiner Strecke zu sehen, und er vermisste die Begegnung mit ihnen, wenn sie nicht zu Hause waren. Er grüßte sogar Erin Miller, die zwar nett war, aber immer noch fragte, wann Mr Finley denn zurück sei – obwohl auch Brady seinen Job tadellos machte. Brady und Rooster waren die besten Kumpel geworden. Der riesige Hund begrüßte ihn jeden Tag voller Freude, und jedes Mal brachte Brady ihm Erdnussbutter mit. Sogar Cornelius Perryfield hatte eingelenkt und zugegeben, dass dieser McDaniels seinen Job doch ganz gut machte.

Eines Tages kam Brady die Auffahrt der Perryfields entlang, als Sam und ihr Großvater auf der Veranda eine Partie Dame spielten.

„Hallo, Sam. Mr Perryfield", sagte Brady. „Wer gewinnt?"

„Ich natürlich", sagte Sam.

Ihr Großvater streckte die Hand aus und machte einen Dreiersprung. „Ich gewinne!"

„Hey", platzte Sam erstaunt heraus. Darauf war sie nicht vorbereitet gewesen.

Brady lachte und Samantha fiel ein. Selbst Mr Perryfield grinste.

„Und Tyler ist also wieder zu Hause und ihm geht's besser?", fragte Brady, während er die Post auf einem Tischchen ablegte.

„Zu Hause", antwortete der Großvater, „aber ich glaube, den Dohertys fällt ein bisschen die Decke auf den Kopf, weil sie ständig auf ihn achtgeben und nach jedem Anzeichen für neue Probleme oder auch Verbesserungen Ausschau halten."

„Die sollten mal was Schönes unternehmen", schlug Sam vor. „Ich weiß! Wir könnten eine Willkommensparty für Tyler schmeißen!"

„Eine Kostümparty", sagte Großvater Perryfield, als sei die Entscheidung dafür längst getroffen worden. „Nichts ist besser als eine Kostümparty." Er nahm die Post und schritt nach drinnen.

„Du hattest recht, er ist ganz zahm", flüsterte Brady Sam zu. „Eigentlich ist er ein Softie."

Sobald sich die Idee herumgesprochen hatte, war die Party schnell geplant. Eine Woche später war der Vorgarten der Dohertys mit Herbstdekoration geschmückt und voller Lichter. Selbst gebastelte Schilder drinnen und draußen hießen Tyler willkommen. Olivia hatte sich selbst übertroffen, verkleidet als ägyptische Prinzessin mit goldenem Augen-Make-up und einer eindrucksvollen Glitzerperücke, während Maddy als Elfenkönigin auftrat, komplett mit Flügeln und Zauberstab. Überall sah man Actionhelden und Zeichentrickfiguren. Es überraschte niemanden, dass Ben als Elvis kam, mit Riesentolle und Koteletten, die bis an sein Kinn reichten.

Als Jamie Lynn und Carol ankamen, fing Olivia sie ab. „Hey, das ist nicht fair", sagte sie und zeigte auf die Krankenhauskleidung der beiden.

„Was soll das heißen?", wollte Carol mit gespieltem Ernst wissen. „Wir haben uns als Krankenschwestern verkleidet!"

„Wo ist Tyler?", fragte Jamie Lynn. Olivia zeigte in Richtung Garten.

„Da sehe ich nur einen großen Mann, der irgendwie russisch aussieht", sagte Carol, die suchend umherblickte. Damit konnte sie nur Baron Daduschka meinen, der einen langen, ehrwürdigen Bart, enorme, buschige Augenbrauen und einen samtenen Gehrock trug.

Während die drei Damen ihn beobachteten, lugte plötzlich ein Miniatur-Daduschka hinter ihm hervor, komplett gleich ausgestattet, selbst was die Augenbrauen anging. Zwei Krankenschwestern und eine Prinzessin schrien vor Vergnügen auf.

In der Küche waren Maddy und Ben dabei, allerlei Süßigkeiten auf Tabletts zu verteilen. Sie reichte ihm einen Teller kandierte Äpfel, strich seine Koteletten glatt und gab ihm einen Kuss auf die Wange. „Das wird eine tolle Party."

„Absolut."

Innerhalb von einer Stunde war der Garten voller Nachbarn und Freunde: Sam war als Pippi Langstrumpf gekommen, ihre Eltern Tom und Liz als Piraten; Bens Freundin Phoebe trug einen Petticoatrock und Kniestrümpfe; Pastor Andy hielt Hof als der gute alte Abraham Lincoln; Mrs Baker hatte es geschafft, ihren schwangeren Bauch in ein riesiges Clownskostüm zu quetschen. Sogar Walter Finley war gekommen: er und Erin Miller traten als perfekt aufeinander abgestimmte Ketchup- und Senftuben auf.

Stunden später, als die Party so langsam abebbte, saß Maddy mit Brady, der als Cowboy mitsamt Steckenpferd erschienen war, auf der Verandatreppe.

„Das war eine richtig tolle Idee", sagte Maddy müde, aber ganz erfüllt von dem Erfolg der Veranstaltung.

„Eigentlich war es Mr Perryfields Idee", erinnerte sie Brady. „Er versteht es wirklich, sich zu inszenieren."

Maddy sah sich Brady in seinem außergewöhnlich albernen Kostüm ein bisschen genauer an. „Okay, das muss ich jetzt einfach fragen: Woher hast du diese Verkleidung?"

„Die hab ich schon seit ein paar Jahren", sagte Brady und rückte die Mähne seines Steckenpferds zurecht. Er hielt inne; sie wartete. Sie sahen einander an. Dann fuhr er fort: „Mein Sohn war gerade drei geworden, als ich aus dem Irak zurückkam. Und meine Frau – jetzt Ex-Frau – erzählte mir, dass er Pferde und Cowboys toll findet …" Er zeigte auf sein Steckenpferd. „Also bin ich losgezogen und habe dieses Kostüm gekauft, in dem Glauben, in seinen Augen dann ein ganz großer Held zu sein."

„Du hast ihn wahrscheinlich zu Tode erschreckt, oder?"

„Oh ja. Er hat Zeter und Mordio geschrien und wollte mich tagelang nicht in seine Nähe lassen."

Beide lachten. Brady sah zu Ben herüber, der zusammen mit Phoebe Bälle in den Mund eines Pappclowns warf.

„Ben scheint besser drauf zu sein."

„Lass dich nicht täuschen. Er ist sechzehn. Morgen kann schon wieder alles ganz anders aussehen."

„Ist er auch Fußballfan, so wie Tyler?"

„Nein." Sam, Tyler und Alex sausten auf ihrem Weg ins Haus an ihnen vorbei, sodass Maddy und Brady auf der Treppenstufe näher zusammenrücken mussten. „Er ist der absolute Rock'n Roller. Oder zumindest war er das, bevor Tybo krank wurde. Mittlerweile besteht sein einziges musikalisches Vergnügen darin, den anderen die Fernbedienung lange genug abzuluchsen, um einen Blick in einen der Musikkanäle zu werfen. Aber er hat ja auch viel durchmachen müssen – der Tod seines Vaters, Tylers Krebs – viel zu viel eigentlich. Und ich habe alles nur noch schlimmer gemacht mit meinem ganzen Verhalten."

„Ich bin auch ziemlich gut darin, Dinge noch schlimmer zu machen." Er setzte sich auf der Treppenstufe zurecht. „Wie kommt's, dass es jetzt anders ist?"

„Ich habe einen Brief gefunden, den Ben an Gott geschrieben hat. Dadurch habe ich erkannt, was ich bisher nicht gesehen hatte."

Ihre Unterhaltung wurde von einem Aufruhr am Büfett unterbrochen. „Oooohhhh!", erklang ein lautes Stöhnen. Es war Mrs Baker. Sie griff sich an den Bauch, während zwei Partygäste sie zu einem Stuhl führten.

Brady starrte Maddy an. „Ist es das, was ich denke?"

„Ich denke, es ist das, was du denkst, ja", antwortete Maddy, und die beiden liefen schnell zu Mrs Baker herüber.

„Du weißt doch, wie man Babys zur Welt bringt, oder?", fragte er hoffnungsvoll. „Ich meine, so als Krankenschwester? Denn ich weiß nur, wie man die Post ausliefert."

„Keine Panik", befahl sie im Krankenschwesterton. „Ich bringe sie zum Auto. Du fährst."

Eine Traube von Menschen half Mrs Baker ins Auto der Dohertys, während Brady die Fahrertür offen hielt. Als er hinter das Lenkrad rutschen wollte, blieb er mit seinem Kostüm in der Tür hängen. Der Pferdekopf vor ihm wollte einfach nicht ins Auto passen. Er versuchte, sich von seinem Kostüm zu befreien, machte aber alles nur noch schlimmer, indem er die Knoten fester zog und den Reißverschluss verhakte. Mrs Bakers Stöhnen wurde lauter.

„Vergiss es", befahl Maddy. „Steig du lieber hinten ein. Ben!", rief sie quer über den Garten. „Du fährst!"

Ben tätschelte seine Brieftasche mit dem frisch erworbenen Führerschein und kam zum Van gesprintet, wobei ihm seine dicke goldene Elvis-Kette gegen die Brust schlug. Brady und Maddy setzten sich nach hinten zu Mrs Baker, und los ging die Fahrt. Ben konnte sein Glück kaum fassen. Er hatte seinen Führerschein erst seit einer Woche, und dann so was! Es war wie im Film; jedes Mal, wenn seine Mutter „Langsamer! Langsamer" rief, schrie Mrs Baker: „Schneller! Schneller!" Für Ben ging ein Traum in Erfüllung.

Der Van raste in die Auffahrt der Notaufnahme und kam mit quietschenden Reifen zum Stehen. Das Personal der Notaufnahme staunte nicht schlecht, als es Elvis am Steuer erblickte, während ein Cowboy auf einem Steckenpferd und eine Elfenkönigin einem stöhnenden, keuchenden Clown beim Aussteigen halfen. Doch sie erholten sich schnell von dem Schock und geleiteten Mrs Baker eilig nach drinnen. Alle anderen begaben sich ins Wartezimmer, wo die werdenden Väter vermutlich dachten, dass Stress und Schlafmangel schon zu Halluzinationen geführt hatte.

Nach gefühlten wenigen Minuten kam eine Krankenschwester zur Tür. „Ist die Baker-Meute hier?", fragte sie. Der Cowboy, Elvis und die Elfenkönigin sprangen auf und folgten ihr zum Fenster der Neugeborenenstation. Dahinter lagen mehrere Babys, von denen eins ein blaues Schildchen mit der Aufschrift „Baker" trug.

„Er ist wundeschön", sagte Maddy.

„Der ist ja ganz pink!", stellte Sam fest, die gerade eingetroffen war.

„Er sieht aus wie Yoda", befand Ben.

„Er ist da", sagte Tyler schlicht.

Ein sehr langer, sehr aufregender, sehr ermüdender Tag ging zu Ende. Es war schon längst Schlafenszeit, als Tyler schließlich unter die Bettdecke kroch und seine Mutter ihn zudeckte, so wie er es am liebsten hatte. Sie fand, dass er sehr blass und kaputt aussah. Und er trug immer noch seine buschigen Daduschka-Augenbrauen.

„Sollen wir diese tollen Augenbrauen in deine Schatzkiste legen?", fragte Maddy.

„Ich würde sie lieber noch anbehalten", sagte Tyler und fuhr sich mit den Fingern darüber. „Das sind meine Kriegeraugenbrauen."

„Okay, kleiner Krieger. Schlaf gut." Sie gab ihm ein paar kleine Küsse aufs Gesicht, was sie beide zum Lachen brachte, und ging dann zur Tür.

„Mama?"

Sie wandte sich um. „Ja, mein Schatz?"

„Glaubst du, das Baby von Mrs Baker wurde geboren, um mich zu ersetzen?"

Maddy setzte sich wieder auf sein Bett. „Wie um alles in der Welt kommst du denn darauf?"

„Alex hat gesagt, die Schwester von Ashley Turner hätte gesagt, wenn jemand stirbt, wird jemand anderes geboren, um die Person zu ersetzen."

Sie streichelte ihm übers Gesicht. Wie sie dieses Gesicht liebte! „Tyler, erstens stirbst du nicht. Nicht, solange ich Dienst habe. Und außerdem kann das gar nicht stimmen. Denn dich kann niemand ersetzen."

„Aber die Schwester von Ashley Turner hat das gesagt, und sie ist schon *dreizehn!*"

„Oh, sie ist schon dreizehn. Also, bei allem Respekt für Ashley Turners Schwester, aber nur Gott allein weiß, wie das alles zusammenhängt."

Tyler gähnte und kuschelte sich in seine Decke. „Aber wenn Ashley Turners Schwester recht hat, möchte ich, dass das Baby von Mrs Baker mich ersetzt. Der Kleine ist wirklich süß. Und auf diese Weise würden mich die Leute auch nicht vergessen."

Maddy nahm sein Gesicht in ihre Hände und gab ihm einen Eskimokuss. „Keiner kann dich jemals ersetzen und niemand wird dich je vergessen."

Tyler lächelte und schloss zufrieden die Augen. Maddy stand auf.

„Mama?"

„Ja", sagte sie leise kichernd. Ob dieser Junge jemals schlafen würde?

„Das hat echt Spaß gemacht heute."

„Ja, mir auch. Sehr viel Spaß. Und jetzt schlaf schön."

In der Zwischenzeit hatten der Cowboy und sein treues Ross Pippi Langstrumpf nach Hause zu Baron Daduschka gebracht. Pippi schlief schon tief und fest, und der Cowboy trug sie nach drinnen und legte sie aufs Sofa, als Mr Perryfield erschien und sich seinen Bart abzog.

Brady sah sich fasziniert in dem mit Andenken vollgestopften Zimmer um. „Wow, Sie haben ja in ein paar tollen Produktionen mitgewirkt!" Er nahm das gerahmte Bild einer Schauspielgruppe in die Hand. „An die hier kann ich mich noch erinnern."

Er wurde von Bens Stimme draußen unterbrochen. „Hey!", hörte er Ben wütend schreien. „Was machen Sie da?"

Mr Perryfield warf einen Blick aus dem Fenster, während Brady nach draußen eilte. Er kam gerade rechtzeitig, um zu sehen, wie der Van der Dohertys auf einen Abschleppwagen geladen wurde.

Maddy kam mit schief hängenden Elfenflügeln nach draußen geeilt. „Hey! Was ist hier los? Was soll das?"

„Tut mir leid, gute Frau", sagte der Fahrer, während er aufs Gaspedal trat. „Das passiert halt, wenn man seine Leasingraten nicht bezahlt."

„Nein!" Sie warf einen Blumentopf nach dem wegfahrenden LKW. Er verfehlte das Fahrzeug und zerschellte auf dem Bürgersteig. „Oh, toll. Einfach toll." Ihr Lachen verwandelte sich in Schluchzen und sie sank auf die Knie.

Brady blieb direkt neben ihr stehen. „Ist schon gut", sagte er. „Das kriegen wir wieder hin."

Maddy setzte sich, wilde Schluchzer durchzuckten ihren

Körper. Brady zog seinen Autoschlüssel unter seinem Kostüm hervor und schwenkte ihn vor ihr hin und her.

„Hier, du kannst mein Auto haben, bis die Sache geklärt ist. Ich brauche es nicht unbedingt; ich habe ja das Postauto." Maddy sah ihn an. „Das kann ich nicht annehmen", schniefte sie.

„Doch, kannst du", warf Ben ein.

„Dann ist das also beschlossene Sache", verkündete Brady. Er nahm sich ein Fahrrad, das an der Veranda lehnte. „Kann ich mir das ausleihen?"

Mühsam schwang er sich und sein ramponiertes Pferd in den Sattel und radelte davon. Maddy musste bei diesem Anblick trotz allem lachen.

Sonderzustellung

Maddy saß an ihrem Schreibtisch im Wohnzimmer und sortierte die Rechnungen: dieser Stapel musste auf jeden Fall sofort beglichen werden; dieser so bald wie möglich; die nächsten würden warten müssen. Olivia saß ihr gegenüber in einem Sessel und las in einer Zeitschrift. Tyler hatte sich auf der Couch zusammengerollt und schlief, während Ben leise auf seiner E-Gitarre spielte und sich Noten und Textfragmente auf einem Block notierte.

Tyler öffnete die Augen und Ben hörte auf zu spielen. „Hey, nicht aufhören", sagte Tyler schläfrig. „Das gefällt mir."

„Was weißt du denn schon über Musik?", neckte ihn Ben und gab Tyler einen vorsichtigen Stupser. „Komm", sagte er und legte die Gitarre beiseite, „wir gehen ein bisschen kicken."

Steif setzte sich Tyler auf. „Okay, aber erwarte keine Gnade von mir."

Ben stellte sich hinter ihn und führte ihn an den Schultern nach draußen. Sie kickten Tylers Fußball durch den Vorgarten. Tyler war zwar Feuer und Flamme, aber nicht sehr reaktionsschnell. Maddy beobachtete die Jungen durchs Fenster und fing an, an ihren Nägeln zu kauen.

„Maddy!", schimpfte Olivia und zeigte auf Maddys Hand. Maddy riss die Hand vom Mund weg, während Olivia sagte: „Ich kenne diesen Blick. Was ist los?"

„Ich weiß nicht", sagte sie, während sie sah, wie Tyler versuchte, mit seinem Bruder Schritt zu halten. „Er scheint sich nicht so gut zu erholen, wie er müsste. Vielleicht braucht er dieses Mal einfach länger."

Jetzt kauten sie beide auf ihren Nägeln. Sie bemerkten es beide gleichzeitig, worauf sie die Hände sinken ließen und sich traurig angrinsten. Olivia warf erneut einen Blick aus dem Fenster und sah Pastor Andy die Auffahrt entlangkommen. Sie winkte ihn herein. „Na, das ist doch mal eine schöne Überraschung", sagte sie.

„Ich war gerade in der Nähe und habe Linda Baker besucht, und da wollte ich mal sehen, ob jemand zu Hause ist."

„Wie geht es Linda? Und dem Baby?", fragte Olivia.

„Gut. Sie ist heute Morgen nach Hause gekommen, und ein paar Frauen aus der Gemeinde sehen jeden Tag nach ihr, bis ihr Mann wieder nach Hause kommt. Das wird hoffentlich bald der Fall sein."

„Ich bin sicher, er kann es kaum erwarten, seinen Sohn zu sehen", sagte Maddy. „Wie haben sie ihn genannt?"

„Ich glaube, das erzählen sie Ihnen besser selbst", sagte er geheimnisvoll und wechselte dann das Thema. „Ich habe übrigens etwas mitgebracht." Er hielt ihr einen Umschlag entgegen.

Maddy sah in den Umschlag und griff dann nach einer Ladung Rechnungen aus dem Stapel auf ihrem Schreibtisch. „Pastor, ich weiß nicht, wie Sie und Gott das machen, aber Sie scheinen immer zu wissen, was wir brauchen und wann wir es am dringendsten brauchen."

„Ich will gar nicht die Lorbeeren dafür einheimsen", sagte er. „Daran sind alle beteiligt. Die ganze Gemeinde steht hinter euch und betet für euch." Er wandte sich zum Gehen. „Und übrigens: Das war eine tolle Party!"

„Danke", sagte Maddy.

Er war schon fast wieder auf dem Bürgersteig, als er sich schnell bücken musste, um dem Ball zu entgehen, den Ben und Tyler durch die Gegend kickten. Genau in diesem Moment tauchte Brady auf und fing den Ball. Er und Pastor Andy kamen aufeinander zu, machten beide ein paar Körpertäuschungen, dann lachten sie und gingen ihrer Wege.

Begeistert rannte Tyler auf Brady zu. „Hallo, Brady, das ist perfektes Timing. Zeig Ben mal die Schusstechnik, die du mir beigebracht hast."

Brady stellte seine Tasche ab, als Maddy auf die Veranda kam. „Tyler, Telefon", rief sie.

„Für mich?"

„Es ist Dave, dein Trainer."

Schnell wie der Blitz verschwand Tyler im Haus, während Brady Ben eine kleine Trainingseinheit gab. Sekunden später war Tyler wieder draußen. „Mama! Dave will wissen, ob ich morgen spielen kann!"

Die Mutter in ihr sagte Nein. Er erschien so schwach, so zerbrechlich. „Tyler, Schatz, ich glaube nicht, dass du schon genug Kraft dafür hast."

„Doch, bestimmt. Ganz bestimmt!"

Brady mischte sich ein, um seine unmaßgebliche Meinung zu äußern. „Ich finde schon, dass er fit genug aussieht."

„Siehst du?", rief Tyler.

Brady ließ nicht locker. „Was soll schon passieren? Schlimmstenfalls wird er eben müde und muss sich ausruhen."

„Siehst du?"

„Ich weiß nicht", sagte Maddy zögernd, weil ihre Intuition an ihr nagte. „Ich glaube wirklich nicht, dass das so eine gute Idee ist. Du bist doch noch nicht einmal wieder zurück in der Schule."

„Oh, bitte, bitte", flehte Tyler.

„Bitte, bitte", wiederholte Brady im exakt gleichen Tonfall wie Tyler, und beide guckten Maddy mit demselben unwiderstehlichen Hundeblick an.

Maddy sah Ben an. „Ich halte mich da raus", sagte er und hielt beide Hände hoch.

„Wie wäre es mit einem Kompromiss?", schlug Brady vor. „Tyler wärmt sich mit auf, spielt aber nur, wenn es ihm wirklich gut geht. Und er verspricht, dass er es ruhig angehen lässt. Wenn er sich nicht so gut fühlt, kann er dem Coach helfen."

Maddy war noch immer nicht überzeugt.

„Du musst ihn spielen lassen! Er braucht das einfach."

Maddy fühlte sich überstimmt und gab schließlich trotz ihrer Bedenken nach. „Okay", sagte sie widerwillig, und alle jubelten.

Endlich wieder auf den Fußballplatz! Tyler konnte den Rest des Tages an nichts anderes mehr denken. Am nächsten Morgen stand er als Erster auf, machte sich ein leichtes Frühstück und saß schon 15 Minuten zu früh in seinem kompletten Outfit abfahrbereit im Auto.

Das Fußballfeld war in einem perfekten Zustand, das Wetter kühl und klar. Die *Tornados* ganz in Blau wirbelten über den Platz, um es mit den *Riverview Red Dragons* aufzunehmen. Maddy hatte den Trainer ausführlich über Tylers Zustand aufgeklärt, und Tyler saß für den Großteil der ersten Halbzeit auf der Bank, sprang aber wie wild auf und ab, weil er es nicht abwarten konnte, eingewechselt zu werden.

Als noch fünf Minuten zu spielen waren, bat der Trainer den Schiedsrichter um eine kurze Unterbrechung und rief seine beiden besten Verteidiger, John und Colt, sowie Tyler zu sich.

Der Trainer ging in die Hocke und wandte sich an Tyler. „Bist du ganz sicher, dass du spielen kannst, Tyler?", fragte er. Tyler nickte vehement. „Ich stelle dich für den Rest der Partie ins Tor. Aber wenn du dich nicht gut fühlst, musst du sofort Bescheid geben. Okay?"

„Okay, Trainer", sagte Tyler.

Während Tyler in Richtung Tor davontrabte, legte Dave einen Arm um die Schultern der beiden anderen Jungen. Sie waren kerngesund und kräftig und mochten ihren Mannschaftskameraden Tyler sehr.

„Jetzt kommt es auf euch beide an", erklärte er ihnen. „Was auch immer passiert, ihr müsst Tyler schützen. Alles klar?"

„Keine Sorge, Trainer", sagte John. „Wir lassen niemanden auch nur in seine Nähe."

„Wir passen auf ihn auf", versprach Colt.

„Ich meine es ernst", sagte Dave streng. „Wenn ihm etwas passiert, dann gibt's für euch beide beim nächsten Training ausschließlich Laufeinheiten."

Als das Spiel wieder anfing, konnte Maddy kaum hinsehen. Sie hielt sich die Hände vor die Augen und lugte nur zwischen ihren Fingern durch. Ein großer Junge aus dem gegnerischen Team kam rasant auf Tylers Tor zugedribbelt. „Oh nein. Oh Gott, nein", murmelte sie.

Tyler ging in die Hocke, um sich auf die Abwehr vorzubereiten, während Colt sich dem Angreifer in den Weg stellte. „Hol dir den Ball!", schrie der Trainer. „Hol dir den Ball!" Der große Junge aus dem Team der *Dragons* fegte einfach vorbei und warf Colt dabei zu Boden. John versuchte es mit einer Grätsche von der Seite, verfehlte den Gegenspieler aber und landete ebenfalls auf dem Rasen.

„Aus dem Weg, Tyler!", brüllte der Trainer. „Beweg dich!" Der Angreifer gab einen wuchtigen Schuss ab. Tyler sprang, um den Ball abzufangen, schaffte es aber nicht ganz, sondern lenkte den Schuss mit seinen Fingerspitzen gerade noch ab. Er fiel hin, schüttelte sich und krabbelte dann auf allen Vieren auf den Ball zu, um sich darauf zu stürzen.

„Weg da, Tyler!", flehte der Trainer. Er rannte auf den Schiedsrichter zu, wedelte mit den Händen und schrie: „Abpfeifen, Schiedsrichter, abpfeifen!"

„Ball ist noch im Spiel", sagte der Schiedsrichter, voll auf die Szene im Strafraum konzentriert.

Der Angreifer gab einen weiteren saftigen Schuss ab und verfehlte nur um ein Haar Tylers Kopf. Immer noch auf dem Boden blockte Tyler den Ball mit seinem Körper.

Dann beendeten drei Pfiffe des Schiedsrichters das Spiel.

Tyler hatte den Tag gerettet. Seine Mannschaftskameraden scharten sich um ihn und gratulierten ihm überschwänglich.

Der Trainer war immer noch aufgebracht. Ja, es war wichtig zu gewinnen, aber die Sicherheit eines Spielers ging vor. „Was hast du dir bloß dabei gedacht?", wollte er wissen, doch seine Worte gingen in dem allgemeinem Aufruhr fast unter. „Du hättest dich schwer verletzen können. Aber du hast deine Sache fantastisch gemacht. Klasse."

Sam kam von der Tribüne aufs Feld, ebenso Brady. Brady und Dave hoben Tyler in die Luft, und die Menge jubelte. Immer noch angespannt bahnte sich Maddy einen Weg durch die Gruppe der Gratulanten, um mit ihrem Sohn zu sprechen.

„Geht's dir gut?", rief sie ihm zu.

„Ja, alles bestens."

Die Männer setzten ihn wieder ab und die Menge löste sich auf. Maddy sah, wie sich das breite Lächeln auf Tylers Gesicht zu einer Grimasse verzog. Seine Augenlider begannen zu zucken und er warf den Kopf hin und her.

„Er hat einen Anfall!", rief Maddy.

Tyler brach zusammen und lag reglos da.

„Alle zur Seite!", befahl Dave. „Wir brauchen einen Krankenwagen!"

≈

Im Krankenhaus standen Maddy, Olivia, Ben und Brady im Halbkreis um Tylers Bett, während Carol die Infusionsschläuche und Monitore überprüfte.

„Mrs Doherty?" Ohne hinzusehen wusste sie, dass Dr. Rashaad in der Tür stand. „Können wir uns kurz auf dem Flur unterhalten?"

Maddy folgte ihr mit leerem Blick, die Arme fest um den Körper geschlungen.

„Was ist passiert?", fragte sie. „Glauben Sie, er hat sich übernommen?"

„Nein, das denke ich nicht. Wissen Sie noch, dass wir darüber gesprochen haben, wie aggressiv dieser Tumor ist?"

Maddy schloss die Augen. „Er ist wieder zurück. Wir haben getan, was wir konnten."

„Bitte sagen Sie das nicht."

„Ich wünschte, ich könnte etwas anderes sagen. Irgendetwas anderes. Er ist ein tapferer kleiner Junge. Aber es gibt nichts, was wir noch tun können. Ich denke, es ist Zeit, ihn nach Hause zu schicken und ihm den Rest seiner Zeit hier auf Erden so angenehm wie möglich zu machen. Doch eins möchte ich Ihnen sagen: Er ist nicht tapferer, als Sie es auch sind." Die Ärztin fixierte ihre Schuhspitzen. So oft sie dies auch schon getan hatte, es wurde nie leichter. „Wir werden uns in nächster Zeit noch oft sehen. Trotzdem können Sie mich jederzeit anrufen. Und Tyler auch." Dr. Rashaad nahm Maddys Hand, drückte sie kurz und ging.

Als die Ärztin gegangen war, steckte Brady den Kopf zur Tür heraus. Er sah den seltsamen Ausdruck auf Maddys Gesicht. „Maddy?", fragte er vorsichtig.

Sie wirbelte herum. „Hau ab!", explodierte sie. „Ich wusste doch, dass etwas nicht stimmt. Warum hast du ihn auch noch ermutigt? Warum hast du mich dazu überredet, ihn spielen zu lassen? Wie konntest du es wagen, das Leben meines Sohnes in Gefahr zu bringen?!"

Geschockt und sprachlos stand Brady da, während sie weiterschimpfte, doch so langsam ebbten die Worte ab. Plötzlich sah er sich wieder auf der Straße stehen, nachdem man ihn wegen Trunkenheit am Steuer festgenommen hatte, und die Stimme, die er hörte, war nicht die von Maddy; es war seine Ex-Frau Sarah, zu Tode erschrocken und außer sich vor Wut: „Wie kannst du es wagen, das Leben meines Sohnes so in Gefahr zu bringen? Das war's. Es ist vorbei. Geh! Geh weg! Hau ab von hier!"

Zurück in seiner Wohnung ging Brady auf direktem Weg zum Kühlschrank, in dem er eine Notfallflasche aufbewahrte, für alle Fälle. Er war so angespannt, so verwirrt, so wütend auf sich selbst, und er wusste, dass ein oder zwei Drinks ihm helfen würden, wieder klarer zu denken. Er nahm die Flasche mit ins Wohnzimmer und stand mitten im dort herrschenden Chaos. Das kalte Glas fühlte sich gut an, als er die Flasche an seine Stirn hielt. In ein paar Sekunden würde alles viel besser sein.

Sein Blick fiel auf das gerahmte Foto seines Sohnes auf dem Tisch hinter dem Stapel mit Tylers Briefen an Gott. Gott würde Tyler also bald zu sich holen, aber sein eigener Sohn Justin schien genauso weit weg zu sein. „Was soll das, Gott?", knurrte er. „Was willst du von uns? Was willst du von *mir*? Wie lange muss ich noch dafür bezahlen?"

Mit einem wilden Schluchzen warf er die Flasche von sich, und das Foto, die Briefe, die Lampe und das Telefon flogen in alle Richtungen davon. Er verlor komplett die Kontrolle, schmiss einen Sessel gegen die Wand, warf die Lampe gegen den Kühlschrank und alle Bücher, die er finden konnte, durch den Raum.

Die Wucht seines Ausrasters ließ ihn in die Knie und zu Boden sinken. Er bemerkte, dass er auf ein paar von Tylers Briefen saß. „Nein, nein, nein", sagte er langsam und schüttelte den Kopf. „Ich kann das nicht. Nicht jetzt." Auf gar keinen Fall würde er die Briefe lesen. Doch er musste. Widerwillig lehnte er sich an die Wand und öffnete den obersten Umschlag.

Lieber Gott,

mir geht es heute echt schlecht, aber Sam würde so gern auf ein paar Bäume klettern. Ich habe heute Morgen schon dreimal brechen müssen. Sam wird einen neuen besten Freund brauchen, weißt du. Bitte sorg dafür, dass es jemand ist, der Bäume mag. Ihr Opa ist echt toll, aber ich glaube nicht, dass er klettern kann ...

Brady las den Brief zu Ende und nahm sich den nächsten vor. Und dann den nächsten. Stille Tränen liefen ihm übers Gesicht und tropften auf das Papier.

... und Gott, bitte hilf mir, Ben zu sagen, dass ich seine Gitarrensaiten kaputt gemacht habe. Ich wollte es ihm nicht sagen, aber ich glaube, er weiß es sowieso. Hilf Ben, mir zu vergeben. Er ist der beste Bruder der Welt, auch wenn er manchmal ein bisschen komisch riecht ...

Ich kann mir vorstellen, dass Mrs Baker es nicht leicht hat. Babys schreien ganz schön viel. Und sie vermisst Mr Baker bestimmt sehr. Trotzdem nimmt sie sich die Zeit, uns tolle Sachen zu kochen und so. Bitte sag Mama nichts davon, aber Mrs Baker macht eindeutig bessere Grillhähnchen als sie ...

Manche der Briefe waren mit Zeichnungen versehen. Eine zeigte Tyler und Ben beim Fußballspielen – zwei Strichmännchen mit einem schwarzweißen Ball dazwischen. Es gab auch Fotos: ein Bild von Tylers Fußballmannschaft, einen Schnappschuss von Sam in der Schule und die Kopie eines alten Familienfotos, auf dem auch Tylers Vater zu sehen war. Tyler hatte außerdem Kinokartenabrisse, Bierdeckel von seinen Lieblingsrestaurants und andere Andenken hinzugefügt, um Gott so manche Geschichte besser erklären zu können.

... Mama hat Sam und mich dann abgeholt. Auf dem Weg nach Hause hat sie versucht, ganz streng zu sein, aber als Sam erzählte, wie der Kartoffelbrei aus Alex' Nase tropfte, konnte sie nicht aufhören zu lachen ...

Brady verlor jegliches Zeitgefühl und las einen Brief nach dem anderen, so schnell er sie öffnen konnte. Die Schatten in seiner Wohnung begannen, länger zu werden, und das Sonnenlicht wurde immer schwächer. Brady knipste die Lampe an, die noch heil war, und las weiter.

Es ist so cool, dass du meine Briefe beantwortest! Ich hab dir doch von dem Typ erzählt, der uns manchmal die Pizza liefert. Erst hat er mich immer nur angestarrt und sah ziemlich entsetzt aus. Jetzt ist er jedes Mal total froh, mich zu sehen, und redet mit mir und so. Er hat sogar gesagt, dass er vielleicht Arzt werden und Kindern wie mir, die Krebs haben, helfen will.

Ja, du bist echt klasse! ...

≈

... ich glaube, wir sehen uns bald. Ich fühle mich kein bisschen besser, wie sonst nach den Behandlungen. Bevor ich sterbe, wäre es aber toll, wenn du meinem Freund Brady helfen kannst. Er ist so cool

und er hat einen Sohn, aber ich glaube, er sieht ihn
nie. Genau wie mein Vater und ich. Aber Brady lebt
doch ganz in der Nähe seines Sohnes. Kannst du
Brady sagen, dass alles wieder gut wird? Und sag
ihm, dass du ihn lieb hast. Und dass sein Sohn ihn
auch lieb hat.

Bradys Gefühle überschlugen sich: zum Teil Liebe, zum Teil
Freude, zum Teil Verständnis, zum Teil Dankbarkeit, zum
Teil bittersüße Erinnerungen. Was für Schätze diese Briefe
doch waren! Er konnte sie unmöglich einfach für sich behalten. Sie waren nicht für ihn bestimmt. Aber im Postamt würden sie nur weggeworfen werden, und Pastor Andy hatte gesagt – wie war das noch gleich? –, dass sie nicht in die Kirche
gehörten und dass er, wenn er genau hinhören würde, schon
wissen würde, was mit ihnen anzufangen sei. Gott würde es
ihm sagen.

Soweit Brady wusste, hatte Gott in seinem ganzen Leben
noch kein einziges Wort zu ihm gesagt. Er und Gott hatten
nicht wirklich viel Kontakt miteinander.

Draußen war es mittlerweile dunkel geworden, und in seiner Wohnung beschien das Licht der verbliebenen Lampe
schwach das chaotische Wohnzimmer mit dem zerschmet-
terten und verteilten Mobiliar. Brady saß mittendrin, dachte
nicht an das Chaos oder den Geruch von Whiskey, der von
der zerbrochenen Flasche aufstieg, oder das Dämmerlicht
und die Tatsache, dass er noch nicht zu Abend gegessen
hatte.

Die Stunden verrannen, ohne dass er es merkte. „Sprich
mit mir, Gott", flüsterte er. „Ich höre zu."

So verrückt es auch klang, er fühlte sich so ähnlich wie an
dem Mittwochabend, als er in dieser Kirche erst der Musik
gelauscht und sich dann mit Mr Stevens unterhalten hatte.
Auch da war es dämmrig und still gewesen, und er war irgendwie besonders auf Empfang gewesen. Er konnte es nicht
so richtig erklären.

„Vielleicht sollte ich Gott auch mal einen Brief schreiben?",
überlegte er. Doch das fühlte sich komisch an. Er wüsste auch

226

gar nicht, wie er anfangen sollte. Er schrieb niemals Briefe an irgendjemanden.

Aber er lieferte sie.

≈

Brady stellte sein Fahrrad im Garten der Kirche ab und nahm zwei Stufen auf einmal. Außer Atem stürmte er in Pastor Andys Büro und reichte ihm einen Brief. „Der ist für Sie", sagte er ohne weitere Erklärung. „Es ist Ihr Brief. Sie braucht Sie!"

Während Brady die Stufen hinuntersprang, nahm Andy Olivias Brief an Gott aus dem Umschlag und las:

> *... bitte, Herr, hilf meiner Tochter, wieder zu dir zu finden. Öffne ihre Augen für deine Liebe. Segne sie ...*

Als Brady auf das Haus der Perryfields zugeradelt kam, zeigte sich Mr Perryfield, der auf der Veranda saß, überrascht. „Großer Caruso!", rief der alte Mann. „Was tun Sie denn hier um diese Zeit?"

„Es ist nicht die normale Post", sagte Brady und kam schnell auf ihn zu.

„Sonderzustellung!" Er überreichte Mr Perryfield einen Umschlag und preschte wieder davon.

Mr Perryfield begann zu lesen und griff schon bald nach dem blütenweißen Taschentuch mit Monogramm, das er immer in der rechten Hosentasche hatte.

> *... es macht echt Spaß, ein Krieger des Lichts zu sein. Mr Perryfield hatte recht. Kannst du vielleicht irgendwas gegen diese grüne Pampe tun, die er trinken muss? Kann ich meine Augenbrauen auch im Himmel tragen? Und noch was: Sam braucht einen neuen Freund. Jemand, um den sie sich kümmern kann und der gern auf Bäume klettert ...*

Brady radelte zu Mrs Baker, die mit ihrem Neugeborenen auf der Veranda auf und ab ging.

„Noch eine ganz spezielle Lieferung für Sie", sagte er lächelnd, gab ihr einen Brief und machte sich dann schnell wieder auf den Weg. Linda Baker legte sich das Baby in die Armbeuge, um das Blatt entfalten zu können.

Danke, dass du auf Mr Baker aufpasst. Er wird sich so freuen, wenn er seinen Sohn sieht! Bitte pass auch auf all die anderen Soldaten auf und hilf den Familien, von denen schon jemand bei dir im Himmel ist. Ich weiß, dass du alles unter Kontrolle hast, und dass wir die Welt nicht so sehen, wie du sie siehst. Bitte hilf uns, das alles zu verstehen. Wenn die Dinge schlecht laufen, dann gib uns bitte den Glauben daran, dass du weißt, was am besten ist. Das würde die ganze Sache erleichtern.

Alles Liebe,
Tyler

Der beste Brief von allen

Tyler lag in eine Decke gewickelt auf dem Sofa und sah fern, umgeben von vertrauten und geliebten Menschen und Dingen. Maddy war in diesen Tagen selten mehr als ein paar Schritte von ihm entfernt, und auch Olivia blieb immer in der Nähe. Maddy saß neben ihrem blassen Sohn auf dem Boden und massierte seine Beine. Man sah ihr an, dass das alles sie mitnahm: sie wirkte angespannt und hatte dunkle Ringe unter den Augen.

Olivia ging zur Tür, an die jemand geklopft hatte, und Sam und ihr Großvater kamen herein. Sam hatte eine kleine Schachtel in der Hand.

„Hallo, Süße", sagte Maddy und erhob sich. „Dieses Mal hast du dich also für die Tür statt für das Fenster entschieden?"

„Großvater sagt, im Moment ist keine Baumklettersaison. Und das gilt wohl auch für Dächer."

„Was hast du da?", fragte sie und zeigte auf die Schachtel.

Sam öffnete sie und nahm ein blaugoldenes Armband heraus. „Die haben wir machen lassen", sagte sie strahlend. „Blau, weil es Tylers Lieblingsfarbe ist, und Gold als Symbol für Kinder, die Krebs haben." Maddy nahm das Armband und hielt es gegen das Licht. Darauf stand: „Johannes 3,16 – Glaub daran! – Alles Liebe, Tyler."

„Die sind ganz toll", sagte Maddy, der Tränen in die Augen traten. „Vielen, vielen Dank!" Sie nahm Sam in die Arme. Der Großvater küsste ihr die Hand.

„Hey, Sam", rief Tyler schwach von seinem Nest aus.

Sam flitzte zu Tyler herüber und ließ sich neben ihm auf die Couch fallen. Der Gegensatz zwischen den beiden Kindern hätte nicht größer sein können. Sam wirkte so unglaublich gesund mit ihrer leicht gebräunten Haut und dem glänzenden Haar. Tyler dagegen war so zerbrechlich und blass; seine Haut war richtig durchscheinend, und jede Bewegung schien ihn anzustrengen.

„Ich habe Gott einen Brief geschrieben", verkündete Sam stolz. „Er handelt von dir. Ich wusste nicht, wie viele Briefmarken ich draufkleben soll, also hat Großvater gemeint, wir könnten dich ja mal fragen."

„Ich klebe immer nur eine Briefmarke drauf", sagte Tyler. „Das scheint zu klappen." Er wandte sich wieder dem Fernseher zu. „Ich gucke mir Zeichentrickfilme an."

„Zeichentrickfilme sind cool", sagte Sam. Sie nahm seine Hand. Ihr fiel auf, wie weiß sie war. Und so kalt.

Sam und ihr Großvater blieben eine Weile und schauten sich ein paar Zeichentrickfilme mit Tyler an. Als sie gegangen waren, ging Tyler ins Bett und Maddy zog sich in ihre Schaukel unter dem Bogen im Garten zurück. Die Nacht war frisch und klar, am Himmel waren Millionen von Sternen ausgebreitet wie Diamanten auf schwarzem Samt. Gedankenverloren, wie sie war, hörte sie Brady nicht, bis er direkt vor ihr stand.

„Deine Mutter hat mich reingelassen … " Er wollte noch mehr sagen, doch Maddy unterbrach ihn schnell, um das zu sagen, was ihr auf dem Herzen lag.

„Es tut mir so leid, dass ich dich so angefahren habe!"

„Nein, nein", sagte Brady. „Das ist schon okay. Mach dir keine Gedanken deswegen. Ich wollte dir bloß sagen, dass Walter Finley nächste Woche zurückkommt. Dann habt ihr euren gewohnten Postboten wieder. Aber es war mir … es war mir eine Ehre, dich kennengelernt zu haben – also, dich und deine Familie, meine ich."

Maddy hob eine Hand. „Bitte. Ich möchte dir etwas zeigen."

Er folgte ihr zu einer Leiter, die ans Haus gelehnt war, und kletterte hinter ihr nach oben. Sie balancierten am Rande

230

des Dachs entlang, kamen so zu Tylers „Festung" vor seinem Fenster und setzten sich.

„Glaubst du, das Dach hält uns beide aus?", fragte Brady lächelnd.

Die Aussicht von Tylers persönlicher Plattform aus war wunderschön. Die Sterne wirkten hier noch heller als vom Boden aus, die Schatten der Bäume tanzten im Mondlicht, und die Blätter bewegten sich im Wind hin und her. In der Ferne wies ein Kirchturm gen Himmel.

„Von hier aus kann man alles überblicken", sagte Maddy, die die Aussicht genoss. „Und man fühlt sich Gott ein bisschen näher. Mir ist klar geworden, dass Tyler nicht nur Briefe geschrieben hat. Er hat eigentlich gebetet. Genau wie Patrick, wenn er geschrieben hat." Sie sah Brady an. „Es tut mir leid, dass ich meinen Frust an dir ausgelassen habe."

„Denk nicht mehr darüber nach. Ich bin derjenige, der sich entschuldigen sollte."

Eine Weile saßen sie einfach so da, jeder in seine Gedanken versunken.

Dann zog Brady einen Brief aus seiner Hosentasche. „Ich habe noch einen letzten Brief auszutragen. Ich glaube, er möchte, dass du ihn liest."

Sie musterte den Umschlag, begann ihn zu öffnen und hielt dann inne. „Ich glaube, ich kann ihn jetzt nicht lesen."

„Kein Problem. Behalt ihn einfach und lies ihn ... später."

„Was wir mehr als alles andere brauchen, ist ein ganz normales Familienleben, wenn auch nur für eine kurze Zeit", sagte Maddy. „Ohne Krankenhäuser, Infusionen, Krankheit. Wir müssten einfach mal wieder so lachen können wie früher."

≈

Maddys Wunsch wurde erfüllt, wenn auch nur für kurze Zeit, als die Familie zu einer Woche in den „Give Kids the World"-Park in Orlando eingeladen wurde. Tyler fiel hier keine Sekunde lang auf oder kam sich komisch vor, denn alle Ehrengäste waren schwerkranke Kinder wie er selbst, die alle ein gewisses Maß an Sonderbehandlung und Aufmerksamkeit benötigten. So hatten die Kinder die seltene Chance, sich normal zu fühlen, und die Eltern konnten entspannen, weil sie wussten, dass ihre Kinder in guten Händen waren.

Jeder Tag im Park wurde nach dem ausgerichtet, was Tyler gerne machen, was er essen und wo er hingehen wollte. Er und seine Familie hatten sogar eine eigene Betreuerin namens Pamela, die dafür sorgen sollte, dass sie viel Spaß hatten und Tyler jeder Wunsch erfüllt wurde. Es gab ein Kino extra für Kinder, Minigolf, Ponys, einen Spielplatz, eine Eisdiele, einen Swimmingpool und fast alles, was ein Kind sich sonst noch wünschen konnte – alles kostenlos, Mahlzeiten und ein märchenhaftes Chalet inklusive.

Tyler verbrachte die meiste Zeit in seinem Rollstuhl, mit Ben als stolzem Begleiter und Unterstützer. Im Lauf eines Vormittags traf Pamela die beiden auf der Straße, die durch das Dorf führte.

„Hallo, Tyler, hey, Ben. Gab es wieder Eiscreme zum Frühstück?"

„Jo", sagte Tyler glücklich und hielt den Becher hoch. „Schon den dritten Tag in Folge. Und zu Mittag esse ich zwei Bananensplits."

„Ich gönn's dir", sagte Pamela lachend.

„Miss Pamela, ich würde gern diesen Brief abschicken", sagte Tyler und hielt ihr einen Umschlag entgegen.

„Ich kümmere mich gern darum", bot sie an. Dann las sie den Empfänger. „Wow! Da muss ich aber einen besonderen Briefkasten finden, was?"

„Nein", versicherte Tyler, „jeder normale Briefkasten ist okay."

„Gut, ich schau mal, was sich machen lässt. Kommt ihr zur Talentshow heute Abend?"

„Ja, klar! Ben und ich werden auftreten."

„Auf keinen Fall!", rief Ben völlig überrumpelt. „Ich singe nicht!"

„Oh doch, das wirst du!", rief Tyler, während Ben den Rollstuhl im Kreis drehte. „Hör auf! Du wirst singen! Du wirst!"

„Ich stelle mich doch nicht vor all diesen Leuten auf die Bühne!", beharrte Ben und schob Tyler weiter.

„Tschüss, Miss Pamela", rief Tyler im Wegfahren.
Pamela sah auf den Brief in ihrer Hand. „Mach's gut, Tyler", sagte sie leise.

≈

Als die Doherty-Brüder bei der Talentshow am Abend an der Reihe waren, rollte Ben Tyler auf die Bühne und hängte sich seine Gitarre um. Tyler erhob sich langsam und blickte aufmerksam ins Publikum. Er sah seine Mutter und Olivia; Sam winkte ihm ungeniert mit beiden Händen zu, neben ihr ihr Opa. Tyler suchte weiter. Wo war Brady? Er konnte ihn nirgends entdecken.

Ben fing an, das Intro zu spielen. „Mein Bruder hat dieses Lied geschrieben", erklärte Tyler und begann zu singen:

I look at your smiling face.
You're so weak and yet you have such strength,
you take a glance around this place,
and you make the best of everything.

(Ich sehe dein lächelndes Gesicht.
Du bist so schwach und doch so stark,
du siehst dich genau um
und machst das Beste aus allem.)

Nach ein paar Zeilen versagte seine Stimme. Obwohl er geschworen hatte, nicht zu singen, sprang Ben ein und füllte die Lücke. Tyler hatte Mühe weiterzusingen, doch als er sah, dass Brady den Raum betrat, bekam er neue Energie.

You give me hope in spite of everything,
you show me love even with so much pain,
so I'll take this life and live like I was given another try.
We laugh, we cry,
sometimes we're broken and we don't know why.
I'm tired and I lose my way.
You help me find faith.

(Trotz allem gibst du mir Hoffnung,
du schenkst mir Liebe, obwohl so viel Schmerz da ist,
also nehme ich dieses Leben und führe es so,
als hätte ich noch eine Chance.
Wir lachen, wir weinen,
manchmal sind wir fertig und wissen nicht, warum.
Ich bin müde und verlaufe mich.
Du hilfst mir, den Glauben wiederzufinden.)

Die Jungen legten ein tolles Finale hin und das Publikum brach in tosenden Applaus aus. Konfetti fiel auf sie nieder, als Tyler wieder in seinen Rollstuhl sank.

Zur allgemeinen Überraschung betrat Brady die Bühne und bat per Handzeichen um Ruhe.

„Ich möchte die Veranstaltung nicht stören", sagte Brady, der sich unbehaglich fühlte. „Ich bin nicht sehr gut in so etwas. Mein Name ist Brady McDaniels, und ich habe in den letzten Monaten für Tyler die Post ausgetragen. Ich möchte nur, dass ihr alle wisst, was für ein Geschenk Tyler für mich geworden ist und für alle anderen, die er mit seinen Briefen an Gott berührt hat. Ich habe einige davon gelesen; ich bin nicht sicher, ob ich das wirklich durfte, aber ich denke schon. Denn jetzt habe ich verstanden, dass mehr zum Leben dazugehört, als mir auf den ersten Blick klar war. Mehr, als ich mir je hätte träumen lassen."

Er nahm Blickkontakt mit Maddy, Sam, Mr Perryfield und schließlich Tyler auf. „Tyler hat mir die Hoffnung gegeben, dass selbst ich verstehen kann, was es bedeutet, an etwas zu glauben. An Gott zu glauben."

Brady gab jemandem am hinteren Ende des Raumes ein Signal. Lester Stevens, Carl Landers und eine Reihe weiterer Postbeamter marschierten in Richtung Bühne, in den Armen Postsäcke über Postsäcke, die sie vor Tylers Rollstuhl am Rand der Bühne abstellten. „Das alles sind Briefe an Gott. *Du* hast das bewirkt, Tyler. Du hast nicht nur mir, sondern auch vielen anderen, von denen wir nicht einmal wissen, dabei geholfen, wieder oder ganz neu mit Gott in Kontakt zu treten."

Brady kniete sich hin, tauchte mit den Händen in einen der Postsäcke und nahm eine Handvoll Briefe heraus. Tyler nahm sie entgegen und hielt sie hoch. Der Jubel ließ fast das Dach abheben.

„Dieser große Sack hier", fuhr Brady fort, „darin sind lauter Briefe aus deiner Schule. Zweihundert Briefe an Gott. Denkst du, du kannst die alle ausliefern?"

„Klar", antwortete Tyler erschöpft, aber voller Freude. „Ich bin schließlich ein Krieger des Lichts!"

≈

Nur ein paar Tage später neigte sich der Kampf des tapferen jungen Kriegers dem Ende entgegen. Tyler lag still in seinem Bett, seine Mutter hielt eine seiner Hände, Brady die andere. Ben und Olivia waren ebenfalls da, und alle beteten mit einer Inbrunst, die gleichzeitig irgendwie gelassen war. Auf dem Nachttisch lag Patricks mit Notizen und Unterstreichungen gespickte Bibel, aufgeschlagen beim zweiten Korintherbrief.

„Hey, Tiger", sagte Brady mit rauer Stimme und beugte sich zu Tylers Ohr vor, „Gott hat mir erzählt, dass er deine Briefe gelesen hat und es kaum erwarten kann, dich zu sehen."

„Mama", sagte Tyler leise und sah sie an. Seine Augen waren das Einzige, das sich bewegte.

„Du kannst jetzt loslassen, mein Liebling. Es ist okay. Du kannst gehen", sagte sie unter Tränen. „Ich hab dich so lieb!"

Tyler führte seine Hände zusammen, bis die Hand seiner Mutter und die von Brady einander berührten, lächelte fast übernatürlich und schloss zum letzten Mal die Augen.

Erst viel später brachte Maddy es über sich, seinen letzten Brief zu lesen.

235

Lieber Gott,

ich glaube, wir haben es geschafft. Du hast mir gesagt, dass ich keine Angst haben muss, und so war es dann auch, weil du die ganze Zeit bei mir warst. Ich möchte einfach, dass jeder Mensch an dich glauben kann. Ich weiß, dass es dich gibt.

Alles Liebe,
Tyler

≈

Als sie die Nachricht von Tylers Tod bekam, legte Sam den Hörer auf und kuschelte sich auf den Schoß ihres Großvaters. Sie schlang die Arme so fest um ihn wie nie zuvor in ihrem Leben. Er erwiderte die Umarmung und griff nach seinem Taschentuch.

Später schrieb Sam selbst einen Brief an Gott.

Lieber Gott,

Tyler war der beste Freund, den man haben kann. Ich hatte keine Gelegenheit mehr, es ihm zu erzählen, aber als wir zusammen mit Alex gebetet haben, habe ich dich auch gebeten, in mein Herz zu kommen. Und du hast es getan.

Die Neuigkeit sprach sich schnell herum in der Laurel Lane – sie erreichte Linda Baker, kurz bevor sie ihrem Mann, der endlich wohlbehalten zurückgekehrt war, ihren neugeborenen Sohn entgegenhielt.

„Jim, das ist dein Sohn, Tyler James Baker."

Sie erreichte Walter Finley und Erin Miller, die auf Erins Hollywoodschaukel auf der Veranda saßen und zusammen bis in die Nacht hinein über Tyler redeten, lachten und weinten. Sie erreichte die Menschen, die den kleinen Jungen aus der Laurel Lane 244 geliebt hatten, ebenso wie die Menschen, die ihn kaum gekannt hatten.

Joe Grundy gefiel es gar nicht, „der Neue" im Postamt zu sein. Er kannte die Namen der Leute nicht, hatte noch keine Routine, und vor allem wusste er nicht, was er mit diesen seltsamen Briefen anfangen sollte, die er gleich am ersten Morgen auf seiner Strecke eingesammelt hatte. Er bahnte sich einen Weg durch die geschäftigen Flure zu Lester Stevens' Büro. Brady McDaniels stand in der Tür.

„Hallo, Mr Stevens", sagte Joe, „das hier schießt wirklich den Vogel ab. Sehen Sie sich doch bitte mal diese Briefe an, ja? Das müssen Dutzende sein. Briefe an Gott. Was soll ich damit anfangen?"

Brady und Lester tauschten wissende Blicke aus.

„Ich übernehme das", bot Lester an.

„Klasse, vielen Dank", sagte Brady. „Ich muss auch wirklich los."

Brady war auf dem Weg zum „Give Kids the World"-Park, wo eine besondere Feier im Gange war. Er entdeckte Maddy in der Menge und stellte sich neben sie. Die ganze Straße war voller Menschen.

„Tut mir leid, dass ich zu spät bin."

„Danke, dass du gekommen bist", sagte Maddy und drückte seine Hand.

„Kannst du fassen, dass schon ein Jahr vergangen ist?", fragte Brady. „Scheint eigentlich unmöglich."

Vorne stand Pastor Andy und bat um Ruhe. „Wie konnte ein siebenjähriger Junge die Herzen so vieler Menschen berühren?", fing er an. „Deutlicher als jeder andere hat er uns gezeigt, dass Gott immer das Beste für uns im Sinn hat, selbst wenn es überhaupt nicht danach aussieht. Er hat uns daran erinnert, dass wir keinen Glauben bräuchten, wenn in unserem Leben immer alles einfach und offensichtlich wäre. Danke, Gott, für Tylers Leben und seinen Glauben. Er hat uns gezeigt, dass du immer zuhörst und immer antwortest, auch wenn es nicht immer die Antwort sein mag, die wir wollten oder erwartet haben. Und wir sind heute hier, um sein Leben zu feiern, indem wir die ganze Welt dazu ermutigen, Briefe an Gott zu schreiben. Und wir fangen jetzt und hier damit an."

Andy gab Ben ein Zeichen, der einen Brief aus seiner Hosentasche nahm und ihn hochhielt. Dutzende und Aberdutzende Kinder im Publikum, und wohl auch mehr als nur ein paar Erwachsene, hielten ebenfalls ihre Briefe hoch. Dann führte Ben sie alle zu einem nagelneuen, bunten, riesengroßen Briefkasten, der extra zu diesem Zweck aufgestellt worden war. Auf dem Kasten stand:

„Tylers Briefkasten – Briefe an Gott."

Ihr seid unser Brief, in unser Herz geschrieben,
erkannt und gelesen von allen Menschen!
2. Korinther 3,2

Die Herrlichkeit des Himmels erleben.

James Bryan Smith:
Der Traum
Eine Geschichte vom
Himmel, die das Herz heilt.

Klappenbroschur · 224 Seiten
ISBN 978-3-86591-493-4

Innerhalb von drei Jahren hat der erfolgreiche Autor Tim Hudson seine Mutter, seinen besten Freund und jetzt auch noch seine kleine Tochter verloren. Tief erschüttert und voller Trauer gerät sein Glaube an einen liebenden Gott ins Wanken. Ausgebrannt zieht sich Tim in ein Kloster zurück. Dort wird ihm ein „geistlicher Begleiter" zur Seite gestellt: der unkonventionelle Bruder Taylor.

Eines Nachts hat Tim einen außergewöhnlichen Traum. Er begegnet im Himmel den Menschen, die seinen Glauben und sein Leben geprägt haben – und den dreien, die ihm so sehr fehlen. Eine heilsame Reise beginnt ...

„*Dieses Buch ist ein Muss für alle, die um einen geliebten Menschen trauern, und eine wunderschöne Lektüre für jeden, der sich jetzt schon auf den Himmel freuen möchte."*
www.sound7.de